父亲的愿望

艾伟 著

浙江文艺出版社
Zhejiang Literature & Art Publishing House

图书在版编目（CIP）数据

父亲的愿望 / 艾伟著. — 杭州：浙江文艺出版社，
2025. 3. — ISBN 978-7-5339-7860-0

Ⅰ . I247.7

中国国家版本馆 CIP 数据核字第 2024K19S62 号

策划统筹　曹元勇
责任编辑　王希铭
营销编辑　耿德加　胡凤凡
责任印制　吴春娟
数字编辑　姜梦冉　诸婧琦
装帧设计　金　泉

父亲的愿望

艾伟　著

出版发行　浙江文艺出版社
地　　址　杭州市环城北路 177 号
邮　　编　310003
电　　话　0571-85176953（总编办）
　　　　　0571-85152727（市场部）
印　　刷　浙江新华数码印务有限公司
开　　本　880 毫米 × 1230 毫米　1/32
字　　数　185 千字
印　　张　9.625
插　　页　1
版　　次　2025 年 3 月第 1 版
印　　次　2025 年 3 月第 1 次印刷
书　　号　ISBN 978-7-5339-7860-0
定　　价　59.00 元

目　录

欢乐颂

这世界太安静了，没有一点声音。我坐在屋子前面，感到世界因为没有声音而变得轻飘飘的，就好像这世界正在远去，消失在无边无际的宇宙之中。我就像这世界一样，因为失去了声音，而变得分外之轻，我经常觉得自己快要消失了。我在一点一点蒸发。这令我心慌。

　　我知道不是世界太安静，是声音不能传到我的耳朵里。我的耳朵曾经是我的骄傲。那是一双绝顶灵敏的耳朵。我相信我的耳朵，我的耳朵比那些探雷器更敏感和强大，地底下任何声音，哪怕是一只虫子的爬行声都不能逃过我的耳朵。

　　那时我是一个扫雷员。战争早就结束了，都过去十五年了，地雷依旧埋在地下。整个红河地区，据说埋有一百多万颗地雷，经常有农民在耕田或走路时因踩到地雷而命丧黄泉。我是一个扫雷员，也叫工兵，我在那地区待了五年，在这五年中，我挖了无数颗地雷。挖雷是有工具的，你只要小心地移动那个探测器，地雷就会被发现。并不是每颗地雷都会被发现，有些地雷，比如蝶形的，可以避过超声波探测器。如果碰到这种地雷，工兵只好自认倒霉。我见过工兵被炸的情形。我看得清清楚楚。地雷在脚下被踩响，工兵被送上了天，然后在空中分离成一条腿，一只手，和一颗头颅，血会像雨点那样从空中飘下来。最初我都不敢看，后来见怪不怪了，习惯了工兵被炸开了花的情形。

我有一双比探测器灵敏的耳朵。我开始不知道我的耳朵天赋异禀，是在挖雷时发现的。我发现我的耳朵比探测器更先知道地下的情况。我的耳朵"看"到了地下的一切。当然那是一种声音，那声音有颜色。地下很美，像海中的热带鱼那样妖娆。然后在这些美景中，我会碰到一块礁石，黑乎乎的，我知道那就是地雷。它在喘气，像一只张开口的乌贼，等待着猎物的到来。

他们说我是个天才，是扫雷天才。我自己也相信了。每次扫雷我都走在最前头。我把探测器也扔掉了。我的耳朵是最好的探测器。也许当地人很容易踏上地雷，但你干了扫雷这活儿后，你会发现真要找到一颗地雷也不那么容易。虽然这地区埋了这么多颗地雷，有时候可是一天都找不到一颗。所以当我的耳朵探测到一颗地雷后，我全身血液就会快乐地流淌，那情形仿佛猎人等到了猎物，垂钓者钓到了一条大鱼。一种激动人心的快乐令我浑身颤抖。

接下来我要把这地雷挖出来。这同样是令人心跳加快的活儿。我要让自己从刚才的快感中平静下来，让心跳回到正常。我开始动土，如此小心，就像我在制作一件工艺品，不仔细的话会破坏整个造型。这是危险的工作，一不小心地下的雷就会爆炸。我却感受到赌命般的快感。开土的过程是极其压抑的，整个身心都被调动起来，目光比任何时候都要来得明亮，这是和地雷之间的一场无声较量。当点火装置终于被我拆除，快感会不可遏止地降临，就像足球运动员踢进了球，我感到世界尽在我的掌握之中，或像刚在雌鹅身上交配完下来的雄鹅，总是抬头要吼叫几声，一副骄傲的样子。我也会向天空猛吼一声。

我的胆子越来越大，相信自己是不会被地雷炸死的。所有的地雷都将被我消灭。这种信念很荒谬，但我深信不疑，就好像上天把我放到人间就是来干这活儿的。事实当然不是这样，在我变得日益自负和放松的时候，我受到了惩罚，一颗地雷在我的身边炸响了。从此我的耳朵再也听不见了。

世界变得无比安静，我从一个天才变成了一个聋子。

一切都改变了。部队不再让我干扫雷的活儿，我也干不了啦。我被安排到地方。我是个聋子，什么声音都听不到。我看到他们在张嘴闭嘴，我不知道他们在说什么。寂静从天而降，笼罩着我，吸附着我，要把我从这世界分离出去。我感到寂静就像一道墙，把我和一切隔开了。我还感到了坟墓的气息，我想，我将来死亡了，大概就是现在的景象，成了鬼魂，也许能看到人们的喧哗，看到鸟在山林里鸣叫，但已与我无关。这个想象吓了我一跳，因为这意味着我死了。

我强烈地渴望声音。我在记忆里寻找。我听过有人唱歌，有人骂街，有人在床上高叫，听过枪声、炮声、地雷的爆炸声。这些声音如今到哪里去了？如果我掐一把自己的大腿，我是会痛的；我喊一声，或唱歌，却是什么也感觉不到。记忆里的声音已变得越来越不真实，它们像一锅粥，搅成一团。我已经搞不清世界在发出什么声音。一切归于沉寂。

我心慌的时候，会寻找一种自己存在的方法。我有时候会在闹市区大叫一声，但我好像连声音器官也不存在了一样，什么也发不出来。也许发出来了，因为很多人惊恐地回头朝我看。为了抵抗死亡的感觉，我也会去找女人。现在找女人太容易了。我再也听不到女人的叫声了，在寂静中，女人张着嘴巴，显得非常滑稽，就像一个饥饿的人恨不得把这个世界吞噬。于是我也张开了嘴巴，用尽所有的力气，在高潮到来时叫喊。我见到女人脸上的惊恐。她们的惊恐就是我存在的镜子，我从她们的惊恐中感到了乐趣。至少我还可以把她们搞得惊恐不安，说明我还存在着。可是如果我是鬼魂，也一样可以把人搞得惊恐不安。

生活中没了奇迹。我开始在纸上画地雷。我喜欢地雷的形状，它像外星人的头盔，有着超现实的气息。我画各种各样的地雷：有像静物一样安静的，有像昆虫一样色彩斑斓的，有点火的，有爆炸的。画这种图画的时候，我嗅到了炸药安静的气息。我太熟悉这种气息了，每次当我拆除地雷的引信时，这种气息就会扑面而来，刺激我，令我身心充满快感。后来我找女人，到达高潮时，感到周围充满了火药的气味。

画地雷时，我想起在边陲挖地雷的事情。那地方现在旅游者很多。他们有的会越过边境去对面那个国家走一走，买一些东西回来。他们买回来的都是同战争有关的东西，比如子弹壳、枪托把、瞄准器。他们说，对面的小摊上满是这种东西。这些带着战争气息的物品，令他们满心喜欢。在和平时期，它们看上去就像是精致的器具。后来当地人来向我们收购地雷，说旅游者喜欢这种东西。我们把里面的火药取走，把空壳地雷卖给当地人。旅游者见到地雷，眼睛都会放光。

前几天，我在一条小巷无聊地转悠，看到一户人家的客厅里放着一颗地雷。我猜测他去那地方旅游过。见到地雷，我再也迈不开脚步。我好像突然听到了声音，地雷在地底下发出的声音。我多么熟悉那种声音啊。那是在我的光辉岁月中听到的声音。由着那声音的召唤，我向那地雷走去。我伸出手，把它抱在怀里，然后就大摇大摆地走了。

这颗空壳地雷就在我的屋子里。只要闭上眼睛，我就能听到它发出轻吟之声，像虫子在地下鸣叫。这声音令我感到温暖。我嗅到屋子里充满了火药气味。后来我意识到，那是空壳地雷发出的愿望，它希望我去充实它，把它填满，成为一颗真正的地雷。我想，如果它成为一颗真正的地雷，一定会发出这世上最美妙的声音。

我开始找炸药。我是一个拆雷专家，要安装一颗地雷对我来说是件容易的事。炸药并不好搞，要买到炸药得办一些手续。我才他娘的不想办什么手续。我去采石场，在采石场弄了不少炸药和雷管。偷那些炸药时，我体会到听不见声音的好处，就好像世上只有我一个人，我如入无人之境。

现在它已成了一颗真正的地雷。地雷在地底下发出的声音和地面上不同。在地底下，它的声音犹如女高音发出的，既华丽又幽暗。告诉你们，我可不是个大老粗，我喜欢听歌剧，尤其喜欢听那种有着圣灵般气息的唱段，歌声通向天堂，既让人感到超凡脱俗，又让人感到十分腐朽。可是我听不到这种声音了。我希望从地雷上寻找到这种声音。只要把它埋在地里，它就会发出那种超凡而又腐朽的声音。我想伴着这声音睡觉。

我把地雷埋在屋子后，我如一个孩子般睡去。我是如此安详。有声音的世界是充实的，令人心情松弛的。我感到那个失去的世界又回到了我的身边。

一颗地雷，就像是独唱，我希望听到更为灿烂，更为辉煌的声音。我打算做更多的地雷，把它们埋在屋子里面。这个想法令我无比激动。和无数地雷相伴的日子，就是我的光辉岁月。我想要回到从前，我灼灼天才绽放的岁月。

我的屋子里埋满了地雷，大约有十二颗。我进进出出，都是在地雷阵中穿行。我已忘了这些地雷埋在什么地方，不过我不会踩上它们。我相信我不会死在地雷上面。我虽然什么也听不见，但屋子里地雷发出的声音我听得见。它们在地底下合唱，声音充满了欢乐，就像贝多芬的《第九交响曲》。我经常听得热血沸腾。

在欢乐的大合唱中，我在地雷中穿行，我时而跳跃，时而旋转，时而侧移，活像一个芭蕾舞演员。

没几天，地下不再发出任何声音。不，它们也许一直在那儿歌唱，只是我听不到。我聋了，我听到的只不过是我的想象。我一下子感到无比沮丧。死亡的感觉又降临了。我变本加厉，在街头发出各种我听不到的古怪的声音。

一般没人理我。有一天，一个目光炯炯有神的小个子跟上了我。这令我兴奋。我能猜出来他是什么人。我感到这个家伙就像我埋着的地雷，他的跟踪令我觉得自己和世界还有一点点联系。

如果他是地雷，那会是一颗什么样的地雷呢？他会发出什么样的声音呢？他是一个男高音，还是花腔女高音，或者是深沉的男低音？我得听见这颗地雷发出的声音。我渴望声音。

现在我来告诉你们我是干什么的。我从部队下来，地方安排我管仓库。他们说，我已听不见了，不能安排我当领导，只能管管仓库。我管的仓库归属于造船厂，造船厂原属半军工企业，不过几年前转成民用。这几年造船厂很不景气，我管的仓库里没啥东西，空荡荡的，也没人来查岗。这个仓库像是被废弃了的，就像我，是被这个世界废弃了的。

我有一个念头。我希望找一个女人来，在那些地雷上做爱。我知道自己在做爱时，那小个子会在外面偷看。好吧，让我尽情演奏吧，虽然只有一个观众。有观众就好，有观众说明世界依然存在。我的动作无比夸张。

我又听到了"贝九"。关于贝多芬我是知道一些的，他同我一样，不幸成了一个聋子，失去了世界。他那张愤怒的脸就是失去世界的脸，所以他发出的声音就会如此歇斯底里。他一定像我一样，为了掩盖内心的恐慌，他必须大喊大叫，什么命运啊，什么英雄啊，叫得让全世界都听到。

我的所有感官注意着门外那个小个子。现在他对我而言是一枚真正的地雷。我好像又成了一个工兵，我要听到他发出的声音。

我送那女人出去时，看到那家伙一脸的冷漠。他原本炯炯有神的眼睛都闭上了，好像我刚才的活儿对他来说没有任何意义。这令我不快。

好吧，那就让他见识一下我的绝活儿吧。

人生的所有乐趣就在把玩过程中。我很早就懂得了这一点。现在我把地雷埋在我睡觉的房间里，是为了挑战我的身体。我很久以前就这么做了，我是一个工兵的时候，我就在我们兵营外养着一颗地雷。我没告诉任何人，我的同伴随时有可能踩上它，这令人激动。我当然不能让任何人踩上，时刻看管着它，我的耳朵一直倾听着它发出的美妙音响。在这种挑战中，我的身体无比饱满，无比充实。

现在门外的那个家伙就是我养着的地雷。我要让危险和他擦身而过。那个家伙喜欢狗，那些宠物在他面前经过，他会忍不住去抚摸它们。有一天，一只小狗路过，他想要去抚摸时，一枚雷管在小狗的肚子里爆炸了。小狗当场毙命。我看到那个家伙东张西望，惊恐异常。那家伙看着小狗血肉模糊的肚子，失声痛哭起来。一会儿他就匆匆跑走了。

他现在也许更了解我一点了，我想。

我又把女人带到我的房间。在火药的气味中，女人肉体的香艳更加令人激荡。但这次我和女人被他们带走了。我没感到惊奇。我其实一直在等着这一天，我是同他们玩定了这个游戏了。人生对我来说就是一种把玩。如我所料，他们很快把女人放了。他们感兴趣的是我。他们摆开架势，开始审问我。

我不知道他们在说什么。我什么也听不见。我充满敌意地看着他们。他们大概从来没见过像我这样不知好歹的人，他们愤怒了。

我想他们应该早已想收拾我了。他们认为我是个危险分子，必须好好教训一下我。他们开始折磨我。

我得说说那小个子是怎么折磨我的。我得承认，他在折磨人这件事上有天赋。我不是个杂技演员，他似乎想把我培养成一个杂技演员。他用一条绳子绑在我的两只脚踝上，把我的腿拉成一个反"C"。我的双腿软得像青蛙的腿。小个子在这么干的时候，眼睛亮得不行，脸上充满了幸福。

我有一些隐秘的感受。折磨让我的身体苏醒过来。我感到身体里面的声音。在他们每一次动刑的时候，我都听到自己又回到了人群中，回到了这个世上。有一刹那我竟然流出幸福的泪水。

幸福过去后，跟着涌上心头的就是屈辱。

现在不止那小个子是地雷了，他们一大群人都是地雷。我喜欢这样。穿梭在地雷群中是一种幸福。他们令我活着。我是个拆雷专家，这些地雷必须在我的控制之中。

游戏是越来越有意思了。我甚至看到了游戏的尽头。

那天我从仓库回家，一直守在电视机前。我在等待一个激动人心的场面。我在离开仓库时，看到了那个爆炸的场面。远远地，我看到仓库塌陷下去，它塌陷得如此沉着、缓慢、不惊不乍，好像对这世界充满不屑。

电视播放了那个场面。我看守的仓库已成了废墟。一些人正在清理。他们清理出了两条警犬。我不知电视里播音员在讲什么，我看字幕。字幕说，在两只警犬的肚子里，发现了两颗微型地雷，当量大得惊人。歹徒是通过遥控装置引爆这两颗地雷的。

我看到这样的字幕就笑起来。

我看到一具尸体，是那个小个子。我想我杀了人。关于杀人这件事，我不是没有想过。我在边陲做工兵时，有一个家伙参加过战斗，经常向我们吹嘘杀人的事情。他说，杀人不是一件容易的事，但当你杀了第一个人后，就会变得很容易。后来有人开玩笑说，这就好比玩女人，第一次最难，玩得多了，连女人长什么样都不会记得。

我想起小个子这段日子来的模样。有一天我跟踪着他，他去了一家幼儿园，把孩子接了出来，是个女孩。女孩扑到他的怀里，他的脸上布满满足和慈爱的微笑。他的女儿很漂亮，像一个洋娃娃。想起这些，我有点难受。也许我毁掉了一个女孩的人生。

四周非常安静。此刻我脚下的地雷都睡着了，它们没发出任何声音，它们如此安详，就好像在神的怀抱里。

我在等待更加激动人心的时刻的到来。

爆炸过去很长时间，门外一直没有动静，好像什么也没发生过一样。但我知道迟早会有动静。一会儿，我仿佛"听"到了遥远的警笛声。

警察们的到来真令我愉快。他们把我包围了起来。附近的居民都被撤离。警车在外面闪烁个不停。他们小心地匍匐在警车边，端着枪。我站在窗边张望，看到他们小心的样子就想笑。我就高叫了一声。

有人用高音喇叭向我喊话。我听不到他在叫什么，不过我可以猜出来："我们已查清你私藏炸药，你的行为已触犯了法律，你不要轻举妄动，你是个军人，应该知道我们的政策：坦白从宽，抗拒从严……"

警察们的到来让我活了过来，那是一种激情勃发的生命感觉。我又听到了地雷那欢快的合唱。我喜欢贝多芬，地雷们都很听话，它们就为我唱贝多芬。贝多芬的声音是那种力比多过剩的声音，雄健的声音，激动不安的声音，也是《东方红》的声音。我为自己又一次听到这些声音而欢欣鼓舞。

这些地雷将歌唱着献身，而我像一个指挥官那样有一根无形的线牵系着它们。只要我愿意，我可以让它们发出世上最为洪亮的声音。

告诉你们，我是个工兵，但我没有参加过战争。我参军的时候，战争已经结束了。那是我此生最大的遗憾。现在我感觉像处在战争之中。不知谁说过这样的话：活着就是战斗，同自己的身体战斗，同人群战斗，同这个世界战斗。我觉得他说得很对。

他们一直没有动手。这令人不耐烦。我盼望他们早点行动。

夜晚降温了，看热闹的人陆续散去，警察们也安静下来，守在外面。我一点睡意也没有，我知道这安静的时刻是最危险的时刻。我手中攥着地雷的引爆器。

警察们终于按捺不住了，开始在黑暗中蠕动。他们在慢慢向我的小屋靠近。我全身打战，紧张的感觉中伴随着无比的快感。我又一次听到了地雷特有的合唱声。

我终于听清楚了这世界的声音。"轰——"当地雷炸响时，我真的听到了它热烈而欢快的声音。这声音令我体验到世界的重量。我感到自己的体重在增加，感到一种充实而温暖的肉体的圆满。我以为我在不停地下坠，坠向世界的深处，实际上这声音把我送到了天上。我在死之前听清楚了世界的声音，我是死而无憾了。

2003 年 11 月 8 日上午

回故乡之路

"解放，你今天怎么啦？没精打采的。"

妈妈说话时，解放低着头，没有吭声。他知道妈妈清楚他的心思，但大人们总是想隐瞒些什么。爸爸被他们带走已经有一天一夜了。解放搞不明白他们为什么带走爸爸。

解放昨晚去村头的队部偷偷看过爸爸。爸爸坐在昏暗的灯光下，双眼无神，样子十分紧张。解放觉得爸爸的灵魂似乎出窍了。

妈妈坐在屋子里，低着头在择毛豆子。妈妈还没去上工，她一直在屋子里磨蹭着。解放知道妈妈是在等爸爸。

解放走进教室时，感到气氛有点不对头。他说不出什么地方不对头。强牯像往日那样领着一帮孩子在欺负女同学。他们在欺负那个有着李铁梅一样又粗又长辫子的女孩。强牯伸手拉一下那女孩的辫子。那女孩抚住自己的辫子骂强牯。强牯和男孩子们都笑起来。解放知道强牯其实喜欢那女孩，当然解放也喜欢她。确切地说，解放喜欢的是她的辫子，他很想摸一摸那女孩的长长的辫子。解放听到这会儿强牯和他的手下都在放肆地大笑。解放觉得今天他们的笑有点意味深长。

萝卜也在一旁笑，他笑得比谁都放肆。萝卜总是这样，虽然强牯老是欺负他，可他只要看到强牯欺负别人，他总要在一旁笑。有时候，强牯他们不笑了，他还在笑。强牯很烦他这个样子，会忍不住给他一脚。

萝卜笑够后来到解放的座位上。萝卜说：

"你爸还没回家吧？"

解放的脸红了，他感到心脏在剧烈地跳动。

"你放心吧，你爸没事的，你爸画了那么多毛主席的像，你爸会有什么事？"

萝卜的安慰让解放感到厌烦。解放从来没打过人，这次解放却突然伸出拳头对准萝卜的鼻子打过去。萝卜的鼻子流出了血。萝卜一脸惊愕，不过没有哭叫。要是平常，强牯还没打着萝卜，萝卜就会哇啦哇啦地大叫。这次萝卜没有叫，任鼻血往下流。教室里一下子安静下来，强牯双眼锐利地看着解放。解放背着书包抬着头走出教室。走出教室时，解放的眼中涌出了泪水。

学校的西边是群山，山上有各种各样的植物和鸟雀。解放钻入林子。他看到天空在树枝上面运动，阳光的碎片在跟着他跑。一会儿，他来到一块石头边。这是他的一个秘密之所，这里的树枝和藤蔓纠结成一个像茧一样的空间。解放发现了这个地方后就喜欢上了这里。有时候，他会在这里睡上一觉。

透过浓密的树叶，能够看见学校。他们这会儿已经在上课了。解放知道这一课他们将学习黄继光的故事。学生们正在背诵老师在开学时教他们的顺口溜：

"爬雪山，过草地，跟着领袖毛主席。八路军，枪法准，日本鬼子没了命。淮海战，真漂亮，浩浩荡荡过长江……"

听着这顺口溜，解放感到温暖。解放仿佛看到一些画面从这顺口溜中升腾而起，它们是壮丽的炮火，是战地的野花，是浪漫的地下工作者，是《地雷战》《地道战》《小兵张嘎》《红星照我去战斗》……解放喜欢让自己沉浸在对过去战争的怀想之中。学校里有时候会请一些参加过解放战争，打过蒋介石的退伍军人做报告，那是解放最为幸福的时光。

解放从一块石头下面取出一只铁罐头。这里是他的领地。他把自己最珍爱的东西藏在这个地方。铁罐头里面放着几本连环画、一颗子弹壳、一粒七种颜色的玻璃弹子和一支自制火药手枪。解放拿出子弹壳在手中把玩，铜质子弹壳已被他抚摸得十分光滑，黄色的光芒耀人眼目。解放又拿出自制火药手枪，瞄准山下的学校。火药手枪开不了火，因为没有火药。解放知道怎样制作火药，把硫、硝、木炭按一定比例混合就成了火药。解放搞不到硫，解放没办法制作火药。这会儿解放的精神有点放松了。每次来到这个地方，他就会感到平安。他虚拟地打了几枪后，拿出连环画读起来。他收集的连环画都是关于英雄的故事。不知为什么，解放特别喜欢那本讲述董存瑞的连环画。

一个早上很快就过去了。田头广播突然响了起来，这说明已到了中午。解放差不多把爸爸被他们带走这事忘了。他感到肚子有点饿，就从树丛中钻出来向山下跑。

跑过村头，他看到三个男人正在用石灰水粉刷画在墙上的图画。这面墙上画了两幅图画，上面一幅是《毛主席去安源》，下面一幅是《董存瑞炸碉堡》。这两幅画都是解放的爸爸画的，村子里所有画在墙上的革命图画都是解放爸爸画的。三个男人正在粉刷下面那一幅。他们把董存瑞的头、手、手上举着的炸药包抹去，然后他们又抹去董存瑞的身子和脚，接着他们抹去了敌人的碉堡。他们粉刷得非常小心，唯恐把上面的那幅毛主席像玷污掉。解放不知道出了什么事，他们为什么会把这样一幅歌颂英雄的图画涂抹掉？这幅画还是解放叫爸画上去的呢。那时《毛主席去安源》早已画好了，解放发现这幅画下面还有一块巨大的空白，就缠着爸让他把董存瑞画了上去。解放崇拜董存瑞。村里人都觉得解放爸把董存瑞画得很像。

解放又想起爸爸被他们带走这事，心里一沉，快速向家里跑去。走进家门，他看到爸已经回家了。他松了一口气。家里的气氛依旧很压抑。爸爸正在修一只水桶，这只水桶已漏了几个月了，爸爸一直懒得修它。爸爸看起来像是在专注地修水桶，不过他看上去神情有点恍惚，这让他显得动作迟缓。妈妈也回来了，她正在做饭。她一定知道解放今天逃学的事，他们的老师是个喜欢告状的家伙。要是以往他们一定会好好训他一顿的，这次他们好像并没在意这件事。解放不知道家里出了什么事。

日子一天一天过去了。家里平平静静。他们再没把爸带走，家里却还是笼罩着沉闷的气氛。解放已不再去想爸曾被他们带走这事了。

学校里的学军课是孩子们最喜欢的。学军课上，孩子们可以知道各种各样的新式武器。最近的一场冲突就是中苏珍宝岛事件，孩子们因此知道了许多苏式武器：T–62 中型坦克，AK47 自动步枪。T–62 中型坦克的顶部有一个像乳房似的漂亮的圆顶，打开它就可以钻入坦克；AK47 自动步枪则能自动退壳，连续射击。每个学期都会有一次在山林里上的学军课，深受孩子们欢迎。内容是模拟战争：学生被编成几个小分队去寻找老师早已埋在石头底下、树根部或藏在枝头上的纸条，纸条上写着敌军司令、敌军军长、敌军师长、敌军士兵等等。谁捉得多，谁就是英雄。

天空非常明亮，已经是初夏时光，太阳照在人身上有一种令人隐隐作痛的热度。有军装的孩子都穿上了军装（为了这堂学军课，一些孩子早在两个月前就缠着父母要他们为自己置一件小军装），军装外面还系了一根皮带。由于天太热，穿军装的孩子都闷出了一身的汗，他们的脸像天上的太阳一样红，倒是那些穿衬衫的孩子显得神清气爽。孩子们已经等得不耐烦了，他们盼望老师吹响总攻号，他们可以冲进树林里去捉敌人。林子里的空气清凉湿润，包含着地气。钻进林子，满头的大汗就会收回去。

孩子们在山阴的三分之二高处发现了一条壕沟。他们感到很惊奇。他们认为这可能是一条战壕。壕沟的前后都生长着茂盛的树木，但壕沟里只生长着一些杂草，杂草的长度超出了壕沟的坎子。孩子们不知道壕沟有多深，他们跳下去，下身湮灭在了杂草丛中。他们兴奋地沿着壕沟跑了一遍。杂草被他们踩得东倒西歪。天上的太阳很毒，没一会儿，被踩倒的杂草失去了原本绿油油的色泽，变得干枯了。孩子们在学电影解放军匍匐在战壕里作战的模样，他们的嘴上还模拟着大炮、手榴弹和机枪的声音。一会儿，学军课老师也来到壕沟上。有几个孩子围着学军课老师问，这里怎么会有一道战壕？老师说，新中国成立前这里曾发生过一次激烈的战争。当时国民党部队在对面那座山上，解放军在这里。天上全是国民党的飞机，往这山头扔炸弹。

老师的讲述令孩子们激动无比。他们觉得这堂学军课有了真正的战争的气息，仿佛他们刚才抓到的营长、团长之类不再是一片纸，而是真的。

有一股火药气味蹿入解放的鼻腔。解放认为这不是听了老师的讲述而幻想出来的，而是他真的嗅到了火药气味。解放的鼻子比谁都灵。解放认为火药味是全世界最好闻的气味，闻着这样的气味他全身的毛孔就会张开来，整个身心也会放松下来。他奇怪这里怎么会有火药味。这时萝卜在一堆乱草中捡到一枚子弹，他兴奋得哇哇大叫起来。

在山上的战壕中捡到一颗子弹的消息一下子传遍了整个村子。放学后或星期天，孩子们都会像潮水一样拥到这里。他们有的背着铲子，有的背着锄头，他们在战壕里挖啊铲啊，寻找子弹或子弹壳。要是谁找到子弹或子弹壳，他就会得到大家由衷的羡慕。

解放像狗一样把鼻子贴在战壕上。只要他嗅到火药味，顺着那味儿挖下去，他即可以找到一枚子弹。解放捡到的子弹和子弹壳比谁都要多。他挂在胸前的书包里老是发出叮叮当当的子弹撞击的声音。孩子们对此很眼红。萝卜特别崇拜解放的嗅觉，他十分愿意在解放嗅到子弹气味的时候帮解放一起挖。萝卜说，我帮你挖吧，反正我捡不到一颗子弹，我不要你的子弹，我学雷锋。解放答应了。为了挖到地底下的子弹，解放的手都挖破了，他的指甲已残缺不全，两只手指还磨出了血痂。不过解放也没让萝卜白挖，他偶尔会送萝卜一枚子弹。萝卜接过子弹的时候，脸上会涌出梦幻般的甜蜜的笑容。

一天，萝卜在帮解放挖坑时突然说：

"解放，强牯说你爸犯了错误，要被打倒了。因为你爸在毛主席像下面画了《董存瑞炸碉堡》这幅画，他们说你爸这是居心不良，想炸死伟大领袖毛主席。"

解放觉得刺耳，他跳起来，揪住萝卜的衣襟，说：

"你他娘的，胡说八道个什么，董存瑞怎么会炸毛主席？"

"解放，是真的呀，他们都在这么说。你难道没有感觉到，他们现在不同你一起玩了？"萝卜一脸的真诚。

解放松了手，他一屁股坐在地上，想："萝卜说得对，他们确实在躲避我，虽说我以前也不合群，但他们还是愿意和我玩的，现在他们只是远远地看着我，好像我是个怪物。"解放这段日子也疑惑这事，现在经萝卜一说，才知道缘由。解放认为，爸爸犯错误是一个天大的谣言，因为董存瑞不可能去炸毛主席，再说了，董存瑞的画还是解放要求爸爸画上去的。"我爸爸怎么会居心不良，想炸死毛主席呢？"一定是有人在故意散播这个谣言，解放怀疑是强牯所为。"强牯是一个真正的坏人，他想欺负每一个人，可他不敢欺负我，所以他就造我的谣。"解放想自己对强牯应该有所回应。

解放站了起来，向战壕南端望去，一帮孩子正围在强牯身边闹，其中有一个孩子还在给强牯打扇子呢。解放有点慌神，他知道强牯是个不好惹的家伙。强牯心狠手辣，什么事都干得出来。

萝卜一直观察着解放，萝卜已经感到空气中某种紧张的气氛了。萝卜知道解放想干什么。他了解解放的脾气。萝卜说：

"解放，算了吧，他们那么多人。"

"我怕什么？我死都不怕，我还怕他。"

解放看上去脸色苍白，不过他的目光显得十分坚定。"我必须有所回应，即使打不过强牯，我也要有所回应。我什么都不怕，我不怕死。如果我生在战争年代，一定是个英雄。"解放这样想着的时候，已来到强牯身边。解放在离强牯三米远的地方站住，他看到强牯的目光一下子变得警觉，笑容在强牯脸上凝固了。

解放向强牯招了招手，让强牯过来。强牯满脸不屑地走了过来。解放二话不说对着强牯的脸给了强牯一拳。解放把那一拳打出去时，他的双腿在不住地颤抖。他感到打出去的一拳十分无力，就好像他刚刚生过一场大病，身上一点力气也没有。强牯显然没料到解放来这一手。强牯感到鼻子很酸，用手擦了一下，他看到手上鲜红的血。强牯啊地叫了一声，扑向解放。于是两个人打成一团，都想制服对方。孩子们被这突如其来的打斗弄得不知所措，他们呆呆地看着这两个人厮打在一起，不知道该劝和还是参战。这会儿，打架的两个人已在地上了，他们在地上滚动，一会儿是解放压着强牯，一会儿是强牯压着解放。他们俩已气喘吁吁。他们打架时谁也没有说话。一般孩子们打架时，总是粗话不断的。在一旁观看的孩子们也都紧张得大气都不敢出。空气中似乎只有打架的两个人的手、脚、身子动作时发出的声音。打架的两个人又从地上爬了起来，他们相互揪着对方的衣服和头发，在山坡上上上下下地打转。

解放已没有一点力气，他几乎是凭惯性在动作。他想："再这样下去，我可能会败下阵来。"解放想也没有想，张开嘴巴咬住了强牯的肩膀。只听得强牯又是啊的一声，仰开了头，用他的脑袋去砸解放的脑袋。两个人同时摔倒在地，然后像两块石头那样朝山下滚去。

孩子们也向山坡下赶去。等他们赶到，他们发现解放和强牯没有再打架，而是朝相反方向走了。解放朝南，强牯朝北。强牯的白衬衫上洒满了血。

萝卜显得忧心忡忡，他对解放说：

"解放，强牯说他不会放过你。强牯说你没道德，他说你用嘴巴咬他，差点把他肩上的筋咬断。他说只有疯狗才咬人，如果是人，只用手和脚打架，不会用嘴巴。解放，你要当心一点，下一次强牯说他也要用嘴巴咬你。"

解放冷笑一声，说：

"他敢？他再造我爸的谣的话，我不会放过他。"

话是这么说，解放还是有点担心。他不想再和强牯打架。他不敢保证下次能否打赢强牯。再说强牯手下有那么多人，如果他们帮强牯一起打，他根本不是他们的对手。这几天，解放尽量避免和强牯狭路相逢。

村子里出现此起彼伏的爆炸声。说爆炸声，其实也没那么响，但确实比鞭炮声响得多。这是孩子们发明的一种新游戏，他们发现，把捡到的子弹放到燃烧的火堆里，子弹就会爆响。子弹爆响时，火像是被一股强劲的风吹了一下，眼看着要吹灭，突然又轰地燃了起来。强牯已经忘记和解放打架的事，他迷上了子弹爆炸的游戏。强牯想出了新的点子，他把子弹绑在一只乌龟的脚上，再把乌龟投到火堆里。子弹爆炸后，乌龟的身子分成了两半，那有头的一半竟还活着。子弹的存贮不是很多，强牯把别的孩子的子弹搜罗了过来。但玩了一段日子后，子弹就炸完了，只留下一批子弹壳。

孩子们知道解放有不少子弹。解放是村里拥有子弹最多的人，但解放不玩爆炸游戏。既然强牯在玩这个游戏，解放决不会跟着学样。解放想："让他们炸吧，他们很快会发现这个村子只有我拥有货真价实的子弹，他们很快就会羡慕我。"解放走路时故意让书包内的子弹发出叮叮当当的声音。他看到强牯偶尔瞥过来的眼神怀有很深的恶意。解放想："他的眼神越恶毒说明他越羡慕我。"

村子里突然来了一个外乡人。他们说他是人武部的干部。他一到村子里，就说要找强牯。一会儿，他们把强牯领到外乡人面前。人武部的人见到强牯，直截了当就要强牯把子弹统统交出来。他说："有人反映你捡到不少子弹，你还让子弹爆炸，还炸伤了一个过路人的屁股。你把子弹交出来。你知道吗？私藏弹药是违法的，是要坐牢的。"听了这话，强牯笑了，因为他现在没有一颗子弹，他所有的子弹都在嘣的一声中成了子弹壳。也就是说，他现在没有私藏弹药。强牯说："我没有子弹，没有一颗子弹。我不骗你，我的子弹都爆炸了。不过，我知道谁藏着子弹，我可以带你去找他。"

强牯带着人武部的人朝解放家走来。解放站在自家门口的一棵苦楝树下一动不动，他还不知道人武部的人来干什么。该不会是来带爸爸走的吧？解放很担心爸爸出更大的事。他看到强牯向他这边指了指，对人武部的人耳语了几句，就停了下来。人武部的人摇着身子大步地向他走来。那外乡人的眼睛像爪子一样扎到他的身上。解放心跳加剧，脸像喝醉了酒那样酡红。

原来人武部的人是来收缴子弹的，解放松了一口气。解放知道强牯一定告诉这外乡人他拥有子弹，他抵赖不了的。虽然不愿意，解放还是爽快地把书包里的东西倒在地上，一堆子弹滚滚而出。他说：

"你拿去吧，都在这儿了。"

解放没有把所有的子弹交出来，他还留了五枚。这五枚子弹他藏在家后门的一块石板下面。在父母不在时，他会把这五枚子弹从石板下取出来把玩。他恨不得把这五枚子弹插到强牯的身体里。

村子里的孩子们都在传说，解放要报复强牯，强牯将为他的告密行为付出代价。萝卜听说了这件事，心头一阵狂跳，他觉得这两个人打起架来是一定要流血的。萝卜气喘吁吁地跑到解放面前，问解放：

"解放，你真的还要和强牯打架啊？"

解放没回答萝卜。他的脸上露出的笑容充满了蔑视，好像这会儿强牯已被他打得趴在了地上。萝卜说：

"解放，强牯可不是好惹的，上回你咬了他的肩，他还想找你算账呢。"

强牯也听到了传说。听了这些话他脸全黑了，他说：

"他敢？你们等着瞧，总有一天，我会把他打得趴在地上求饶。"

他们谁也没有主动挑衅谁。解放独来独往。有时候解放的身后跟着萝卜（萝卜更多的时候跟在强牯后面，可强牯老是嘲笑他）。强牯总是带着一帮人，在村子里转来转去。他们俩好像有默契，尽量避开对方。

但村子太小了，终于有一天，解放和强牯在一条小巷里碰面了。小巷很深，有五十米长，小巷的墙根上布满了白硝。解放知道白硝可以用来制炸药。强牯见到他后，在小巷的那头站住了。如果强牯没站住，如果强牯很自然地走过来，那么也许什么事也没有，但现在强牯站住了，跟在强牯后面的那帮人也都站住了。强牯的脸色变得十分严峻，目光紧随着解放。解放没有站住，他继续朝小巷那头走去。他没看强牯，只看着墙根的白硝。他感受到了火药味。他意识到这一天终于到来了，也许从此以后他和强牯可以分出个高下来。解放幻想着墙根的白硝变成炸药，把这巷子炸得粉碎。这当然是不可能的。解放咬了咬牙，对自己说，一切都要靠你自己了。他尽力把恐惧从心头赶走，装作若无其事地向强牯那边走去。

走过强牯身边时，强牯叫住了解放。强牯说：

"你站住。听说你要报复我？"

解放就站住了。他可以不站住，而是加快脚步离开。但如果那样，不但强牯，所有的孩子都会看不起他，那么从此后他就会像萝卜那样成为人人都可以嘲笑和欺负的对象。解放的脚像长着钉子似的立在强牯的前面一动不动。他的眼光第一次锐利地刺向强牯。强牯感觉到了解放眼中的坚定，心慌了一下，但这会儿强牯已没有退路了。强牯说：

"现在我已在你面前了，你不要报复吗？你来呀。"

解放看了看强牯背后的孩子，冷笑道：

"你准备用这么多人对付我？"

"谁说的？你放心，一对一。"

"好。一对一。怎么打？"

"随你。"

解放想了想，说：

"我们用拳头已较量过了，这一次我们来打泥仗吧。"

"打泥仗"是孩子们玩的一种游戏。双方在一块场地两端垒起工事，用泥土做炮弹，谁先冲过中线谁就赢。不过现在显然已不再是游戏，而是真正的战争。强牯警觉地瞥了一眼解放，想弄明白解放在玩什么花招。强牯认为其中一定是有诈，也许解放会用什么致命武器对付他。强牯想，解放这个提议意味着他俩实际上已从拳头较量上升到用工具对决了。

他们来到村东边的一块干裂的泥地上。这里原本是一个浅浅的湖泊，由于久未下雨，湖里没一点水，成了一大片干裂的泥地。解放和强牯开始为战争做准备。解放的口袋里塞满了泥块。有些泥块像石头一样坚硬。他希望这些泥块能准确地砸在强牯的脸上。"不管怎样，我都不能输，如果我输了这一次，那我就可能输十次，输一百次。我就是被强牯砸死，我也要赶在强牯之前跑过中线。"

解放和强牯各自找了个隐蔽之所匍匐下来。围观的孩子们躲在附近的一块草地上。其中一个孩子喊了一声"开始"。话音刚落，泥块就从两人的阵地飞向对方。

照一般经验，在战争的最初阶段火力密集，不易进攻。要等到双方的泥块快要用尽，火力稀疏了，才是冲锋的最佳时刻。但解放的行为让所有人大吃一惊，他一开始就冲锋了。他在冲锋时甚至没有向对方砸泥块。他在密集的火力中穿行，泥块一次次砸在他的身上，把他砸趴下，他马上爬起来继续往前冲。旁边看着的孩子们认为解放是不要命了。果然，一块泥土砸中了解放的眼睛，解放的眼睛马上像一只馒头那样肿了起来。肿起来的部位挡住了他的视线，解放有点弄不清前进的方向。这时他的脚被什么东西绊了一下，一个斤斗翻倒在地。强牯见时机成熟，也从自己的隐蔽处爬出来向中线冲。解放看到了这一情况，迅速地从地上爬起来，嘴角挂着一丝微笑。他从口袋里拿出泥块，砸向强牯。强牯被砸得趴在地上。当强牯再次从地上爬起来时，已杀红了双眼，他的手中捧着一块手掌大的石块。照规则是不能用石块的，可强牯竟拿着一块石头。如果他用这石块砸解放，解放会没命的呀。草地上观战的孩子们因紧张而脸色苍白。果然强牯做出向解放投掷的动作，他使出吃奶的力气，把石块掷向解放。石块像一块乌云一样从孩子们的眼里飞过。孩子们都闭上了双眼不敢再看。解放的脑袋被石块砸中，顿时鲜血喷涌，沾满脸颊，仿佛解放的额头变成了一个火球。但解放并没有被击倒，他依旧顽强地跑向中线。强牯惊呆了，他看着一个"火球"向自己奔来，突然感到恐惧，啊地叫了一声，拔腿便跑。草地上的孩子们知道祸闯大了，也都跑了。

后来发生的事解放就一点也不知道了。

强牯知道自己闯了大祸，躲在山上不敢回家。他想他的父母知道这个事后，会把他揍死。后来，有一个伙伴上山告诉他，解放晕了过去，现在已送到城里的医院里去了。那人说，解放有可能会死。强牯听到这个消息，吓坏了，他清楚这回是躲不过去了，他硬着头皮回了家。他当即被他爹妈绑在院子里的一棵树上，毒打了一顿。爹妈打完后就往城里赶，他们家得为解放负担一切医药费用。他们走时没把强牯从树上放下来。强牯绑在树上，想，如果解放被砸死了，那他也活不成了。他知道一命抵一命的道理。他禁不住发颤，绑着他的绳子也跟着抖动起来。

等到父母从医院里回来，强牯已经吓昏了过去。父母把强牯放下来，把他弄醒，说，解放活着。过了一段日子，父母把强牯带到了医院。父母要强牯向解放赔罪。父母告诉强牯，解放的脑子砸坏了，他老是笑，见人就笑，也不知道他是不是被砸傻了，要是他傻了，那他们就要管他一辈子了。强牯这段日子很少说话，他知道还是不说为妙。他们到了医院，解放却不想见强牯，强牯只好站在门外。强牯想，看来解放没有傻，他还知道他是他的仇人。他往里望去，看到解放确实在傻笑，他的眼睛却没笑，看得出他努力控制自己不要笑，却怎么也控制不住，因此眼神里透出恼怒。强牯突然觉得解放很可怜，一个只会傻笑的人怎么会不可怜呢？

解放从医院里出来后依旧对人傻笑。他无法控制自己。他最不愿意让强牯看到他傻笑，在强牯面前，他用尽最大的毅力控制自己的表情，可是他的脸肌不但没有舒展反而表情变得哭笑不得。解放知道哭笑不得简直比傻笑还要难看，还要令人绝望。他努力控制的时间一久，脸上的表情又起了变化，变得似笑非笑，看上去又像是绝顶聪明又像是傻的。解放当然不满意自己脸上的这种表情。他受不了村里人看他的眼神，他们怜悯的目光里同时流露出一种仿佛看到怪物的神情。解放现在很少待在村子里，他总是爬到山上去。让解放感到奇怪的是，当他独处时，他就不再傻笑。村子里的人不知道解放在山上干什么。

火药的气味一直在解放的脑子里缠绕。自他们发现那条战壕起，解放就经常感到火药的气味在脑子里缠绕。解放被砸后，这气味更加强烈了。解放对母亲说了这事。母亲听着听着就流下泪来。看到母亲流泪，解放就再也不同她说了。解放也同萝卜说过，萝卜却说这是解放的幻觉，因为战壕那边的子弹已经挖光了，怎么还会有火药味呢？要是真有火药就好了，村里人想开山都找不到火药呢，火药都让国家收购了，都造火箭去了。但解放总是闻到火药味。

因为战壕里再也找不到一颗子弹，孩子们不再去那里玩了。解放却天天去。解放站在战壕上时，那股熟悉的火药味总会强烈地蹿入他的鼻腔。这时，解放就会像一个喝醉了酒的人那样在沟壕附近跑来跑去。这种感觉暂时缓解了解放的苦恼。

一天，解放在林子里跑的时候，被什么东西绊了一下，重重地摔了一跤。他的身子倒在一棵树上，肘部擦出了血。他回头看到，绊倒他的是一块铁块。解放当即就涌上了灵感：他的脚有了惊人的发现。总是这样，有时候需要用眼睛去发现些什么，有时候得靠身体的其他部位。解放认为他这一跤不是平白无故的，这是让他通过这一块铁块去发现埋在地底下更深的秘密。一个地雷？一枚炸弹？还是一辆装甲车？

是一枚炸弹。解放花了整整五个傍晚才把它挖出来。学校的最后一节课往往在下午三点钟就结束了，他一放学便往山上跑。他当然不会告诉任何人他发现了一枚炸弹。太阳已从对面的山上落下去了，天边布满了血红的晚霞，炸弹因此也染上了一层红晕。这是一枚巨大的炸弹，它虽在地里埋了多年，但它看上去好像刚刚从兵工厂的车间中被运出来，除了个别地方因油漆剥落而生锈外，其他地方依旧散发着银色光芒。炸弹的尾部写着这种炸弹的型号，不过已经看不太清楚了。解放猜想，这可能是一种美制炸弹，是美国人提供给蒋介石打内战的。炸弹大约有成年人那么长，直径有水桶那么大。解放用力地推了推炸弹，他怎么也推不动它。解放想，这是一枚没有炸掉的炸弹，它的内部一定装满了火药。

无论如何这是个重大的发现。解放暂时不想告诉任何人。"我先得把它研究透，别的以后再说。"从山上下来前，解放会把这枚炸弹藏好。他用草、藤蔓、柴火遮盖炸弹，直到他认为不会有人发现它，才会放心地离去。

解放坐在教室里上课的时候，心思早已飞到了山上，飞到了那枚巨大的炸弹上。他偶尔会逃几次课去山上，但不经常逃课，他怕老师发动同学找到山上来。那样的话，他们就会发现他找到了一枚炸弹。解放不住地望窗外，天空高远透明，犹如一块蓝色玻璃。解放曾捡到过一块有色玻璃，用有色玻璃看世界，世界就会变得很奇妙，世界就会变得像一个童话一样色彩缤纷。解放盯着窗外一看就是半天，他的嘴角还不时露出神秘而古怪的笑容。老师当然知道解放上课走神，但许多人说解放的脑子被强牤砸坏了，老师就懒得管解放了。解放虽然没看黑板，没在听讲，但他至少是安静的。

因为出了这么大的事件，强牤已被安排到另一个班上了。老师认为让这两个人坐在同一个教室里读书，就像是在教室里埋了一个定时炸弹，随时都要爆炸。强牤很高兴去另一个班，他不想再和解放过不去。虽然医生说，解放的脑子并没有受到什么损伤，但人们都在说解放现在有点傻。不管解放傻不傻，无论如何都和他砸的那一下有关。强牤因此深为不安。强牤被安排到另一个班后，那个班的老师说强牤变得安静了，他不再带着一帮孩子到处欺负人了。有人说，强牤开始学好了。

这天下午，学校有一个"忆苦思甜"大会。听说有"忆苦思甜"大会，孩子们的肚子就咕噜咕噜地叫起来。因为在"忆苦思甜"大会上，孩子们可以吃到用糠做成的饼子。糠本来是用来喂猪的，把糠做的饼子给孩子们吃主要用来说明旧社会劳动人民比猪，比牛马还不如，从而使孩子们从内心深处涌出生长在新社会的幸福感。不过孩子们一点也不认为糠做的饼不好吃，他们觉得这饼进口有点苦，但带着一种醉人的香味。孩子们还发现用于"忆苦思甜"的饼子也不完全是用喂猪的糠做成的，为了能让孩子们吃下去，里面还羼了不少米粉。孩子们都把"忆苦思甜"的饼子当作一次口腹享受。

孩子们早已高高兴兴地坐在礼堂里等候做"忆苦思甜"报告的人的到来。一会儿，那个秃顶的校长和另一个长得像骷髅的人上了讲台。看到那人，台下一阵躁动。那人实在太可怕了，他的脸上全是伤疤：他的耳朵没有了；他的上眼帘也没有了，他把眼睛闭起来时还会露出一大块眼白；他的脸上没有皮肤，全是没有毛孔的光滑的内层肉。校长让下面安静，然后就隆重地向孩子们介绍了这人。他叫梅龙，是本村人，现在在城里的粮店工作。他已很久没回家乡了，孩子们都已不认识他。他是个劳动模范，他的脸是在"大跃进"时期造水库时被炸药炸伤的。校长介绍他时，孩子们几乎不敢看，只有解放一直瞪着他。解放脸上的表情是若有所思的。

解放其实很想听听那劳动模范的事迹，比如怎么会被炸成这模样的。不过解放知道那人今天不会讲这些，他是来控诉旧社会劳动人民的悲惨生活的。解放因此或多或少有些失望。那人已经在讲了，那双没有眼帘的眼睛因为不会眨动而时常要流泪，要是在平常这可能是一种毛病，在"忆苦思甜"时就成了一种意想不到的效果。旧社会的悲惨生活在他的泪光里闪现，台上台下一片悲戚，许多孩子也跟着流下了眼泪。这些都是真诚的眼泪。他们觉得劳动人民在旧社会实在太苦了，地主、富农实在太可恶。孩子们的心中于是充满了阶级仇恨。有一些孩子的目光投向那些地主、富农出身的同学。这些"四类分子"子女低着头，把头深埋在胸脯里，就好像他们的头是从他们的胸脯里生长出来的。这些"四类分子"子女哭得比任何一个孩子都厉害，有的在不住地颤抖，因为他们知道"忆苦思甜"过后会有一些皮肉之苦等着他们，那些因"忆苦思甜"而激发出满腔阶级仇恨的孩子会把愤怒发泄到他们身上。总是这样，"忆苦思甜"结束，孩子们就会把这些"四类分子"子女团团围住，暴揍他们一顿。

解放一直看着台上的人。他在想象这个有着一脸伤疤的人有过什么样的惊天动地的壮举。解放认为，就凭他伤成这个样子，他也配得上一个英雄称号，他有资格站在讲台上做报告，有资格享受台下没完没了的热烈的掌声。

强牯坐在远离解放的一个角落上。他一直观察着解放。现在他情不自禁地要关注解放。强牯的目光越过一片哭泣着的孩子们的头颅，投射到解放脸上。解放还是一脸古怪的笑容，若隐若现的喉结在上下涌动，好像在不停地咽着唾沫，他的双眼发出异样的光芒。突然，解放收住了笑容（只能收住瞬间），他的目光锐利地投向强牯。强牯连忙避开，不和解放交集。总是这样，只要强牯的目光在解放身上停留的时间超过半分钟，无论这目光是在解放的背后还是在解放的侧面，解放都会做出愤怒的反应，就好像强牯的眼光中带着刺，会把解放的皮肤刺痛。解放看到，强牯的目光慌乱而茫然地投向别处。解放认为强牯不怀好意。

解放看过一部叫《回故乡之路》的越南电影，他记得里面有一个走在回故乡路上的士兵睡在一枚炸弹壳里面，从而躲避了美国飞机轰炸。现在，这个场面深入了解放的内心。他希望自己也能像那个士兵一样，在弹壳里睡上一觉。他仿佛已经感受到睡在弹壳里面温暖的滋味了。

炸弹躺在解放的前面，傍晚的光线照在它流线型的光滑的外壳上，看上去显得完美而沉静。解放明白，沉静只不过是它的表面，它的内部有着炽烈的火药，如果它被点着，会让这座山炸开一个巨大的口子。现在它封闭着，几乎找不到一条缝隙，像一个鸡蛋那样圆满，好像它天生如此。但解放知道，它是由人制造出来的，是人在兵工厂中拼装起来的，只要动动脑筋，就一定能拆解它。解放注意到炸弹尾部那个巨大的铁块，他断定一切机关都在那里面。

解放从家里搬来了螺丝刀、榔头、老虎钳、扳手等工具，他决定从尾部下手，把炸弹分成两半。这样，他就可以如那个越南士兵一样爬到炸弹里睡觉了。虽然这枚炸弹从天上掉下来不曾爆炸，虽然它在地里埋了许多年了，但拆卸炸弹无疑是一桩危险的工作。解放不知道炸弹在何种情况下会被引爆，他没有一点这方面的知识，但他决定冒险。解放拿着螺丝刀，用刀刮除炸弹尾部的沥青。一会儿，一颗螺帽显露出来了。解放知道，他必须把这颗螺帽先退出来。他在退螺帽时，心跳得厉害，他担心自己不小心弄爆这枚炸弹，那样的话他恐怕会被炸得粉身碎骨，恐怕连一块完整的骨头都不会找到。

　　螺丝退去后，后盖就可以揭开了，里面有一些红红绿绿的线头。这情形解放很熟悉，电影里这样的场景比比皆是。那往往出现在电影的高潮，定时炸弹就要炸响，英雄处在最紧急的关头。因为危急，英雄的头上冒着豆大的汗滴，他在判断先断开那些红红绿绿的线头的哪一根。当然最后英雄没有让炸弹爆炸，勇气和运气成全了英雄。解放觉得自己在干一件了不起的事情，就好像这会儿他也成了一个英雄。不过这种感觉只是一瞬间，因为这里没有烟火，这山、这树、这夕阳一片平和，潜在的危险好像并不真实。开始时，他有点害怕炸弹会突然爆炸，干了一阵子，炸弹没任何动静，危险的感觉就淡了。解放看着炸弹内的那些线头，感觉那些线头只不过是摆放在那儿的装饰品。解放想也没想，就一把抓住它们，然后用力一拉，电线脱离了炸弹。当然，炸弹没有爆炸。

　　解放的胆子越来越大了，拆卸炸弹的速度也快了起来。终于，弹壳被撬开了，弹壳分成了两半。弹壳里面有一团用油纸包着的漆黑的东西，解放马上猜出这就是炸药，他在一本有关军事的书上读到过，这东西正确的叫法应该是TNT。真正厉害的就是这团东西，弹壳只不过是这团东西的外衣，就是这团东西炸开来才能地动山摇。为了安置这团东西，解放特地下了一趟山，找到一只他爸用来画领袖像的油漆桶。桶里桶外积满了油漆，解放点上火让铁桶燃烧起来，直到油漆全部烧干净为止。他知道炸药不能碰到火，他在带桶上山前把铁桶在水中浸了会儿。他用自己的衣服把桶中的水擦干净。来到山上，他把那团黑黑的炸药放进桶中，然后小心地盖上盖子。这桶炸药对解放来说是重要的，他将充分利用它。他已想象到这桶炸药给他带来的快乐。他可以让他的自制火药手枪响起来，在村子里发出清脆的声音，还能让别的孩子羡慕不已。如果他们问他是怎么搞到火药的，那他会告诉他们这是自制的，他找到了不用硫就能制造火药的方法。他们一定会发了疯地去试验不用硫的自制火药，不过他们一辈子也试验不出来。解放对自己说："我必须把这桶火药藏好，我不能把这桶东西拿到村子里去，我得让它埋在地下。"解放就在山上挖了一个坑，然后把铁桶掩埋起来。

现在弹壳空空荡荡了，解放可以像那个越南人一样在弹壳里睡觉了。他用衣服把弹壳里存留的脏物擦干净，然后就躺了进去。他好不容易才把另一半弹壳挪归位。随着弹壳的合拢，里面一片漆黑。弹壳里面火药味依旧很浓，这火药味让解放感到平和，就好像炸药的气味里蕴藏着一些寂静的东西。解放躺在弹壳里，觉得人世间的一切远离了他，他的身体里因此涌出一种莫名的温暖。他都不用闭上眼睛，就可以想象天空中飞翔着美国飞机，他们投下了无数的炸弹，炸弹在周围炸响，解放非常安全。有时候，解放觉得自己的炸弹也在天空飞翔。他躺在炸弹里时就不会傻笑。

现在炸弹里面成了解放另一个家。解放只要一有空就奔到山上，然后像一只松鼠一样钻到炸弹壳里。他从山下搬了不少东西上来，这些东西包括：五枚子弹、火药手枪、一块红领巾（解放有两块红领巾，旧的一块系在他的脖子上，这是新的一块）、一张《沙家浜》的剧照、八本连环画、一只滑轮、一块布毯和一台书本那么大的收音机。这是村子里唯一的一台收音机，是解放爸爸的。自从解放爸被带走一次之后，解放爸再也没有打开过收音机。解放爸整日愁容满面，若有所思。解放见爸爸床头的收音机已积了一层厚厚的灰尘，就把收音机搬到了炸弹壳内。他猜想爸爸最近不会对收音机有兴趣，应该不会发现解放拿走了收音机。解放把东西放在炸弹壳内不同的位置上。解放习惯于把东西整得井井有条。他一直是个做事有条不紊的人。他躺在炸弹壳里，打开了收音机，他什么也没有收到，收音机一直在发着古怪的噪音。他还以为收音机坏了，他爬出弹壳一试，收音机还是能收到的。他猜想，是炸弹壳挡住了无线电波的进入。不能在弹壳里收到来自北京或上海的声音，解放感到非常扫兴。

不管怎么说，在弹壳中安置一个家让解放感到满意。这是一个黑暗之所，只要爬到里面，就会被黑暗吞没。弹壳里依旧留存的炸药味让解放感到宁静。弹壳之内仅能容身，因为黑暗，好像没有边界，好像非常辽阔。躺在这弹壳里，解放觉得现实在很远很远的地方，有时候他甚至觉得弹壳飞翔在现在之上。他在弹壳里感到非常放松非常满足。只要在学校或在村子里，他就会傻笑；在这弹壳里面，他就不会再傻笑，他不明白这是什么道理。

弹壳的一半埋在泥土里，所以，即使在夏天，弹壳里面也非常阴凉。在学校里，在村子里，天上的太阳和这个村子好像有一个传递热量的专门通道，把它所有热量都灌注到了这个村子，村子热得燃烧了一样。孩子们都浸泡在村子里的河水中，他们只把他们的头露在水面之上。河中黑色的头颅就像粪坑中涌动着的蛆。解放不去河水中，他一放学就藏身弹壳中。现在，他已经能非常灵活地在弹壳中钻进钻出了，他觉得自己的身体也变得像松鼠一样柔软。

有一回，萝卜在村头碰到解放，萝卜这几天老也找不着解放，就问解放在干什么。解放当时正准备往山上跑，因为不想萝卜跟着他，就停下来和萝卜说话。他可不想任何人知道他的秘密处所。萝卜一直在观察解放，他发现解放看上去确实很傻，笑起来很像一个白痴。这段日子，孩子们都在说解放神出鬼没，他们甚至说解放变成了一只松鼠在山上蹿来蹿去。萝卜看了看解放的眼睛，发现解放的眼睛真的像一只松鼠的眼睛。难道解放真的变成了一只松鼠吗？

远处的巷子里突然跑出一个孩子。接着，又跑出一群孩子。跑在前面的孩子是"四类分子"友灿的儿子，非常瘦，他跑起来的样子就像风中飘荡的一根芦苇。后面那帮孩子相对要结实得多，他们在追打友灿的儿子。在村子里成年人可以随便教训"四类分子",孩子们因此认为他们也可以随便揍"四类分子"的子女。孩子们也不揍所有的"四类分子"子女,他们只揍友灿的儿子。友灿的儿子得了一种奇怪的声音恐惧症,他只要一听到什么声响,就觉得有人要打他,他就抱着头逃窜。友灿儿子越是这个样子,孩子们对他越感兴趣,他们就动不动要揍他。这会儿,那帮孩子已追上了友灿的儿子,他们把那孩子团团围住,然后开始慢慢折磨那个孩子。他们有的踢那孩子,有的把小便撒到那孩子身上,有的甚至要那孩子吃牛粪。友灿的儿子哭得嗓子也哑了,不过他的哭声听起来很假,好像不是从他的喉咙里发出来的。哭声里没有任何内容,既没有痛苦,也没有灵魂。要是以往,强牤一定会积极参与的,这会儿强牤站在一旁,面无表情地旁观着。强牤还把目光投向了不远处的解放和萝卜。他发现解放正看着他们傻笑。

解放突然感到头痛了。见到暴力场面,解放的眼前就会浮现自己被砸的那一幕,他看到那从自己头上喷射而出的血液像花朵一样开放。总是这样,自从被强牤砸伤后,每次见到别人打架,他的头都要痛,就好像他们的拳头正打在他的头上。因为头痛,解放再也不能在这里待下去了,那样的话他可能会晕过去的。他转身就跑。萝卜不知道解放出了什么事,为什么突然跑了。解放迅速地消失在山林之中。在解放钻入山林的刹那间,萝卜真的觉得解放变成了一只松鼠。

终于又钻到了弹壳之中,这个阴凉而温暖之所,这个黑暗无边的洞穴，这个秘密的领地，这个令人感到安慰的地方。解放的眼前依旧晃动着他们揍友灿儿子的情形，不过这会儿解放的头已经不痛了。也许因为刚才的狂奔，他感到有点疲劳，就闭上了双眼。没一会儿，解放就睡了过去。孩子们揍人的场景进入了他的梦中，只是那个被揍的人变成了解放自己。睡梦中解放的身子在不住地扭动，泪水像小溪似的从他的眼中滚涌而出。

一觉醒来，解放身上的衣服都湿透了。他吓了一跳，一时记不起现在在哪里，猛然坐了起来，结果头重重地撞在弹壳的壁上，痛得两眼直冒金星。他才知道自己原来在弹壳里睡着了。想起刚才那些场景只不过是个噩梦，他长长地舒了一口气。他从弹壳中爬了出来。四周十分安静，听不到一点人声。这会儿那鸟叫声听起来有点怪异，不再是干净悦耳的鸣叫，竟带着一点凄惨的哭腔。他感到从弹壳中钻出来后，原来熟悉的世界似乎有所改变。他抬头看天，天上的太阳还在东边。解放只瞥了太阳一眼，他的眼睛就什么也看不清了，只觉眼前一片漆黑。他想起来了，他钻入弹壳时，天上的太阳应该是在西边的，他一觉醒来，太阳竟然在东边了。他知道时间不可能倒流，他想他在弹壳里至少睡了一晚。也许在里面睡了几天也说不定。

不知为什么，解放有一种不祥的预感。解放拧干衣服上的泪水，就向山下跑去。村头出现了新的"大字报"。解放停下来看了一会儿，上面的内容令解放傻笑起来。

"大字报"是针对解放爸的。"大字报"说解放爸老是半夜三更爬起来打开收音机偷听敌台，他不但听资产阶级的黄色歌曲、靡靡之音，还收听反动派的各种宣传，并在群众中传播反革命言论。"大字报"因此推论，解放的爸爸盼望着国民党蒋介石反攻大陆。解放一点也不相信"大字报"所说的。解放爸确实拥有村子里唯一一台收音机（很多人看见这收音机就会眼红），不过爸爸没有收听过敌台，解放爸还警告过解放不要收听敌台。"大字报"上所说的都是假的，是血口喷人。

他想尽量控制自己不要笑，可怎么也控制不住。解放因此给了自己两个耳光。解放对自己说："你应该哭而不是笑！是不是你的眼泪在梦中流完了，你不会哭了？"耳光响过，解放感到脸上火辣辣地痛，他捂着脸向家中奔去。

进入自家院子时，他看到母亲木然地坐在门槛上，双眼无神。她的眼睛看上去很干枯，好像她的眼泪也同样流完了。解放问：

"妈，爸爸还好吧？"

妈妈见到解放就哭出声来。她说：

"你去哪里了呀？我找来找去都找不到你，以为你失踪了。"

"爸爸呢？"

"你爸爸又被他们带走了。不过你放心，你爸爸没事的。"

"他们为什么要带走爸爸？"

妈妈没回答他，妈妈说：

"解放，这几天你死到哪里去啦？我担心得要死。我问萝卜，萝卜告诉我说你变成了一只松鼠。"

"萝卜他娘的才变成了一只松鼠。"

"解放啊，你脑子被强牯砸坏了呀，你不要出门了，不要让妈担心啊。我怕你找不到家。"

解放不想再理睬母亲。自从他被砸了后，母亲总是把他当成白痴。虽然他时刻要傻笑，但他不是白痴。解放向队部奔去。解放跑得飞快，有一刻，他觉得自己都要飞起来了。没一会儿，解放来到队部。队部的门关着，有一帮孩子俯在门边透过门缝朝里张望。他们见解放到来，都用奇怪的眼神看他。解放知道他的父亲就关在里面。解放不想和那群孩子挤在一起。他转到队部的后窗，爬到窗台上往里瞧。他看到守仁正点着烟，拿着棍子绕着解放的父亲转了一圈又一圈。守仁总是这样，他教训人的时候，总是学电影里国民党的样子，好像他是中美合作所的一个打手。

解放爬在高高的窗台上，他蜷缩其上的样子就像一只飞到围墙上的母鸡。那帮孩子也来到屋后看热闹，他们站在窗口下，抬着头，叽叽地笑。解放没理他们。他知道他们在幸灾乐祸，他们总是这样，他们是强牯的帮凶，也许还是强牯让他们来这里嘲笑他的呢。

有一个孩子对着他高喊道：

"解放，你爸这回完了，你爸不但听敌台，还是个大流氓。听说你爸在守仁家的墙头画毛主席像，画着画着，就从守仁家的窗口爬了进去，和守仁的老婆搞上了。你爸真是个流氓啊！"

解放的脸一下子黑了。虽然脸上依旧在傻笑，眼睛却没有笑，他的眼中藏着一把愤怒的剑。解放几乎是从窗台滚下来的，向那喊叫的孩子冲去。那孩子见势不妙，连滚带爬地仓皇逃遁。孩子们知道自从解放被强牯砸伤以后，他的脑子有问题，身上有一股子天不怕地不怕的劲，经常像一只受了惊的公牛那样横冲直撞，再加上那阴阳怪气的傻笑，孩子们都有点怵他。

解放没去追那个孩子，他来到队部门前，嘭嘭嘭地敲门。他喊道：

"开门，开门。"

守仁叼着烟，把门打开，一看是解放，皱了下眉头。在守仁审问的时候，没有人敢来敲门，只有像解放这样的傻瓜才敢。他听说解放被强牯砸开了脑瓜子，被砸傻了。他不知道这个傻瓜想干什么。他嚷道：

"叫什么？叫什么！"

"为什么把我爸关起来？我爸画了那么多毛主席的像，你们为什么还要抓他？"

守仁没理睬解放，嘭地把门关上了。解放的头部被门重重地撞了一下。解放心有不甘，还想同守仁论理，又嘭嘭嘭地敲起门来。解放敲得十分激烈，门一直没开。他持续敲了五分钟。

门突然开了，守仁的脸像煤那样黑。守仁说：

"反啦？你这么大点的人还想造反啊！"

守仁迅速抓住解放，拎了起来，然后一把掷在队部的广场上。解放落地，激起白白的一片扬尘。解放感到屁股骨酸痛酸痛的。广场上迅速围过来一群孩子，他们在离解放不远处站住，目光在守仁和解放之间游移。萝卜也在其中。

守仁叫道：

"你再来敲，我就揍死你。"

守仁看了眼远处的孩子，又说：

"小子们，这个'新生反革命'的儿子是个装疯卖傻的捣乱分子，你们好好收拾收拾他。"

远处，那些孩子的眼神里有一种单纯的冷漠和仇恨。

这时候萝卜来到解放跟前，说：

"解放，你还是快走吧，你瞧他们正看着你呢，你再不走，他们说不定真的会揍你一顿呢。"

远处孩子们的眼神锐利而无情，扎向解放，犹如扎入身体的玻璃碎片，极富攻击性。解放知道有守仁这句话，他们真的会围攻他的。他迅速从地上爬了起来，向山中跑去。解放的衬衫像风筝那样升起来，升得比他的头部更高，然后融入天边的白云中。

这是黑暗之所，像夏天的水一样温暖的地方，没人知道的安全的港湾，遍布着弹药气味的让人能产生飞翔之感的洞穴。解放像一只老鼠那样蜷缩在里面，他的头缩在他的肩膀里，他的背佝偻着，他的手捧着他脚踝，他整个变成了一个圆球。解放不知道自己在弹壳里躺了多久，他不想再出去了，他害怕出去。他闭着眼睛。他看到，在弹壳之外，在黑暗之外，他们的眼睛在天空飞舞，像一把把明晃晃的刀子，他觉得只要他钻出弹壳，那些刀子便会刺入他的肌肤。他感到自己正在缩小，慢慢缩成了一团水，最后变成了一缕蒸汽。

后来，他感到蒸汽又凝结成了水，水又涨成了一个圆球。他感到自己在黑暗中伸直了双腿，双手也舒展开来。他听到了自己在黑暗中发出的声音，这声音一开始有点胆怯，有点沮丧，慢慢地变得镇定和坚硬起来："如果你父亲真的成了一个'反革命'，你就完了，所以，你要自救。你必须成为一个了不起的人，你要干些别人干不了的事情出来，这样就没人敢欺负你了。"

听到这个声音，解放感到一阵激动，好像声音是领袖发出的，让他有想流泪的感动。他看到自己钻出了黑暗的洞穴，然后挖开一块石块，又扒去了一些泥土，取出那只铁桶。铁桶里盛满了黑色的炸药。他取了大约半斤炸药，然后把铁桶重新埋好。

"解放，你在哪里啊？解放，你到哪里去了啊？"

一天晚上，萝卜听到解放的母亲在村子里叫唤。萝卜这才想起已经有几天没见到解放了。解放去哪里了呢？他很好奇。他已经睡下了，不过他还是从床上爬了起来，来到解放母亲身边。萝卜想弄明白解放出了什么事。解放母亲说：

"解放不知道去哪里了，他失踪了呀。以前他也突然失踪的，可这次都失踪一个礼拜了，我不知他到哪里去了。萝卜，你知不知道他在哪里，他不会出事吧？"

萝卜不知道解放在哪里。萝卜想起他们都在说解放变成一只松鼠在林子里跑，他想，也许他们说的是真的，解放真的变成了一只松鼠，这会儿可能在满山遍野撒野呢。萝卜觉得变成一只松鼠是件不错的事，松鼠们的日子一定过得无忧无虑。萝卜没有把自己的想法告诉解放的母亲。他知道解放的母亲不会相信这种事。

第二天，萝卜路过解放家时，发现解放母亲坐在自家的门槛上哭。解放的母亲边哭边叨念着：

"……我的命苦啊，他爸和别人睡，被抓起来了啊……我的命怎么这么苦啊，儿子也失踪了，是死是活都不知晓啊……"

萝卜听了很难过，他觉得应该帮帮解放的母亲，至少可以安慰她几句。萝卜就悄无声息地来到解放母亲面前，他说：

"你没有去山里寻过吧？解放一定在山里面。"

解放的母亲吓了一跳，她没有料到有人会同她说话。自从解放爸被关起来后，已很少有人主动和她聊天了。她止住了哭，充满乞求地看着萝卜：

"萝卜，你是不是知道解放在哪儿？你一定知道解放在哪儿！"

"我不知道，不过他们说……他们说……解放变成了一只松鼠。信不信由你，他们都这么说的，他们看见解放变成了一只松鼠消失在山林里。"

解放的母亲悲怆地干号了一声，哭诉道：

"萝卜，你干吗要骗我，解放怎么会变成一只松鼠呢？"

萝卜被她的哭声弄得有点不知所措，他说：

"不骗你的，我为什么要骗你呢？他们都这么说的呀……你不要哭，我们去山上找，说不定解放又会变回来呢。"

解放的母亲看了一眼萝卜，说：

"你愿意陪我一起去找？你知道解放在哪儿？"

"我说过，我不知道。我不骗你的。不过，我可以陪你一起去找。你不要再哭了，哭有什么用呢？"

萝卜说着就去拉解放的母亲的手。解放的母亲看上去已没了主意，她像个孩子一样跟着萝卜，向村子西边的群山走去。她满眼期待，仿佛她这样跟着萝卜就一定能找到解放。

萝卜领着解放的母亲刚走到山脚下，强牯跑了过来。强牯是见萝卜带着解放的母亲往山上走赶来的。强牯问：

"萝卜，你他娘的又在搞什么鬼？"

"我陪她去找解放。"

"你怎么知道解放在山上？"

"他们说解放变成了一只松鼠，我们去山上叫解放，让解放再变回来。"

"你他娘的真蠢，你这是搞迷信，人怎么会变成松鼠？"

解放的母亲一直没有理睬强牯。解放的母亲认为儿子失踪同强牯那一砸有关系，是强牯把解放砸傻了，解放才失踪的。可是解放的母亲见到强牯还是忍不住伤心地哭了起来。这段日子她总是哭。她感到她除了哭以外没有别的办法了。

强牯听到解放母亲的哭声，回过头来说：

"你不要听萝卜胡说，解放不会变成一只松鼠的。解放肯定也不在山上，我已带着小伙伴们去找过了。我们找遍了整座山也没有解放的影子。"

强牯说的是实话。他确实带着孩子们去山上找过解放。他听到解放失踪的消息后很不安。自从他砸了那一下后，解放就变得神经兮兮的，现在又失踪了，他认为自己脱不了干系。强牯因此非常想在山中找到解放。如果能找到解放并亲自把解放送到他母亲面前，强牯会感到高兴。然而他没有找到解放。解放没在山上，一定不在山上。

他们三个人一起向山林里走。他们不停地左右顾盼，怕寻找不仔细而漏过了解放留下的蛛丝马迹。正是盛夏，植物的叶子和杂草绿得发黑，林子外的空气好像凝固了一样一动不动，不过在林子里不时有一些凉爽的风窜出来，让他们感到身体舒爽了些。萝卜认为这是阴风，似乎同解放有某些联系。当他同强牯说出这一想法时，强牯狠狠地踢了萝卜一脚。强牯说："你他娘的不要装神弄鬼。"强牯的话还没说完，萝卜又叫了起来："呀，你们瞧，一只松鼠。"另外两个人也看到了不远处一棵树上有一只松鼠正在朝他们张望。那只松鼠好像认识他们，一直在观望他们。一会儿它皱起鼻子，好像在嗅他们身上的气息。萝卜觉得它的眼睛很熟悉，很像解放那双警觉的眼睛。萝卜因为有了这个想法而感到害怕。这时，他听到了解放母亲又一次哭出声来：

"解放，解放，是你吗？难道你真的变成了一只松鼠？"

那只松鼠一眨眼就消失得无影无踪。

解放的母亲似乎已经相信儿子变成了一只松鼠，这会儿她哭得比任何时候都要伤心。她哭道：

"解放，你在哪儿？你回来呀，你在哪儿啊？"

一会儿，那只松鼠第二次出现在他们面前。萝卜和强牯已经认得它了。那是一只有着火焰一样艳丽绒毛的红松鼠，它的尾巴高高地翘起，它的额头有白白的一块，这是火红绒毛中唯一的一块白色，非常醒目。松鼠似乎一直在跟随他们。

当那只松鼠第三次出现时，萝卜有点害怕了。萝卜说：

"强牯，你瞧，那松鼠又出现了，也许他们说得没错，解放真的变成了一只松鼠。"

这回，强牯没有吭声。

萝卜现在总是往村头跑。解放失踪已经有两个月了，村里的孩子几乎把这事忘了，但萝卜没有忘记。萝卜总觉得解放并没有远离这个村庄，他隐约感到解放有一天会突然出现在他的跟前。他在村头盼望解放的到来。

萝卜曾向孩子们说起过这个想法，遭到了孩子们无情的嘲笑。孩子们已经把解放当作一个不在世上的人了。他们中有的人甚至已经想不起解放的模样了，好像解放是一个年代久远的人物。萝卜却时刻想着解放。萝卜有一天问强牷：

"强牷，你说解放还会回来吗？"

萝卜的问题令强牷不安。解放的突然失踪让强牷感到人生的某种怪异之感，就好像他生活中的某个部分突然消失了。这件事他有点想不明白。他也不想自己想起这事，他因此对萝卜的问题十分厌烦。他骂道：

"你他娘的有病，你又不是解放的娘，要你操什么心，解放的娘变成了祥林嫂，你难道也想变成祥林嫂？"

萝卜觉得强牷有点古怪，突然发那么大火，莫名其妙嘛。萝卜认为他不会成为祥林嫂，因为他是个男的。不过，解放的母亲确实有点不对头。她受到的打击太大了，换谁都会受不了。她的丈夫终于被定为"新生反革命分子"，被革命群众批斗了几次。他们把他判定为一个国民党指派的敌务。这之后，她就不对头了，看上去呆呆的，逢人便说，她的儿子活着，她的儿子变成了一只松鼠。不过她还没疯掉，她一直还在生产队里劳动。如果她疯了，她是不会去劳动的。

萝卜常常一个人待在村头。他看到强牯往山上跑，他也想跟去，强牯却不愿萝卜跟着。萝卜想，大概因为自己没完没了地提起解放，强牯厌烦了。有一天，有一个孩子对萝卜说，强牯和那个长辫子的女孩子好上了，强牯常带那女孩往山里跑。萝卜这才知道强牯不愿他跟着的真实原因。萝卜对那个长发女孩也很有好感，他对强牯很羡慕。萝卜想，如果解放知道了，解放一定也会很羡慕，因为解放也喜欢那个长辫子女孩。萝卜对这件事没感到任何意外。有一回，他和强牯蹲在粪坑上大便时，强牯还严肃地和他讨论过这个女孩。讨论时，强牯话锋一转说他下面已有一层淡淡的毛了，问萝卜有没有。萝卜红着脸回答说，他还没有。

只要站在村头，向南望去，目光就可以抵达遥远的地平线。很少有人进入视野，因为少有人来这个村子。进入视野的是天上一动不动的白云，白云下面飞翔的麻雀，绿色的田野，田间交叉的河流，河流边的杨柳以及和地平线连接的一条弯弯曲曲的机耕路。

一天，一些黑点出现在地平线上。见此情景萝卜心跳加剧。他感到有一些什么事情将要发生。以往地平线上出现的只是一个或两个黑点，不会像现在这样出现黑压压的一片。萝卜爬到树上向南瞭望。他看得更清楚了一点，是一支队伍，还是报喜的队伍，因为他听到了敲锣打鼓的声音。果然，没一会儿，锣鼓声越来越响，那支队伍走在弯弯曲曲的道路上，离村庄越来越近。

别的孩子也都听到了锣鼓声。他们纷纷爬到树上，像鸟儿那样栖息在枝丫上。他们在猜测这究竟是一支什么队伍。这时，攀缘在香樟树上的萝卜大声地叫起来：

"解放！呀，是解放！解放坐在担架上，他的胸前挂着一朵大红花。"

别的孩子们也都看到了解放。他们见到解放有一种做梦的感觉。他们对解放的突然出现有点不能适应。

那支队伍终于走进了村庄。没错，担架上坐着的胸口挂着大红花的人确实是解放。解放的头和脚都缠着绷带，很像电影里溃退的国民党士兵。解放的身边还躺着一支金属拐杖。孩子们不知道解放出了什么事，他们看到解放的脸上挂着灿烂的微笑，而不是以前的那种傻笑。解放的笑容中透着一种说不出来的满足感。解放很远就在向孩子们招手，他的样子看上去像一个大英雄。抬担架和敲锣打鼓的都是成年人，他们的笑容一样灿烂，好像他们刚刚亲自发射了一颗人造地球卫星。

这支队伍在解放的指点下向队部走去。孩子们尾随其后。孩子们已经猜到解放在其失踪的这些日子干了件了不起的事，不然他们不会敲锣打鼓送他回来。不过孩子们没有表现出过分的热情，解放向他们招手时，他们并没有回应。这同解放的父亲不久前被定为"新生反革命"有关，他们可不想欢呼一个"新生反革命"的儿子。要说孩子们的表情十分冷漠也说不上，他们对解放究竟干了什么还是好奇的。一会儿，队部就到了。

担架已经放在地上，解放从担架上站了起来。他是靠那金属拐杖支撑着才得以站稳。那条缠着绷带的腿明显地短了一截。孩子们猜测解放的脚断了。其中的三个外乡人表情庄严而诚挚地走进了队部办公室。解放不时地看着屋内，脸上有一缕焦灼之色。锣鼓声并没有停下来，他们站在队部的广场上依旧在起劲地敲打。村里人听到锣鼓声陆陆续续地赶来，他们见到解放的模样相当吃惊。解放似乎早已料到他们会有这种反应，没理睬任何人，好像他已完全不认识这村子里的人。

一会儿，三个外乡人从队部的办公室出来了，他们的表情完全变了样，刚才的庄严和诚挚不见了，脸色变得漆黑一片，就好像他们上了一个大当。同他们一道出来的守仁也黑着脸。有一个外乡人对敲锣打鼓的人挥了挥手，示意他们不要再敲，然后对他们说："我们回去吧。"

就在这时，解放的母亲赶了过来。她显得非常着急，像一只饥饿的猎豹那样扑向解放，仿佛要把解放吃了。她在路上已听人说了，他们说解放的一只脚没了，被一帮人抬回来了。她抚着解放那条短了一截的腿，叫道：

"解放，你怎么啦？你怎么成这个样子了，你的脚呢？"

没等解放回答，解放的母亲又蹿到外乡人面前，把为首的外乡人抓住，问道：

"你们怎么搞他了？他是个孩子呀，他的脚呢？他的脚在哪儿呀？"

外乡人的脸色全白了。他们完全理解一个母亲的激烈反应。他们送这个孩子回来时已想到了这一层，他们希望给予这个孩子的荣誉可以平复作为父母的悲伤。现在看来是不可能的了。这个村子里的人没有这个想法。孩子的父亲已成了一个"新生反革命"，他们不可能让一个"新生反革命"的儿子成为一个英雄。外乡人被解放的母亲拉扯着，不知如何是好。解放突然对他母亲喊道：

"你想干什么？你捣什么乱！"

所有的人都安静下来，看着解放。守仁不以为然地对广场上的人们说：

"去去，都干活儿去，有什么可围观的。"

守仁在赶群众走。解放的目光一直追踪着守仁。解放眼中突然涌出了泪水。

解放拄着拐杖走在村子里，总是有孩子远远地跟着他。解放听到他们发出嘻嘻哈哈的笑声，觉得他们太不严肃了，他们不能用这样的态度对待一个英雄。他很想跑到他们面前，告诉他们他干了一件多么了不起的事。他控制了自己。他在等待一个正式的场合，村里或学校组织的集会上，他们把他当作一个英雄隆重地推出来。他认为他的英雄事迹足以让他有资格给他们做报告。

解放终于回来了，萝卜很得意，这说明他的预感是完全正确的。萝卜就在孩子们中间吹牛："你们还不信，我说过解放会回来的。"不过萝卜并不知道解放失踪的这些日子都干了什么惊天动地的大事，有一天，他就问解放，解放骄傲地回答：

"你等着听我的报告吧。"

"你将在哪里做报告呢？"

"村里或学校都可以。"

一连几天，村里没有任何动静。解放就有点急了。事情没有朝解放希望的那个方向发展，人们对他的回来似乎无动于衷。解放一直保持着一个英雄应有的严肃。虽然他依然会像以前那样不自觉地傻笑，不过现在他的傻笑里多了一份骄傲和尊严。孩子们都知道解放想做报告，他们不知道村里或学校是不是会做出安排。如果学校或村里安排解放做一次报告，那么解放无疑就是一个真正的英雄；如果不做安排，解放只不过是一个"新生反革命"的子女，照样一钱不值。解放知道孩子们的这种想法，他因此很着急。

解放看到有几个学生在打扫学校那间破旧的礼堂，还有几个学生正在向礼堂里搬凳子。一会儿他们又把一台机器搬进了礼堂里。解放不知道那是什么机器，他猜想可能是扩音机。解放一下子激动起来，他认为他们正在为一场报告做准备，也许过不了多久，那秃头校长就会来请他做报告呢。解放在礼堂外转了转，周身被一种几乎晕眩的幸福感笼罩。他按捺住激动，回到教室，耐心地等待那一刻的来临。他的脑子里充满了想象，他看到了自己做报告的样子，他甚至看到那一刻他的身上放射出了光芒。他忍不住咯咯咯地笑出声来。

令解放失望的是，一直到傍晚都没有人来请他。他到礼堂张望了一下，原来他们在放一部叫《决裂》的电影。

解放想，他不能等着他们来安排，他应该主动去要求。他干了这样了不起的事情，他有权去要求。解放决定去一趟秃顶校长的办公室，同校长好好谈一谈。

校长对解放的到来很吃惊。不过他马上猜到解放是干什么来的。学生们已经向他汇报过了，他们说解放想在学校里做一个报告。校长没想到解放会找上门来。校长知道这个学生脑袋被砸后，变得十分固执，经常干出不可理喻的事。

解放已在校长面前坐下来。他的傻笑中似乎隐藏着一股强大的意志。一会儿，校长问：

"你有什么事吗？"

"我要做报告。我要给学生做一场报告。"

校长向后仰着打量解放，好像要把解放看小了。校长想，这肯定是个头脑超常的家伙，没有一个正常人会提这样不谦虚的要求。校长突然对眼前的这个人有了兴趣。他听人说，这个孩子为了当英雄而炸断了自己的脚。他倒要问问，他究竟干了些什么事。

"解放，你想做报告？你先给我做一场如何？"

"我要对着所有的学生说，我不能同你一个人说。"

"你不同我说你的英雄事迹，我怎么能答应你给学生做报告呢？"

"你难道没有看见他们敲锣打鼓送我回来吗？要是我不是一个英雄他们会送我回来吗？"

校长噎住了，他想，固执的人自有逻辑，这逻辑自成系统，很难辩驳。校长突然失去了兴趣，不耐烦地说：

"你不肯说就算了，你回去吧。"

解放没走，他拄着拐杖立在那儿，就像铁塔那样纹丝不动。他愤怒地看了校长一眼，然后说：

"好吧好吧，我简单给你说一说，不过，我不会全部告诉你，我只有在给他们做报告时，才会全部说出来。"

校长冷笑了一声，说：

"随你便。"

校长的冷淡态度让解放不知从何说起。他张开嘴，却吐不出一个字，好像这会儿解放突然失去了说话的能力。

"解放，你怎么啦？"

"我不知道从哪里讲起。"

"这样吧，我来问你，你回答我，好吗？"

解放双眼直愣愣地瞪着校长，没有表态。

"听说你的脚是被埋在铁路上的定时炸弹炸断的，是这样吗？"

"是的。"

"是谁埋的定时炸弹？"

"不知道……一定是'反革命分子'。"

"你是怎么发现的呢？"

"我一直在铁路边走，我听到耳边满是嘀嘀嗒嗒的钟声，后来我意识到那是定时炸弹发出的声音。我想，一定是阶级敌人想搞破坏，把炸弹埋在了铁轨下。"

"所以，你就把它挖了出来。"

"对，可是我一碰到炸弹，炸弹就爆炸了。"说到这儿，解放似乎不耐烦了，他皱了皱眉头，飞快地说，"我昏了过去。我醒来后，发现自己在医院里。他们告诉我，我是一个英雄。他们说炸弹把铁轨炸断了，把我自己的脚也炸断了。我挽救了一列车人的性命，因为那辆列车知道前面出了事故，所以在远方停了下来。他们因此说我是一个英雄。我知道任何人碰到这种事都会这么干，我做的事微不足道，但他们把我当成了一个英雄。"

解放说话的时候一直没有看校长。校长那双深陷的眼睛锐利而多疑，解放不喜欢校长的眼神。解放知道，这会儿校长那双探究的眼睛像两只令人讨厌的苍蝇在围着他打转。解放意识到校长并没有相信他。

校长清了清嗓子，转了话题，问道：

"你为什么突然离家出走了？你这段日子一直在哪里？一直在铁路边转？"

解放的脸红了，他不想回答校长这种无聊的问题。

校长却不放过他，又问：

"你一直在铁路边转吧？"

解放被问得有点烦，他说：

"你这是什么意思？"

"你说我是什么意思？"

解放抬起头看校长。看着校长那张自作聪明的脸，他很想在那脸上揍一拳。他已经对校长不耐烦了，不过他忍住了。沉默了一会儿，解放说：

"我都告诉你了，这回你应该让我做报告了吧？"

"你走吧，我们再商量商量。"

"你说话要算数。"

"解放，你也知道，这个事难办。你是不是个英雄要上级来定。"

"你他娘的在寻我开心吗？"解放火了。

校长绷起了脸，高声斥道：

"解放同学，你现在在同老师说话。"

解放的脸越拉越长，他的双唇在不住地抖动。他突然举起那只铁拐，劈头向校长砸去。

现在，解放越来越喜欢躺在黑暗的弹壳里了，只有待在这个无人知道的远离现实的处所他才会平静一些。他们并没有把他当成一个英雄，他们也没有打算让他做报告。关于他打校长的事人人都知道了，他们围成一堆一堆在谈论这件事。他们的表情奇怪而夸张，就好像解放是一道他们猜不出来的谜语。他们因此对解放更加好奇，他们看解放的目光里有一种冷漠的探询，就好像解放是放大镜下的一只蚂蚁。解放不由自主地逃到他的领地，他的弹壳中来。但即使躺在弹壳中，他依旧感到心脏不适，心跳快得像要从胸口飞出来。他使劲呼吸，他听到自己的呼吸声在弹壳里很沉重，像冬天夜晚窗外呼啸的西北风。他闭上眼睛。他在黑暗中看到自己站在礼堂的讲台上，底下坐满了学生。接着他听到了自己的讲话声。一会儿，他才意识到他只是在弹壳的黑暗中独自说话。虽然用了做报告的语调，也只不过是自言自语。然而解放怎么也停止不了自己的说话，他一直在不停地说不停地说。这段日子他的心里一直盘桓着这个报告，他觉得不讲完自己会憋死。他终于一口气把这个报告讲完了。他听到台下潮水一样的掌声。他的泪水顿时落了下来。他感到他的心再也不发慌了，呼吸也均匀了。他从黑暗的弹壳中钻了出来。

解放几乎远离了所有的孩子。

他发现他们在他背后学他一拐一拐地走路，连萝卜也在模仿。他本来想追上去用铁拐杖砸他们的，但他觉得他不可能追上他们，只好作罢。他想虽然自己的腿瘸了，不过还是有一点用，至少让他手中有一个铁家伙，要是没有这个铁家伙，他们也许会像欺负别的"四类分子"子女那样围攻他。

解放向山上走去。就像电影《南征北战》所演的，拐脚的人爬山都特别快，一会儿，那些人就见不着他了。

解放现在有了一个他不能控制的习惯，在没人的时候，他就要大声说话，作报告状。他不但在弹壳里不由自主地这样，走在没人的林子里也忍不住演讲。只要周围没人，他就要讲话，直到慷慨激昂地把报告做完。

有一天，解放左右前后观察了一下，见周围没人，就开讲了。刚说了个开头，他就听到背后有人叫他。是萝卜的声音。他不想有人看到他独自一个人在做报告，马上就憋住了话头。因为忍住讲话需要一点毅力，他的脸因此涨得通红。

"你来干什么？"

"我听到有人在说话，我就过来了。解放，你刚才在同谁说话？你干吗说得那么响？解放，你是不是在做报告？你是在练习吧？"

"我不用练习。"

"解放，你还是死了心吧，他们不会让你在学校里做报告的。"

解放没吭声。

"你为什么一定要在学校做报告呢？你如果想做报告的话，你可以……这样吧，解放，我很想听听你的故事呢，你给我一个人做一次吧。他们说你是因为挖定时炸弹受的伤，是不是这样？"

解放突然觉得全身发痒，演说的欲望控制了他，他傻笑起来，笑着笑着，眼眶就泛红了。

"解放，你就给我说说吧。"

解放站在萝卜面前，准备开口说话。但他又一次像是哑了一样，他发不出一个音节。他张着嘴巴，脸上是那种痛苦而奇异的笑容。

孩子们都知道解放想给他们做报告，现在他们还知道解放对着他们连一个字也说不出来。他们有了嘲笑解放的新角度和新方法。他们跟在解放的后面，高声叫道：

"解放，解放，给我们做个报告吧。"

这样叫喊的时候，他们高兴的样子像是捡到了一块金币。他们也没忘记学着解放一拐一拐地走路。他们摇摇摆摆的样子就像那种带着弹簧的玩具人。解放知道他们在嘲笑他。解放想："他们的胆子越来越大了，开始他们只在背后议论我，现在他们竟然明目张胆地嘲笑我，过不了多久他们就要攻击我了，我该怎么办呢？"

有一天，解放的母亲发现了孩子们在捉弄解放，就冲了过来。她高叫道：

"你们为什么要这样？解放已这个样子了，你们还要这样对待他。他被强牯砸傻了，他又炸断了腿，你们不可怜他，你们还要捉弄他。"

说完，她呼天喊地地哭了起来：

"老天啊，这不公平啊。"

孩子们有点被解放的母亲搞蒙了，一会儿他们醒了过来，他们想她只不过是个"新生反革命"的老婆，她没权力训斥他们。于是他们把解放的母亲团团围住，开始用革命口号对付解放的母亲，有人甚至动手推搡她。解放的母亲见势不妙，顿时泄了气，缩在那里，完全傻了，模样很像一只受惊吓的兔子。

解放看到了山下的这一切。他看到母亲被他们推倒在地时，想也没有想，就冲下山去。由于动作太快，他失去了重心，结果像一只皮球那样滚下山坡。他举起铁拐杖，向孩子们冲去。孩子们见状，像苍蝇一样一哄而散。解放的眼中布满了空洞而痛苦的泪水。

解放的母亲从地上爬起来，试图抱住解放。解放挣脱了她。他一拐一拐向山上爬去。母亲在背后喊：

"解放，你老是待在山上干什么呀？你逃不走的呀。"

解放走在山上。天空湛蓝，看着这蓝天，他觉得身体变轻了，仿佛这蓝天有着巨大的吸引力，会把他吸走。如果被吸上了天空会变成什么呢？也许会变成一朵白云，也许会变成一缕青烟。有几次他甚至觉得自己已经飞起来了，结果他发现根本离不了大地，他只是在黑暗的弹壳中做梦。解放想，也许变成一朵白云或一缕青烟是一件不错的事情。

现在解放总是躺在弹壳里面。他想永远这样躺下去。他知道要是他不再爬出弹壳，那他也许真的会变成一朵白云或一缕青烟。他们说，人死后灵魂会变成一缕青烟飘到天上。也许根本没有所谓的灵魂，不会有什么青烟出现，只留下一具冰冷的尸体。但他要是从弹壳中爬出来，他们就会没完没了地骚扰他。他们会像在一棵树上刻下他们的记号那样在他的身体和精神上留下他们的印记，那样的话他会变成一棵残缺不全的树。不过他觉得自己已经是一棵残缺不全的树了。

要不要爬出来，最终取决于感官，取决于自己的胃。饥饿的感觉同样会在你的身体和精神上留下印痕。饥饿让胃部变得滚烫，思想会不自觉集中在那个器官，那儿仿佛正有一把刀子在切割每一根神经。解放忍受不住，还是从黑暗的弹壳里爬了出来。

仿佛在弹壳里已待了一千年，解放钻出弹壳的一刹那，他对见到的一切有一种陌生感。他以前没有发现，树木和杂草竟是如此绿，他仿佛能看到一种绿色的汁液在树叶里面流动。那些在林子里飞扬的虫子鲜艳夺目，就好像这些颜色是谁刚刚涂上去的。他本来以为泥土充满了腐烂的气味，但现在这气味闻起来清醒温暖，像刚温热的米酒的气息。面对着这一切，他贪婪地呼吸。他在林子里寻找可以吃的东西。这会儿，他觉得自己的胃部填满了各种各样的色彩，就好像他眼中所见都进入了他的胃部，就好像他的胃也长出了一只眼睛。

他找到一只番薯吃下。胃里有了一种真实的食物的感觉后，胃壁轻快地蠕动起来。他听到胃里面正在歌唱着。是什么歌呢？《东方红》？这首歌给人时间感，每次田头广播响起时都会奏这首歌，这时肚子就会感到饿，因为吃饭的时间到了。《大海航行靠舵手》？这首歌充满了感激和乐观主义情绪，"雨露滋润禾苗壮"，一派丰收在望的景象，似乎也同胃有点关系。《毛委员和我们在一起》？这首民歌讲的是什么？"红米饭和南瓜汤"，看歌词你就可以猜到一定也和胃有关。也许这些歌的产生同饥饿相关，那些创作它们的人一定有过饥饿的体验，当他们的胃因为装满食物而快乐地痉挛时，他们就根据胃部的节律而创作了它们。谁知道呢。

解放走在山林里，他一边走一边胡思乱想着。此刻他的脑子特别活跃，什么想法都有。这种感觉就像是喝醉了酒，特别亢奋。可是，没一会儿他碰到一件事，这件事刺激了他，他的亢奋马上转变成了沮丧。

解放在林子的深处见到强牯和那个长辫子女孩在一起。他们手拉着手，唱着一首歌呢，是《英雄赞歌》："为什么战旗美如画，英雄的鲜血染红了它；为什么大地春常在，英雄的生命开鲜花……"强牯一直不喜欢唱歌，他的嗓子不好，唱起来像牛在叫。但这会儿，强牯唱得很欢，瞧他的表情，荡着幸福的笑意。看到这一幕，解放感到奇怪，强牯一直都在欺负这个女孩的，这会儿他们却手拉手在一起。解放喜欢这个女孩，如果能拉着这个女孩的手是件多么幸福的事！

他们好上了吗？这是在什么时候发生的呢？这些日子解放竟没有想起过这个有着李铁梅一样的长辫子的女孩。以前，解放总要想到她。她的长辫子让他感到温暖。有一回，解放看到她在河边洗头，她的头发披散着，像一匹黑色的瀑布。解放感到这匹瀑布好像落在了他的心里，让他的心头痒痒的。解放过去总是远远地看着她，从不和她说话。每当强牯欺负她时，他就想保护她，同强牯打一架。他和强牯玩不到一块儿也许同她有关。可是现在这个女孩竟然拉着一直都在欺负她的强牯的手。解放不能理解。也许是强牯强迫女孩这么干的。

这个事情开始吸引了解放的注意力。解放开始盯那女孩的梢。解放在不同场合看见她和强牯在一起。他发现是她主动去找强牯的，强牯并没有强迫她。解放支着拐杖跟在他们后面，心头发酸。他的头脑中出现自己走路一瘸一拐的样子，就好像强牯和那女孩子是一面镜子，把解放残缺不全的形象完全照了出来。解放突然感到自己的身体复苏了，那只截去了的腿疼痛起来，接着他的心脏也疼痛起来。

身体的疼痛一直没有消失。即使躺在弹壳之中，他也总是感到那只截断的腿生长着尖锐的痛感。那痛感像树根那样从他的腿部钻出来，向空间生长。疼痛的树占满了整个弹壳。他明白他的身体是残缺不全的。在这之前他没有意识到自己身体的问题。这会儿在黑暗的弹壳中，他看到自己的身体变成了一块被剪碎的破布。他感到自己被什么东西击溃了。

如果强牯和那女孩是解放的一面镜子，那他就要砸烂这面镜子，因为这面镜子时时刺激着他。这是解放现在唯一的念头。

解放想，也许他已配不上她，但强牯也配不上她。强牯这么坏的人，这么下流的人怎么配得上她呢？萝卜告诉解放，强牯和萝卜在一起时老是说下流话，强牯还带着萝卜偷看姑娘们洗澡。这么下流的人怎么能配得上她？解放打算和那女孩子谈一谈。解放认为那女孩子应该离开强牯。她应该知道她是一朵鲜花，而强牯只是一堆牛粪。强牯怎么配得上她呢？

解放在山脚下拦住了女孩子。那女孩用惊恐的眼神看着解放。女孩子不知道解放拦住她是为了什么，人们都在说解放的脑子坏了。

"你不用怕，我不会对你怎么样的。我只想告诉你一些事情。"解放说。

"什么事情？"

"我知道你急匆匆干什么去。不过我要告诉你，你不值得去。"

女孩的脸突然红了。她说：

"你在说什么呀？我只不过去山上玩一会儿。"

"我知道山上有人在等着你，你骗不了我，也用不着骗我。"

"我骗你干什么？"

"你不要和强牯在一块儿，他不是一个好东西，他是个流氓，是个下流坏。"

女孩的脸更红了。她低着头，双手抓着辫子。

"我不会骗你的。强牯配不上你。强牯什么下流话都说得出来。他还偷看姑娘洗澡，看电影时还摸姑娘们的奶。他是个不要脸的人。"

女孩子突然哭了。她说：

"你这是什么意思，为什么要说这些事？"

见女孩哭，解放的心热了一下，他跳着向女孩身边移，想安慰一下女孩。他在女孩的背部拍了拍。他的手触到了她的辫子，他的心颤动了一下，紧接着像犯了疟疾似的全身颤抖，一只手不由自主地在女孩的辫子上抚摸起来。女孩尖叫道：

"你干什么，你干什么？"

女孩慌慌张张地逃离了解放。解放就追了过去。他说：

"你不要跑呀，你为什么要跑？我是真心为你好。我知道我配不上你，但强牯更配不上你。"

解放边喊边追。他不小心摔了一跤。当他爬起来时，发现有一个人站在他面前。是强牯。强牯正冷笑着看着解放。

"你他娘的是不是疯了，你想干什么？"

"我找她说话，不关你的事。"

"你这是癞蛤蟆想吃天鹅肉，你也不去照照镜子，你这样子了还同我争风吃醋。"

解放听了这话，气得发抖，他举起拐棍向强牯砸去。强牯让了一下，然后抓住了解放的拐棍。强牯说：

"我不同残疾人打架。你被我砸了以后，我就对自己说不再同你打架。我知道你很倒霉，老实说，我很同情你。不过，你不要把我逼急了。你不要再惹我。"

强牯说完，把拐棍一扔，回头就走了。他来到不远处正在哭泣的女孩身边，安慰女孩。一会儿，他拉着女孩的手，消失在解放的视线中。解放捡起拐棍掷向他们。

有好一阵子，解放的脑子一片空白，只有强牯那张不屑的脸一直在他眼前晃动。这张脸像乌云那样覆盖了他。他木然站着。他还是像往常那样傻笑着。他知道自己傻笑的样子有多么可恶可悲。他打了自己一个耳光，骂道："你他娘的还笑！"

已经是初秋时节了，虽近黄昏，阳光依旧悠长明亮，充满热力。解放坐在弹壳上看着四周。周围的一切明晃晃的，就好像那些树上长出了无数面镜子。林子里照例有鸟儿翅膀的扑打声和它们的鸣叫声。不远处的田野上，两只小牯牛在斗角，它们的脸上沾满了血迹，它们血红的生殖器都展露在了外面。一些孩子在一旁看着热闹。解放不知道两头牛谁能赢。

慢慢地，解放的思维又回来了。他不由自主地想：

"我知道我失败了。我已经不是强牯的对手。我的身体废了，我知道他们怎么对待一个残疾人，他们现在不会叫我的名字，他们就用'那个拐脚'称呼我。他们还叫我傻瓜、白痴，还叫我'小反革命'。这些称呼会跟我一辈子。我失败了。我本来以为他们会把我当成英雄，这已经是不可能的了，他们只把我当成一个可怜虫。"

两头牛还在相互攻击，一头牛已躺在地上，另一头牛没有放过它，使劲地用锐利的角顶它。解放能想象到那躺在地上的牛眼里一定布满了绝望。他的头脑中又出现了强牯那张得意的笑脸。他觉得那笑脸就像一把剑一样刺在他的胸膛里面，令他窒息。"我已经斗不过他了，如果我的脚没断，我也许可以把他打翻在地，把他打得就像那只绝望的牛。现在我再也对付不了他，他甚至不用费太大的力气就可以制服我。这世界没有公平可言，现在我成了这个样子，而他却和那女孩手拉着手在乐。"

"不过，我不会放过他，让他乐吧，他不会有很多时间了。"解放对自己说，"我肯定不会放过他，即使我打不过他我也不会放过他，除非他在我面前突然消失，除非他被一阵风刮走，否则，我决不会放过他。他是我在这个世界上唯一的仇人。"

不过解放有点搞不清他对强牯的仇恨来自哪里。他努力回忆都想不起自己为什么那么恨强牯，除了砸在他头上的那一下，强牯其实并没有更多地伤害过他。但他就是恨强牯。他恨透了强牯。

一天马上就要过去了。天慢慢暗了下来，一切隐匿不见。远处村庄点起了灯。解放还是一动不动坐在那里。他的眼前挥之不去的是强牯那张得意的笑脸，仿佛这张笑脸隐藏在每一片树叶中。那张笑脸堵住了他的气管，让他有点喘不过气来。这让他感到恼怒。他突然吼道：

"让你笑吧，你不会笑很久了。"

时光在慢慢流逝。他看着月亮升起来，从树梢的这一头移到了那一头。这时，他站了起来，走到弹壳附近的一块石头边。那底下埋着那桶火药，那桶黑色的TNT。他把石头移去。火药的气味像烈酒那样蹿入他的鼻腔，他的肺部，他的心脏，他的血液，他仿佛感到自己的身体在膨胀。他突然对着眼前那张晃动的笑脸说：

"看你得意到哪一天。"

这天晚上，村子里的人被一声巨大的爆炸声惊醒了。他们纷纷从床上爬起来，向爆炸声方向奔去。他们发现强牯家的阁楼已被炸飞。强牯的父母亲没睡在阁楼里，所以没事，但强牯不知去向。强牯的父母哭泣着在残垣断壁里寻找强牯，他们没有找到，就好像强牯被炸上了天。最后，还是从城里赶来的警察发现了强牯。强牯正躺在离家一百米远的一堆草垛上，已血肉模糊。强牯被送进医院。

这天清晨，人们发现解放又像上次那样失踪了。人们自然把这个爆炸事件和解放联系在了一起。城里的警察为此还发了通缉令抓捕解放。解放一无踪影。

一个月以后，强牯从医院里出来了。强牯的一条腿被截掉了，他拄着解放那样的一支拐杖，只不过强牯的拐杖是用木头做的。村子里的人没有找到解放，城里的警察也一无解放的消息。村子里的人认为这次解放可能会永远失踪，只有解放的母亲总是站在村头，盼着解放会突然归来。关于炸药的来历，警察审问了解放父母多次，没有审出结果。炸药的来历和解放的失踪都成了一个谜。

一天，萝卜和强牯在山上玩。他们有一句没一句地闲聊着。后来他们说起了解放。

"强牯，你说解放的炸药从哪里来的呢？"

"不知道。"

"解放为什么要炸你们家呢？"

"我不知道，也许他是报复我吧。他被我砸了一下后一直恨我。"

"他被你砸了后确实有点古怪，你不觉得他怪吗？"

"是有点怪。"

"他被你砸了后老是往山上跑，他们还说解放变成了一只松鼠呢。"

"谁知道。"

"他们还说那铁路上的炸药也是解放放的，解放是自己把自己的腿炸断了。"

"我不知道。"

他俩几乎同时看到一只松鼠在前面跳跃，松鼠不断回过头来望他们。萝卜认出了那只松鼠，就是上回他们见到过的那只，瞧它头上的那块白，一眼就能认出来。他们紧跟着松鼠。松鼠的跃动不紧不慢，和他们保持着一定的距离。他俩跟着它走了好长一段山路。

"强牯，你瞧，这松鼠认得我们呢，也许它真是解放变的呢。"

"我不知道。"

萝卜被什么东西绊了一下，重重地摔倒在地。那松鼠迅速蹿入林子里，消失无踪。萝卜不知道什么东西绊了他，他撩开一些藤蔓，发现一个巨大的金属块。萝卜尖叫了一声。

强牯听到了萝卜的尖叫，回头看到萝卜在敲击那金属块。强牯也用拐杖敲了几下，金属块发出沉闷的声音。他们的心怦怦狂跳起来，他们意识到可能会有一个惊人的发现。他俩谁也没有吭声。一会儿，金属块四周的泥土都被他们扒了去，一枚巨大的炸弹呈现在他们面前。这枚炸弹显然已经有人动过了，炸弹尾部的螺丝都被撬掉了。他俩觉得事情重大，向村庄奔去。

他们带了村里的人来到这枚炸弹边。村里人小心地把炸弹的上部移去。一股奇怪的气味蹿入他们的鼻腔。那气味和发酵过了头的酒的气味有点相像。所有人的目光投向那枚炸弹，他们发现炸弹里面躺着一个死人。死人并没有腐烂，他的身体上盖着一块红布。红布是用两块红领巾拼接而成，红布上画着五颗用黄色粉笔画成的五角星。

2000 年 7 月 16 日

战　俘

上部

　　我决定就此死去。我躲在山洞里。洞里无比黑暗，只有左方有一缕光线，刺眼得像美国人的探照灯。我不看那光，那光让我心烦。我一直闭着眼，饥寒交迫，希望死亡快点来临。在钻进山洞之前，我看到遍地的尸体，那都是我的战友，他们刚才还是活蹦乱跳的。他们在枪林弹雨里冲锋，相信自己一定会赢。我像他们一样，从来没想过会全军覆灭。只有我还活着，在黑暗中，我感到羞辱和困惑。我渴望在敌人到来之前死去。我已准备了子弹，如果敌人到来，我准备一枪结果自己。

　　我睡着了。等我醒来的时候，一群南朝鲜人正围着我，他们的枪口对着我的脑壳。我这才知道我是被弄醒的。我意识到自己被俘了，我迅速拿起身边的枪，但他们的反应很快，把我的双手架住，让我无法动弹。我挣扎了一下，可我已没有一点力气，我沮丧地喘着粗气。他们哇啦哇啦叫着。

在参战前，我们学过几句简单的朝语，我听懂其中的几句。他们叫我安静，不要反抗，否则要毙了我。我愿意他们一枪毙了我。

我想不通。我从来没想过失败。我们跨过鸭绿江的时候没想过这个，至少没想过会被抓起来，做俘虏。在我的脑子里，俘虏是个同我无关的耻辱的词语，这支部队从来没有教过我们举手投降。现在我却被活捉了。

他们把我带到一个哨所。他们开始审问我。我当然什么也没有说。那些南朝鲜人气坏了。我看到他们眼中的杀机。我要激怒他们，让他们毙了我。要激怒这些南朝鲜人很容易，只需用眼神。他们见我眼神中的鄙视，怒不可遏。他们就把我拉出去，威胁说要杀了我。我求之不得。他们把我拉到一条结冰的河边，把枪顶在我的头上。我想象我的血在冰面上流动的情形。老实说，这个时候，我是有点恐惧的，我的腿有点发软，我灵魂出窍，有一种窒息的感觉。我想，我应该喊几句革命口号，就像狼牙山五壮士一样。喊口号也许可以消除恐惧。可就在这个时候，美国人托马斯出现了。

托马斯是急匆匆跑着过来的。他穿着美国野战服，手上端了一支冲锋枪。他一路大喊大叫，对那些南朝鲜人指手画脚。后来，他用胸膛挡住南朝鲜人的枪。他伸出手指在摇动。我不知道这个美国人在说什么，但我意识到这个美国人把我从南朝鲜人的枪口下救了下来。当时，我的胸口充满了喜悦，这喜悦非常饱满地在身体里膨胀。但喜悦迅即消失，沮丧马上占据了我的心头，因为活着对我来说是屈辱的，没有尊严的。南朝鲜人不敢违抗美国兵，他们让托马斯把我带走了。我被带到一公里之外的美国兵营。

托马斯是负责管理战俘的，能说汉语。战俘营有十九位战俘，他们看上去很茫然，只有一个叫李自强的家伙，似乎比较乐观。托马斯经常找他，向他交代相关事情，然后再由他传达给我们。我很小看这个家伙，认为他相当于是一个汉奸。反正就像电影里描述的，帮鬼子干活儿的没一个好东西，不管这鬼子是小日本还是美国佬。战俘营里其他人却非常尊重李自强，也愿意听李自强的指挥。一个难友见我不说话，劝慰我，说李自强刚开始同我一样，黑着脸不说话，关了一段日子，他也就适应了。那难友还说，原本，他们的伙食不好，通过李自强的交涉，现在伙食好多了。难友劝我想开点，战争总是有输有赢的。我冷冷地看了那难友一眼。

我还是不说话，很少吃东西。我想死去。到了晚上，死亡的诱惑更加强烈，就好像这黑色的夜晚就是死亡本身。我幻想一觉醒来我已不存在，像空气一样消失了。有时候，我的眼前会出现死亡的景象，令人奇怪的是，脑子里出现的死亡图景并不阴森，而是有着天堂般灿烂的光芒。这样的夜晚我会想另一个问题：如果我死了，真的什么都不存在了吗？会有灵魂吗？我又会在哪里呢？这是个令我困惑的问题。

经常有飞机从兵营飞过，还能听到远处的隆隆炮声。战争就在不远处展开，但对我来说，战争像是发生在另一个世界，已与我无关了。难友们也都没有睡着，他们竖着耳朵，倾听着外面的一切。我听到睡在李自强身边的难友在悄声说话：

"你说这战争什么时候完？我们会赢吗？"

李自强没吭声。

"如果我们赢了，我们算什么？功臣吗？"

"睡吧睡吧。"李自强恶声恶气地说。

"也许他们会在战争结束前把我们杀掉。"那难友一脸忧虑。

又一拨飞机从头顶掠过，但兵营里没有人动一下，就好像那些飞机并不存在。我感到恐惧在难友们中间弥漫开来。其实每个人的心头都存在这些疑虑和担忧。这疑虑和担忧令我感到绝望，有一种生不如死的极度的挫败感。

第二天，我是被一阵尖叫声惊醒的。我看到远处的地上流着一摊血，蜿蜒曲折，散发着幽暗而神秘的光芒。那血就从昨晚说话的那位难友的手腕上流出来的。那难友的右手紧紧攥着一块玻璃片，他的左手无力地伸展着，手腕上那被玻璃切割出的疤痕已肿得像一只隆起的馒头。他的脸白中带青。难友们无声地立在一旁，没人吭声。光线从窗外照进来，安静，和平，亘古不变，就像死亡一样永恒。

一会儿，托马斯来了。他的眼中有一丝悲伤。他和李自强叽里呱啦说了几句。

"把他埋了吧。"李自强说。

李自强脸上看不出什么表情。他的脸颊偶尔会抖动一下。难友们开始干活儿。他们在兵营外的山谷里挖了一个坑，然后把难友埋了。一会儿，亡者就这样在这个世界上消失了。这就是死亡，如此安静，不着痕迹。我抬头望天，这片土地上的天空高邈深远。我的心像突然被消融了一样，就像死亡降临到了我的身上。

几天以后的早晨，李自强拿了一大堆罐头，对难友们说："快吃早餐，吃完后，今天去修路。"

李自强带来的是牛肉罐头。我很少吃东西，基本上处在半绝食状态。我很久没吃到肉了。今天，当罐头打开来时，空气中飘荡的肉香令我浑身颤抖。我于是吃了起来。我的肚子渐渐瓷实起来。本来，因为我的身体虚弱，李自强没安排我去修路，但我突然想去了。

路过那个山谷，我想起难友那张惨白的死亡的脸。难友死得很难看，但死亡依旧给我诱惑。自从难友出事以来，托马斯采取了严厉的措施，我们不能随身带任何器具进入俘虏营。我们的劳动工具有专门的安放间。这意味着我连死亡的机会都失去了。

石子铺就的公路已被炸得不成样子。美国兵不会走路，他们向北挺进一定得坐在汽车里，否则他们一步也前进不了。这路每天都有苏军的飞机来轰炸，炸完后，美国人就安排战俘去修筑。想起从这条路上北进的美国人在和我军作战，我为修路这样的行为感到羞耻。

托马斯对我愿意参加筑路感到意外。他问我身体是不是吃得消。我恶狠狠地看了他一眼，没理睬他。托马斯的目光一直跟随着我。

东北亚的冬天出奇地冷，筑路工地的边上就是一条河，河面上结了厚厚的冰。在阳光下，冰面闪烁着华美之光。填埋道路的石块要去河对面的山谷搬。石块放到冰面上，然后，难友就可以推着石块从冰面上滑过来。托马斯要我们控制好滑动的速度，以免撞伤别人。我的目光一直盯着冰层。我用脚踹了踹冰面，冰层像大地一样坚实。我想象冰下的水，想象水中的鱼。我多么愿意自己是一条鱼，一条自由自在的鱼。我将从这里出发，游入大海，然后游回自己的祖国。

这个想象让我浑身发抖。我捧起石块撞击冰面。大地有自己的软肋，冰面也有它的穴位。我只听得豁的一声，冰被砸开一个口子，接着我看到一股热气从水面上涌出。热气散去，水非常清澈。我感到自己突然变得无比柔软，我就像所罗门瓶子里的怪物，化成了一缕烟，钻入冰层之下。

死亡是一件困难的事。托马斯又一次救了我。这一天，他一直古怪地看着我，就好像我会突然杀了他。他是见我钻入冰层奔跑过来的。他没脱衣服就跳进冰窟窿里。当时，我的难友们都还不明白发生了什么，他们站在冰层上，呆呆地看着这边。

我在向水下沉。托马斯粗大的手臂像一条鲨鱼那样追了上来。他的手抓住了我。我没有反抗，我不知道为什么自己不反抗，我蜷缩着。托马斯带着我缓缓上升。那一刻，我像一个婴儿一样软弱，泪流满面。当我快出水面时，光线强烈得令人晕眩。我感到自己好像刚刚结束一次越野拉练，没有一点点力气。我像一条死鱼一样闭着眼睛躺在冰面上。难友们冷漠地围着我，一声不吭。

托马斯叫人把我抬到他的房间。天太冷，我的湿衣很快就结了冰。托马斯的房间里烧着炭火。托马斯把我的衣服剥去，替我换上了一件宽大的睡袍，然后让我躺在他的床上。

我茫然地睁着双眼，身体在慢慢变得暖和，我的心头却在打战。我知道我的眼中此刻带着惶惑和不安。我清楚地意识到自己对生的留恋。当我意识到自己也是个贪生怕死的人之后，我对自己充满厌恶。

"你为什么要死？你这么年轻。"托马斯说。

托马斯显得有些激动，他从床下拖出箱子。他拿出一沓照片，递给我。我不知道是什么东西，一看原来是南朝鲜女人的裸照。我的头轰的一声，就像一颗炸弹在脑子里炸响，我于是什么也看不清了，只看到血肉模糊的一堆。很久以后，我再次回忆那些照片，我才依稀记得那些光溜的大腿和胸脯，但它们是分离的，就好像我的神经系统分裂了，无法把它们拼合在一起。

"你为什么要死呢？你瞧瞧这些美人儿，生活是如此美好。"

我闭着眼睛，想，这个美国佬真他娘的是个下流坯。不知道他是从哪里弄来这些照片的，这个人一定糟蹋过不少朝鲜姑娘。我参战前，听老兵们说过，美国人的口袋里往往放着一些裸体女人照，要么是爱人的，要么是明星的。总之，美国人都很流氓。

托马斯见我闭着眼，愤怒地把照片摔到我的头上。我用手把这些照片挡了回去。托马斯像是很心疼他的照片，弯下高大的身躯，捡拾散落在地的照片。

我有气无力地说：

"你太下流了，你太太要是知道你这样，肯定饶不了你。"

托马斯露出天真的笑容，那双蓝眼睛有着孩子般的纯真，他说：

"她只会更加爱我。"

托马斯的坦然，超出我的经验。我想，我如果藏着这样肮脏的东西，我一定不敢拿出来给人看，如果被人发现了，我一定会觉得无脸见人，羞愧难当的。但这个美国鬼子镇定自若。他的态度刺痛了我，令我郁闷和愤怒。我不想再看见这个流氓。我从床上爬起来，披上自己的湿衣服，冲出了托马斯的房间。

"你这是干什么？你们那间屋子是多么冷啊。"托马斯在我身后说。

　　那些裸照一直停留在我的脑子里。我怎么驱赶都无法让它们在意识里消失。当天晚上，我没睡着，脑子里都是这些乱七八糟的东西。我的整个身子像是沸腾了一般，既柔软又紧张。我想，我看来是中了资产阶级的毒了。我感到害怕，可我无力抵御它们。后来我就不抵抗了。我的心突然变得安详起来，我的身子也舒展开来。我像是落在温暖的水中，生命的感觉突然降临，泪水夺眶而出。

　　我的身体一直非常灼热。我不知道自己后来是睡着了还是失去了意识，有一些幻觉一直缠绕着我，让我有一种回家的感觉。

　　后来，我才知道那夜我烧得厉害，烧得我失去了知觉。等我醒来的时候，我躺在一间简陋的病房里。醒来的一刹那很奇妙，最初感到自己的身体没有重量，轻如鸿毛，四周光线强烈。后来，光线慢慢暗淡，我的身体也变得越来越沉重，一种无力的沉重。托马斯站在我身边，他见我醒来，显得很高兴。他告诉我，我得了伤寒症。

　　"不过，你放心，医生已经给你注射了氯霉素。"托马斯说。

　　治疗伤寒是个漫长的过程。但我的体质好，恢复非常迅速。美国人不是人人都像托马斯那样好心肠。这是一个专门收治俘虏的治疗所，有时候一整天美国人都不来看我一下。托马斯倒每天来看我一次。他一来就摸我的额头，就好像他是个医生似的。

"我懂医。"托马斯说，"我父亲是个教会医生。"

我知道美国人相信上帝，他们的部队中也有教士。在一次行动中，我们还抓到过一个美国传教士。他胆子特别小，见到我们就把手举得老高，恨不得举到上帝那儿，头几乎埋到了土里。他说，他只是个教士，他反对战争。

也许是因为生病，我显得很软弱。我对托马斯也不再像以前那么讨厌了，有时候，也会同他聊聊家常。我问：

"你信上帝吗？"

托马斯摇摇头，他天真的眼里浮现一丝困惑。他说：

"不知道。"

"你呢？"他反问。

"不信。"

"我开始信的。我小的时候每个星期都要去教堂。我是我们那个教区的童子军成员，每周都去做义工。"托马斯说到这儿，停了一下，说，"后来，我就有点疑惑，我不怎么去教堂了。我父亲为此非常伤心。"

"你太太是干什么的？"我问。

托马斯见我问这个问题，一脸快活。他说：

"我太太很了不起，她是一位教授，是专门研究性的。"

听到托马斯说他的太太是研究性的，我的头大了。怪不得托马斯这么下流。我想，托马斯接下来肯定要说下流话了。我赶紧转移话题：

"我什么时候回难友们那里？"

"待在这里不好吗？"

托马斯不知道我内心的隐秘。我怕难友们怀疑我。我回去时，他们一定会用奇怪的眼神看我。这种眼神会让我不舒服，会令我感到我的清名在他们的眼神中已不复存在。

在病房待了四天，我就回到难友们中间。我恢复得还可以，只是身体还有点虚弱。难友们去筑路的时候，我可以在规定的范围内活动。李自强很关心我。他经常从托马斯那里给我弄来一些可口的罐头。但我还是对他很不满。我听一个难友说，美国人曾专门培训过李自强，让他来管理我们。所有的难友中，只有李自强拥有一把刀子和一根棍子。当然他从来没用棍子打过一个难友。有人说，他可能已是美国人的奸细。这个我不太相信，我不相信他会出卖我们。经过这段日子的观察，我发现战俘营其实还是有很大的空间的，美国人根本不知道难友们在想什么，他们又听不懂中国话。托马斯这个白痴倒是听得懂一些，不过他把他管着的战俘当成一群听话的绵羊。想起托马斯，我又想起那些裸照。

我想再看一看那些裸照。我上次没看清楚，头脑中模糊一堆。随着身体的恢复，那些照片又开始骚扰我了。那种模糊的印象令我有再看一次的渴望。我得看清楚女人的身体究竟是怎么一回事。

中途，托马斯回来了一趟。见到他，我的这种渴望变得更为强烈。我下了好大的决心和托马斯打招呼。

托马斯见我鬼鬼祟祟的样子，警惕地问我什么事。我说没什么事。托马斯不相信，他说我一定有事。我早已憋红了脸，支吾道：

"我想看看那些照片。"

托马斯一脸天真坏笑，他在我胸脯上狠狠打了一拳。他快活地去取箱子里的照片，一脸的满意，就好像他干了一件了不起的大事，仿佛引诱我提出这个无耻的要求是他这段日子以来所取得的最大成就。

现在我看清楚了。我还没碰过女人。在入伍前，我喜欢过一个姑娘，她是一位护士，比我年纪大，我偷偷跟踪过她，但她一直不知道有人暗中喜欢她。除此之外，我没有任何经验。我努力控制自己的情绪，还是看得浑身发颤。托马斯在一旁得意地笑。我的脸羞得发烧，很有点无地自容的感觉。

我回去的时候，托马斯要送我一张。我拒绝接受。我一脸不以为然，我说：

"你以为我喜欢这种东西？我会干这种丑事？"

托马斯一脸的疑惑，就好像我是从地里突然钻出来的怪物。

我感到自己确实像怪物。因为我回到自己的屋里就后悔了。我应该带一张来。那些照片有强烈的魔力，它们占据我的脑子。这回当然更清晰了。这清晰令我有不真实之感。我很想再看那些照片，以验证我的记忆。然而我不会再向托马斯提这个要求了。那样的话，我真的成了资产阶级下流坏。

我确实下流。我竟然这么下流。我整日想着那事。我的身体充满欲念。附近兵营里有几个美国女兵，每次碰到她们我眼睛都会发直。这时候，我就在心里批判自己。我经常闭着眼坐在那里，口中念念有词，像一个打坐的和尚。难友们不知道我怎么了，不过他们对我的行为不感兴趣。我闭着眼睛，驱赶那些图像，口中骂的是我自己。我一遍一遍说：

"你这个下流的东西。你这个下流的东西。你这个下流的东西……"

有一天，托马斯碰到我，向我意味深长地眨眨眼，说：

"现在我放心了，我知道你不会自杀了。"

我和托马斯说话的时候，李自强总是微笑着看我们。我不喜欢这个人的笑。我虽然不认为他已变节，但我不喜欢这个人。他在托马斯面前点头哈腰的样子让我觉得丢脸。

托马斯说得对，我现在确实已经不想死了。我不想死了后，想起他救过我两次命，我就对他有些感激。他给了我两次生命啊。况且我得伤寒的时候，他这么关心我。

托马斯好像很喜欢我。干活儿的时候，他喜欢和我说说话。

有一天，筑路休息期间，托马斯来到我身边。这时，刚好有一群美国女兵走过。托马斯咽了一口口水，问：

"你还没睡过女人吧？"

我的脸红了。

"你如果睡过女人，你就不会想到死了。"托马斯说。

那群女兵慢慢走远了，就像一群天鹅消失在天空中。托马斯显然感到遗憾。他突然回过头来，问我：

"他们说你打仗非常勇敢？"

我不知道他为什么问这个问题。我没回答。

"我可不想杀人。"他耸耸肩，一脸自嘲，"所以，我管俘虏。"

我不置可否。

他好像对我满怀好奇。他认真地问：

"你杀过多少人？"

我杀过多少人自己都记不清楚了。我白了他一眼。

他吹起口哨，说：

"同我说说没关系，我又不会报复你，你已经是美军的俘虏，我们美军优待俘虏。"

美国兵都爱吹口哨。他们喜欢把自己搞得像个小流氓。他们以为这就是个性。我在心里冷笑。我问：

"你中国话说得很好，哪里学的？"

"我从小学中文，我父亲本来想让我去你们国家传教的。后来，我自己都对上帝困惑。再说了，你们国家成了共产国家，也没机会去了。"

我"哦"了一声。我想，美国人就是想麻醉中国人民的精神。

我心里对托马斯有了亲近感。我总是不自觉地观察托马斯。有一天，托马斯带那群美国女兵到他的房间。托马斯高兴得像一只得到主人食物的狗，全身的毛发都变得服帖，好像随时准备着接受主人的抚摸。我不知道托马斯是不是在给她们看他收藏的南朝鲜女人的裸体照。他下流得如此光明正大，这一点令我羡慕。我做不到。我的下流是真下流。我只能批判自己。

凭良心说，托马斯待俘虏不错。因为修路消耗的体能很大，他经常向上面要求一些可口的食品给我们吃。大家也都很配合他，尽量把活儿干好。

对托马斯的好感令我不安。我知道我不该如此。我从来没想过会对一个美国鬼子，一个敌人有亲近感。我在托马斯面前从来没有笑脸，眼中依旧是那种对待阶级敌人的你死我活的凶狠。我不想让托马斯知道我感激他。不能让这个美国鬼子得意了。我们之间界限分明。

有一天，在筑路的时候，李自强来到我身边。他态度十分严肃。他假装干活儿，对我说：

"我观察你一段日子了。我已相信你。我有事同你商量。"

我不知道他在说什么。我看着他。我一直对李自强有点反感，这个人认为自己是俘虏们的头，当仁不让地配合托马斯管着我们，他干活儿时的积极劲令我看轻他，我觉得他好像想在俘虏营里待一辈子似的。他要同我商量事情，我感到很奇怪，我平时都不理睬他。

"我这样做是冒风险的，关系到这些人的生命，但我已信赖你。"他说。

我不知道他要说什么。我没反应。他显然也在观察我。他想了想，又说：

"听说你是一个侦察兵？"

我是一个侦察兵，但我从来没说过自己的身份及部队的番号。我不知道他是从哪里打听来的。我很奇怪。

"我准备带同志们逃走。我需要你配合。"他说这话时，双眼变得十分锐利。

听到他的话，我的眼睛亮了一下。我多么希望自己能逃走，不做俘虏。如果到战争结束，我还关押在这里，那意味着俘虏这个名号会跟随我一辈子。以后人们就会叫我俘虏。我的屈辱将是一辈子的事。他捕获了我眼中的光亮，满意地点点头。一会儿，我眼中的光亮就暗淡了下来。我有点不相信他。我觉得根本是逃不走的。我们不知道自己的部队在什么地方，而这一带早已是美国人的地盘。但他看上去像是认真的。他见我没表示，不以为然地笑了笑。他说：

"跟我来。"

我跟他来到河边，和他站成一排，假装撒尿。李自强同我说出了他的计划。他说，他一直在找机会逃走。这事他没同难友们商量过。他认为机会不是没有。虽然战俘营的四周都是岗哨，但美国人似乎已对我们放松了警惕。当然不能一下子全跑掉，得一个一个消失。李自强说，托马斯整天端着冲锋枪跟着我们，他是个最大的障碍。我们想要逃走的话，必须先把他杀了。

听了他的话，我有点吃惊，我看了他一眼。

他的眼光像刀子那样切割过来，我从未见过他有如此凶狠的眼光。他说：

"怎么？不对吗？"

"我们往哪逃？这里到处都是美国人和南朝鲜人。"

"往北，就能找到我们的部队。"

"天这么冷，我们能活着找到部队吗？"

李自强的脸突然涨红了，他发火了：

"我难道就没想过会饿死、冻死？没想过会找不到部队？但这总比在这里当俘虏好，就是死也得闯一闯。"

我从来没见过李自强发火。他的态度一向很和蔼的，像美国人的一条走狗。看来我看错了他。他的发火让我重新评估他，我开始信任他。我说：

"好吧，我们干。"

这时，托马斯端着枪朝我们这里走来。他好像嗅到了一些诡异的气息。李自强马上露出特有的媚笑，和托马斯打招呼。我则黑着脸走了。

李自强对托马斯说：

"这个傻瓜，现在还想着死。"

托马斯不信，他摇头说：

"不，不，不，不，不。他不会再去死了。他还没活够呢。"

李自强开始在难友们中间传播他的出逃计划。某种隐秘的希望在俘虏营里浮动，这使得空气中有了一种令人振奋的东西。每个人的脸看上去都有一种故作的平静。天地之间好像突然变得安静了，干活儿的时候，喧哗声少了，远处的枪炮声会变得特别刺耳。这份寂静令人不安。托马斯对现场气氛似乎有所警觉，他开始认真地端着枪，观察我们的一举一动。李自强还像往常一样同托马斯开一些玩笑。

回到俘虏营，大家都不说话，各自安静地干自己的事，就好像大家都成了哑巴，就好像发出一点声音后，秘密就会被泄露。这寂静令人沉重，令人喘不过气来。

我躺在床上。天已经完全黑了。俘虏营外面，美国人的探照灯在不停地扫射。当探照灯扫过群山时，群山被战火烤焦的样子令人惊骇。自从李自强告诉我准备出逃的计划后，我的心已活动开了，我经常想起我的故乡，想起那个护士。如果我能活着回去，我一定要去找她，把她的衣服全剥去，要让她像那些裸照上的南朝鲜女人一样，呈现在我的面前。这时，托马斯那些照片又在我的眼前晃动起来。

我听到身边有声音。原来李自强躺在了我的身边。我迅速把脑子里的图像驱赶掉。我的呼吸有点急促。"我得到消息，我们过几天就要转移到釜山战俘集中营。这样的话，我们就没有机会了。"李自强说到这儿，停了一下，然后坚定地说，"不能再拖了，我们明天早上实施计划。"说完，他塞给我一把刀子："明天，到了筑路工地，你想办法把托马斯杀了。其他事你不用管，我都安排好了。"李自强丢下刀子，悄然移开了。我都还来不及反应，他让我干的事意味着什么。

我失眠了。我整个晚上握着那把锋利的刀子。我当然已经明白我在这次行动中扮演的角色。夜很黑。朝鲜的夜晚比我想象的要黑。我有点惊恐。因为，此刻我只要一想起托马斯，脑子里浮现的就是他微笑着的天真模样。我无法想象托马斯的死亡，想起精力充沛的高大的托马斯将在我的刀子下结束生命，我感到不安。我很困惑。我是个杀过无数敌人的人，我不该这样啊。后来我想明白了，在战场中，我杀的那些人我并不认识，他们对我来说是抽象的，只是敌人。但托马斯就不同了，我已认识他。他同我想象中的敌人是如此不同，这个人虽然下流，但天性和善，思维简单，像一个没长大的孩子。可我明天就要杀了他。我觉得自己难以下手。

我对自己的怯懦感到困惑。我怎么会变成这个样子？怎么会变得毫无信念呢？怎么会变得敌我不分呢？我真是辜负组织多年来的培养和教育。面对这样一个任务，我的内心竟然充满了矛盾。我不能这样，也不该这样啊。我开始从另外一个角度去看待托马斯。他确实是一个流氓，是敌人。他来到朝鲜，不知糟蹋过多少朝鲜姑娘。我们出征前，看过一些新闻资料电影。那资料电影有一集专门讲美国大兵强奸朝鲜姑娘的事。那电影说，美国大兵在全世界各地到处驻军，驻军到哪里，强奸到哪里。驻在国的妇女经常受到美国大兵的骚扰。美国兵是多么不义。想起那些资料片中的场景，我心中的怒火就被激发了。托马斯在我眼里开始变得可恶起来。我开始把他想象成一个十恶不赦的浑蛋。

我走向托马斯。托马斯有一张阳光般的脸，他对我意味深长地笑着。他的笑充满了和平的气息。在我的感觉里，托马斯不像是军人，更像一个和平使者。我跟着他。我们俩有着十分暧昧的表情，就好像前面等着我们的是一张张令人血脉偾张的裸照。刀子就在我的棉衣里面。我的右手伸进棉衣，已紧握住它。我一直盯着他的心脏。我将把刀子插入托马斯的心脏。

可就在我举起刀子，向托马斯的胸膛刺去时，我听到一阵骚动。战俘营的大门突然打开了，早晨的光线从门框里射进来。和光线一起进入的是五个美国兵，他们来到李自强面前，用枪对着李自强，叫他起来。一会儿，他们把李自强带走了。李自强被带走前，用锐利的怀疑的目光看了我一眼。我不知发生了什么。

我想，我没刺死托马斯，我刚才是在梦中。我长长地松了一口气。

李自强的突然被抓，在难友们中间引起了不安。有人怀疑出现了叛徒。我发现早晨以来，很多人用怀疑的眼神打量我。这让我感到屈辱。不过，我确实为自己感到害羞。我竟然因为那仅仅是一个梦而如释重负。我对自己非常不满。我像一个罪人一样低着头，好像李自强被抓真是我告密的。这天，美国人没安排我们去筑路。也许他们正在审问李自强。战俘营里，难友们都没说话，刚刚燃起的希望瞬间就破灭了，这令他们感到气馁。他们一个个都无精打采的。

我感到自己正身处危险之中。我不断在心里盘算这次行动失败的后果。也许我会受牵连，他们会因此把我杀了。要是以前，我不会害怕，但现在我不想就此死去。我还要去故乡见我的小护士。我不知道谁是告密者，虽然战俘营只有十九名战俘，但人心难测，谁是奸细你很难判断。我甚至想到奸细有可能是李自强本人，是李自强给我设置了陷阱。这样一想，我倒抽一口冷气。

难友们对我充满了敌意。很多人开始相信我就是叛徒了。我感到很难在这里待下去了。我要么被美国人杀死，要么被难友杀死。我有这个预感。整整一天，我的右手都握着棉袄里的刀子。我双眼警觉，观察着周围的一举一动。大家在静静等待即将降临的风暴。

傍晚，送饭的南朝鲜人把门打开时，我吓了一跳。南朝鲜人的后面跟着两个端着枪的美国兵。两个美国兵的出现使气氛骤然紧张。往日只是南朝鲜人送饭的。美国兵显得比平日要警觉。我以为他们要把我带走了。没有，他们仅仅是来送饭的。当时天已黑了，我看到兵营里的探照灯开始来回搜索着。我看到门外的黑暗。我看到了把守战俘营的哨所。哨所外更黑暗，但我知道哨所外的黑暗叫作自由。那黑暗在诱惑我。我的心狂跳起来。我甚至没想自己的心为什么狂跳，我已站了起来。我迅速靠近美国士兵，那两个美国兵警觉地看着我。他们本能地端起枪。还没等他们瞄准我，我的匕首已插入了他俩的心脏。我在侦察学校时学过如何快速出手，在敌人没反应时解决。那个南朝鲜人见此情景，他把饭锅放在地上，无声地哭了。我怕他喊出声来，我的匕首又刺入他的胸膛。

大家都惊呆了。他们没想到我会这么干。我自己也没想到。此刻他们的眼里有一种不知所措的神情。他们不知道自己接下来该干什么。想起他们以前投向我的怀疑的眼神，我感到委屈，我的眼睛突然湿润了。我说：

"我去把那个哨兵干掉，然后你们就跑吧，要是把我们送进釜山集中营，我们就再也回不到祖国了。"

我拿着匕首，向出逃必经的哨所潜伏过去。兵营的探照灯让我无处藏身。我匍匐在地上，向哨所靠近。我离那哨所越来越近了。我已经看见哨所值勤的美国大兵。这时，哨所的灯突然亮了，美国兵从里面走了出来。他一脸疑惑。他显然已经嗅到了一些不同寻常的气味。我躲藏起来。

那美国鬼子终于来到我面前，我从后面抱住他，迅速地扭断了他的脖子，然后夺走了他的枪。

我向身后的难友挥了挥手。

　　我是最后一个离开俘房营的。不知怎的，我突然有点想念托马斯。这个人救了我两次命啊。看来，我真的被资产阶级的糖衣炮弹击中啦。

　　我来到托马斯的营房前。他的营房外布满了岗哨，但我还是想去看他一眼。我是从一个铁丝网的口子进去的。这要冒很大的风险。我当过侦察兵，这点困难我对付得了。就这样，我来到托马斯的窗口。房间里很黑，我什么也看不见。我想托马斯睡着了。我当然不能和他告别。我从地上拿起一块石头，在他的墙上写了几个字：

　　"再见了，托马斯。"

　　写完这几个字，我就跑了。我跑了一段路，听到美国兵的军营响起了警报声。我想，他们终于发现俘房们跑了。我不知道托马斯该如何应对这个局面。

　　我越过河流，来到山林里。老实说，我不知道往哪里逃。我不知道我们的部队在哪里。我只是往北走，我知道我的家就在北方。想起自己不再是俘房，我感到无比宽慰，俘房这个词对我来说是多么沉重的耻辱啊。

　　我有点困了。我想，还是休息一下吧。我坐下来，把枪抱在怀里。我很快睡着了。在睡梦中，我还见到了那个小护士。梦里那个小护士没穿任何衣服。

　　我是被人弄醒的。醒来的时候，我很不耐烦。怎么可以搅了人家的好梦呢？当我看到眼前的情景时，我惊呆了。托马斯正举枪对着我。我几乎是本能地迅速拿起怀里的枪，对准他。托马斯说：

"把枪放下，否则我会杀了你。"

我看到托马斯那双天真的蓝眼睛中有少见的凶狠，一种准备杀人的凶狠。

我的心突然软了一下。他同我说过的，他之所以管俘虏是因为他不想杀人。他说杀了人他会受不了，会疯掉的。

托马斯很敏感，他一定看到了我眼中的柔软。他放松下来。他放下枪，对我说：

"请你把枪放下，跟我回去。不会有任何事。"

可就在这时，我扣动了扳机，把托马斯毙了。我不知道为什么会突然扣动扳机。托马斯一脸惊愕地倒在我面前，他天真的双眼中充满了疑问。他带着满腔的疑问见他的上帝去了。

当我知道自己杀了托马斯后，令人奇怪的是我并没有不安，相反，我很快找到了自己的角色和身份。我是一名志愿军，是中国人民志愿军。一种前所未有的英雄气概和自豪感迅速在我的胸中扩展。我抬头望天。我得赶快离开这里，听到枪声，他们会追赶过来的。我无比鄙视地看了一眼托马斯，然后又狠狠地踢了他一脚，转身走了。我边走边骂：

"你这个美帝国主义走狗，资产阶级下流坏，我代表人民处决你。"

下部

不被信任的感觉可不好受。他们开始要我回去，他们说，这是规定，像我这号人都得回国。我不愿意。我不能这样回去。他们已认定我做过俘虏，但我决不承认。我当然不能以一个俘虏的身份回国，我不能承受这样的屈辱。我宁愿战死在战场，也不愿回去。

他们有点不耐烦。他们把我关了起来。他们不让我穿上志愿军军服。我不怨组织，这不是针对我个人的，这是我军的传统：你必须把一切向组织说清楚才能归队。是的，我失踪了整整三个月，我得把这三个月的所有一切讲清楚。

我了解我们的组织。组织是不会轻易相信任何交代的，组织更看重你的实际行动。我相信我对组织是忠诚的，但我能完全诚实地面对组织吗？我发现不能。我不会说南朝鲜人要杀我时是那个美国人托马斯救了我，我也不会说我企图跳河自杀时还是那个美国人救了我，我更不会说托马斯在俘虏营里照顾我，并且给我看女人的裸照。这些都不能提，也不能提我偶尔浮现的对托马斯的感激。我甚至连在俘虏营里暴动出逃并杀了托马斯这样称得上英雄行为的事都不能提。总之，我不能说出自己做过俘虏。我就说，这三个月，我历尽艰难，在寻找部队。

"有什么可以证明你所说的吗？"看管我的士兵一脸讥

讽。我说话时，他经常挂着不以为然的笑容。

过了些日子，我就同管我的这小子有点熟了。他叫鲁小基，是个机灵的家伙。这样的人在部队是很能讨首长欢喜的，会察言观色吧。他虽然会给首长倒水倒茶，会拍首长的马屁，但也算不上讨人厌。

"听说你是侦察兵？"鲁小基问。

我听了后，眼睛放光。这说明组织在调查我。如果他们能了解我在原来部队的作为，组织也许会相信我。可是这小子接着说：

"听说你原来的部队全军覆灭了。美国人他娘的这阵子真是残忍，他们见一个杀一个，他们已不相信志愿军战士会投降。"

我猜度他话里的意思。也许他又在暗讽我是美国人的俘虏。他说话很标准，字正腔圆，像个播音员。我不知道他是哪里人。

"你是北京人吗？"我问。

"不是。"他含糊地答道。

"那你是哪里人？"

"我？我们是同乡。"他有点不耐烦。

"可你一点口音也没有。不像我，说话大舌头。"

"你这个人怎么这么烦。我一听你的话就知道是我老乡。"他很快地讲了几句家乡话。

没错，他的家乡话讲得很地道。我现在确信这个家伙是我老乡了。我很久没听过乡音了。乡音令我有一种流泪的感觉。这段日子我很脆弱。我对这个人有了亲近感。虽然这家伙在我面前挺骄傲的，一副小人得志的嘴脸。

"兄弟，你家里都有些什么人？"我继续同他套近乎。

"你在向我探听情报吧？"他板着脸说。

"我知道组织在怀疑我，为什么别人都死了，只有我死里逃生。"我说。我猜想，组织也许怀疑我在替美国人做间谍呢。不过组织总有一天会了解我的忠诚。我愿意为国捐躯。

"那倒是没有。"他停了一下，转换了话题，"你呢？家里有些什么人？"

"我父母很早就死了，我已记不起他们来了。我是奶奶养大的，她已七十多岁了。"其实我父母没死。我父亲是个乡村教师，为人耿直，经常有些不合时宜的言论。我母亲是个家庭妇女，没什么主见，家里的事我父亲说了算。

鲁小基低下头，像是在沉思着什么。我看到他的眼中有那么一丝同情。这正是我要达到的目的。我想这个人其实并不坏，心肠挺好的。我得利用他这一点。我说：

"我父亲是被日本人杀死的。日本人进入我们村，杀了很多人，我父母被杀死了。"我想了想，又说，"我父亲死的时候，眼珠子都被挖了出来。"

鲁小基的眼圈就红了。他说：

"你奶奶谁在照顾？"

"她身体挺好的，硬朗着呢。"

"兄弟，你还是回去吧。"鲁小基说，"我们是老乡，我才劝劝你，你还是回去吧，照顾你奶奶去。"

"兄弟，我不能回去。我这样不清不白回去，脸都丢尽了，这样的话，我还不如死。"

我知道这样回去不会有好果子吃。我们村子里有一个人曾被日本人抓去筑路。他是个有学问的人，据说是位工程师。但日本人走后，他受尽了歧视。他还算不上汉奸呢。后来，有一天，他在自己的破屋里上吊自杀了。

我见过这个人吊在梁上的情形。这几天，我晚上经常梦见他。他四肢僵硬地垂在黑暗的梁上。在梦中，他的头顶上有异样的光亮，显得狰狞恐怖。这光亮没有任何来历。后来，我发现那张伸着长长舌头的脸变成了我自己的。我像是被什么东西勒住了一样，呼吸困难，我觉得自己就要窒息而死了。这时，我猛地醒了过来，我出了一身冷汗。在黑暗中，我喘着粗气，心儿狂跳不止，眼中有深深的恐惧。我感到自己软弱无比，从来没有过的软弱，我泪流满面。我强忍着，不发出任何声音。

也许是看在老乡的分上，鲁小基似乎对我客气起来。我想，他还算是个不错的人。

我不想留在这里。每天向组织汇报思想，会把人搞疯，我哪有那么多思想？我又不是思想家。我想上战场。我已向组织打了无数次报告，甚至写了血书。但上面一点反应也没有。

　　鲁小基偶尔也透露一些信息给我。有一天，他告诉我，他听说了我在当侦察兵的时候很勇敢，是一个情报高手，上面对我挺欣赏的。听了这样的话，我突然感动不已，身体里面涌出一种无比巨大的幸福感，不由得掉下泪水。我以前很少流泪，男儿有泪不轻弹嘛，但这段日子，泪腺好像特别发达，经常一触即发。过去我要是伤心或委屈，我只是一个人偷偷地流，而现在我居然在鲁小基面前流泪。事后想想，我也够没出息的。

　　我平息后，不好意思地对鲁小基笑了笑。

　　"我明白你的委屈。"这段日子，鲁小基对我特别客气。

　　我去洗脸。屋子里很暗，天窗投下一束光线，投射在洗脸盆上，我从镜子里看到了自己的脸。我的脸十分苍老，胡子杂乱堆在脸上。我看到我脸上猥琐的表情。我几乎不认识自己了。我曾经是多么英武。很多人都这么说，说我穿上军装真是英气逼人。我不能再这样下去。

　　我回到鲁小基那儿，鲁小基的面容十分凝重。我想他心里面有事。

　　"兄弟，你好像有心事呢。"我试探地问。

　　"没有。"他本能地说。

　　"兄弟还是信不过我？还认为我是美国人派来的间谍？"

　　"那倒不是。我相信你。"

"是不是战事有点吃紧？"

我这么猜是有道理的。在没过鸭绿江前，我以为美帝国主义是他奶奶的纸老虎，而我军将会战无不胜，可现实是残酷的，不是美国人比我们勇敢，而是美国人装备比我们好。

鲁小基想了想，说：

"不瞒你说，我们这支部队已被美国人拦腰斩断了。我们被美国人包围了。"

我倒吸了一口冷气。如果是这样的话，那我就可能再次成为美国人的俘虏。但这次决不能再被俘了，这次我一定会先杀了自己的。我问：

"是整支部队吗？"

"据说有十万人。"

我吃惊不小。十万人呢。而上次，我们只是一个连被美国人包围。

"不过，美国人也不一定能把我们灭了。"鲁小基自言自语道。不知道他在安慰我还是在安慰他自己。

我看到天色暗下来。朝鲜的傍晚来得特别早，过了五点，夜幕就开始降临了。山上的冰雪呈现暗蓝色的光芒，虽是战火连天的年代，但还是有一种人烟稀少的寒冷而孤单的感觉。我突然想起家乡。在国内，这会儿人们在干什么呢？我的眼前出现热气腾腾的小吃和锣鼓喧天的喜悦。这时候，我真的想回去。但想到回去后，我的人生将会黯然失色，就打消了这个念头。

"如果有什么突围分队，我愿意冲在最前面。请你向组织转告。"

也许是鲁小基不忍看我那种祈求目光，他没看我一眼。他若有所思地看了看天边，点了点头，走了。

我可以从关押的屋子里出来，到处走走了，也替炊事班做个帮手。我换上了志愿军军服，只是这军服没有徽标。

战事可能真的很吃紧。士兵和军官都行色匆匆，他们不正眼瞧我一下，连炊事班的人也不同我说话。我像是一个局外人，仿佛这战争同我没有一点关系。我感到一点做人的尊严也没有，但总归比以前好一点。

鲁小基已不来看管我了。我不用再写思想汇报后，鲁小基就来得少了。

一天，我正在拆除一袋空降的食品。这是美国人的飞机误投到我军阵地的。罐头打开来后，牛肉的香味令人迷醉，我感到不但四周的空间被这香味占领，我的身体的所有部分都被占领。我多么想把这罐牛肉和自己的身体融为一体。我想起在美国俘虏营里吃罐头牛肉的情形，竟有一种恍若隔世之感。这时，鲁小基来到我面前，他叫我停下手中的工作，跟他走。

我来到鲁小基那儿。鲁小基给了我一套正式的军装，让我穿上。看到军装，我的眼圈就红了。我一时不敢相信，也不敢动它。在我的潜意识里，我已经不敢想我还是一名中国人民志愿军。鲁小基把军装递给我，我有点不好意思。鲁小基温和地说，穿上吧。我就一脸腼腆地把原来的衣服脱下，然后穿上它。我看到左边胸口口袋上缝着一小块长方形的白布，白布上面写着黑色的"中国人民志愿军"几个字，军帽上红色五角星简直刺痛了我的双眼。我对自己能穿上军装有点不太适应。我看了一眼鲁小基，我想知道鲁小基的反应。从他人的反应可以想见自己的形象。鲁小基显然对我很欣赏。他说："你是个漂亮的家伙，你以后会迷倒一大批女人。"我笑了笑，自信了一点。

我猜不出组织的用意。我想组织也许对我有新的安排，不可能再让我去炊事班帮忙了。我渴望去前线献身，甚至有强烈的战死疆场的欲望。

"通过这段日子的考察，组织认为你是位好同志，让你先去战俘营看管俘虏。"

听了鲁小基的话，我感到很失望。那不是我希望的安排，我不希望留在后方。

还是鲁小基带我去战俘营的。这事虽不能令我感到满意，但总比待在炊事班强。总的说来，我算是欣然前往的。

这个战俘营不大，关着九个美国大兵。其中有两个还是黑人。有两位志愿军管理着这个营地。一位姓严，年龄稍长，应该过了三十岁，脸色漆黑，脸上有些粗糙的颗粒，大概是得过麻疹留下的。他眼神冷漠，经常有不易察觉的刺人的光亮闪过。我猜他是这个营地的负责人。另一位姓肖，生着一张娃娃脸，不过也是整天板着个面孔。大概是职业需要，对付美国俘虏，你得在脸上摆点颜色。我很自然地把他们的表情搬到自己的脸上。

鲁小基先向老严谈了一下我的情况，然后再把我介绍给老严。老严伸出他那双大手，把我的手握住。根据以往的经验，我以为一个长着这样一双大手的人，手会很温热，但老严的手出奇地冷。

鲁小基走后，老严就带我去看俘虏。一路上，老严沉默不语。

我们一进去，俘虏们都立正了。那情形就像是士兵等待着首长的检阅。老严叫他们稍息。老严发现人数不对，突然问：

"托马斯呢？"

托——马——斯。听到这个名字，我吓了一跳。我四处观察，看看有没有我熟识的人。一会儿，我嘲笑自己的慌张，美国人叫托马斯的多了去了，此托马斯非彼托马斯，我是自己吓自己。我认识的托马斯已被我毙了。

是肖战友接了话，他说：

"托马斯去茅坑了。"

老严开始向他们宣示我军优待俘虏的政策。我猜他每回都要说一遍。他这个人平常不说话，但说这一套倒是滔滔不绝的。

这时候，一个人匆匆赶来了，站在俘虏的队伍中。见到他，我的心狂跳起来。是的，就是他，托马斯。我非常困惑，也很吃惊，这个人竟然没有死，他还活着，并且做了我军的俘虏。我的心不禁有些慌乱。托马斯这时也看见了我，他的目光既明亮，又有些害怕，就好像见到一头突然闯入的野兽，搞不清它对人类是否友善。托马斯那阴影遍布的目光像是在试探我，像是想同我打招呼。我板着脸，冷冷地盯着他，我假装不认识他，我得装得很像，不能因此而胆怯了。

老严像是看出了什么名堂，问："你们认识？"

我赶紧用一种不容置疑的口吻说："不认识。"

老严一直看着我，眼神里布满疑问。一会儿，老严把他叫到我面前，向我介绍：

"他叫托马斯，会说中国话，现在靠他帮忙管理这些美国人。"

我点点头。

老严叫他回去站好队。然后，他又开始训话：

"毛主席早就说过，美帝国主义是纸老虎。你们要老老实实待着，不要搞阴谋诡计。一切侵略者注定都要失败的，因为正义在我们这边……"

从俘虏们那里出来，我的心情非常复杂。一方面，我对没有杀死托马斯有一种如释重负之感。老实说，我一枪"毙"了托马斯后，再也没有想起过他来。要处理的事情太多了，这事还来不及想。但见到他，那种复杂的心情就涌了上来。

毕竟这个人救过我两次命啊，他没死在我手里，当然会给我一些安慰。但另一方面，在目前情况下，托马斯的出现令我非常害怕，我感到托马斯像是一枚埋在我身边的定时炸弹。托马斯又会说中国话，只要他一认识我，我做过俘虏的事就会立刻暴露，我会被钉在历史的耻辱柱上，永远不得翻身。

我发现，我已经闯入了一个危险密布的地方，随时有可能身败名裂。

我的工作就是随时听从老严的吩咐。老严说，今天让他们掏大粪去，我和肖战友就带着美国俘虏去总部掏大粪。老严说，今天洗军服，我俩就带着他们去河边洗。河水很冷，那些美国人经常冻得哇哇叫。有几个美国人手上已长满了冻疮。我隐约感觉到老严似乎信不过我，不给我同美国人单独接触的机会。也许是老严的安排，肖战友几乎与我形影不离，好像是在监视我。

我对俘虏非常残忍，他们一有不对，就会遭到我的殴打，我唯独不打托马斯。我这么做有多重考虑：第一，当然是为了震慑托马斯，好让他封嘴；第二，同我不被信任有关，我急于证明我比谁都仇恨敌人。我无缘无故殴打俘虏的时候，肖战友就会奇怪地看着我，但也没有制止我。

托马斯经常去老严那里，我不知道托马斯和老严说些什么。只要有组织就会有机密，即使这里现在只有三个管理者。也许老严暗地里在调查我，也许是我多心。我注意观察肖战友的反应。肖战友和老严之间应该是有沟通的，如果老严握有对我不利的证据，老严也许会告诉肖战友。

我和肖战友也聊一些家常。但肖战友好像没什么兴趣，我问他哪个省的，他回答是湖南的。我问他家里几口人，他说四口。总之，他回答得标准而简约，从不多说一个字。他的反应看上去十分机械，表情木然，如果不是眼神有些光亮，我会认为他是一个白痴。我当然不能问他老严和托马斯谈些什么，即使问也问不出什么，因为我猜得出肖战友的标准答案：谈工作。

我很焦虑，我得清除这个潜在的危险。然而我无法单独和托马斯在一起。

托马斯，这个单纯的美国人，即使成了一个俘虏，他的笑容依旧保持着往日的灿烂。他干最苦最累的活儿，穿着破烂的衣服。也许他的口袋里还藏着女人的裸照，在夜晚，借着月光偷偷地看上几眼，以慰藉他的俘虏生涯。朝鲜的月亮非常明亮，安静，在山头的云层中穿行。在无云的时候，月亮的华光照耀在这战地上，使周围的一切看起来像是停留在史前的某一刻，显得古老而安谧。在这样的月光下，那些我曾见过的照片上的裸女会呈现怎样的风骚呢？

托马斯能说会道。他和那些美国人用英语说说笑笑时，我会怀疑，他是不是在告诉他们，他认识我。也许他还在用尖刻的语言骂我是一个不耻之徒。他救了我两次，可我恩将仇报，一枪"毙"了他。托马斯在说话时，那些美国俘虏一直笑嘻嘻地意味深长地看着我，就好像托马斯真的在讲述我与他的故事一样。托马斯是我的噩梦。

我突然气急败坏，冲过去踢了他们几脚，让他们闭嘴。

有一次，我们去总部搬运给养。在路上，托马斯尿急，他在老严点头后，由我押着去撒尿。他站在一悬崖边上，掏出他的家伙，愉快地撒起来。这时，我涌出了一个念头：我只要在后面推上一把，这个人就会坠入万丈深渊，这等于拆除了埋在我身边的定时炸弹，从此我就安全无虞了。托马斯即使在撒尿时，也有些孩子气，他吹着口哨，尿路不断改变，好像他正在画着一幅不存在的图画。念头既生，我一下子屏住了呼吸。念头是如此强烈，不容我多做思考，我就伸出了手。当我将要接触到托马斯的背部时，我停住了。我发现我无法下决心置他于死地。我不能这样，这个人救过我两次命，我已杀过他一次，我不能不明不白杀他第二次了。我转过身，眼圈都红了。我大口大口地吸气。

托马斯好像并不知道自己的危险，他撒完尿，全身一个激灵，把家伙放入裤裆。这时，他看了我一眼。这是我第一次和托马斯单独面对面。他的脸上顿时有了奇怪的表情。我的脸黑了下来，我假装并不认识他。我说：

"走吧，他们走远了。"

托马斯点点头。

"子弹击中我这儿。"托马斯指了指右胸口，他没有看我一眼，好像在对一个不存在的人说话，"我以为要死了……我后来被中国人抓了起来，他们把我救了过来。我很感谢中国人，真的……"

我开始并没吭声，后来我冷冷地说：

"当心你的舌头，我不认识你。"

托马斯相当聪明，说："我知道，我不认识你，我从来没见过你。"

"算你命大。"我说。

托马斯突然站住了，他好像从我的话中听出了玄机。他说：

"我不想死，只要让我活着，我什么都愿意干。"

我挺瞧不上这个美国人的，说出这么没出息的话。这样的人也许还是一把把他推下悬崖来得干脆。我就踢了他一脚，说：

"少废话。"

老严突然出现在我面前。原来他在一块岩石边等着我们。他见到我们，脸上挂着古怪的笑容。他的那双眼睛，充满了怀疑的光芒。我被他看得极不舒服，我真想揍他一顿，给他一点颜色瞧瞧。老严对托马斯说：

"你快跑，追上他们。"

托马斯就屁颠颠地追了上去。

我和老严默默地走在山路上，谁也没有说话。我感到我和老严之间存在着一种莫名的紧张气息。老严已经不相信我了，他已把我盯死了。这会儿，我就在他旁边，但我感到我和他之间似乎相隔遥远。我心情沉重，感到自己像是被什么东西包围着，压迫着。我当然知道是什么东西压迫着我，是不被信任的目光。我以为组织已经信任了我，我都穿上军装了，但我发现自己还是不被信任的。

走了好一阵子，他才开口问：

"你们刚才讲什么？"

"他说是志愿军救了他的命，他对志愿军相当感激。"

"是吗？"老严意有所指地说，"你们好像挺熟的？"

我没再理睬老严，加快步子，独自向前。

事后，我非常后悔我没把托马斯推入悬崖。因为那以后，事情似乎变得严峻起来。老严经常把托马斯叫去。有一次，肖战友对我说，托马斯以前是美国俘房营的军官。他很少同我讲美国俘房的事，我就格外警觉。我说："是吗？"

老严有一天把我叫去，问我这失踪的三个月是怎么生活的。我说："见什么吃什么。什么都吃，连死老鼠都吃。"老严说："噢，是这样。"我说："我是受过野战训练的，只要没被击中要害就能活下来。"

我知道老严并没有相信我的话。我甚至觉得，他在心里已认定了我同托马斯有关系了，他认定我在这三个月中，已变了节，投靠了美国人。也许是我多心了，但目前的处境让我不能不留点心眼。

也许是为了解除老严的怀疑，有一天，我主动向肖战友说起我被俘前的那次战争，我们整个连都被包围了，通信中断。我受命前去请求大部队的支援，所以我逃了出来。我说，我其实不愿意在这里看管俘虏，我想去前线。

肖战友好像对我的话没兴趣。他没头没脑地对我说：

"我们已经被包围了。四周都是南朝鲜人和美国兵。"

对此，我一点也不关心。我渴望和美国人正面接触，来个你死我活。要解决我目前的困境，只能这样。如果面对敌人，我的命运只能是两种：要么成为一个英雄，要么战死成仁。我说：

"你什么打算？"

"我不会做一个俘虏。"他冷冷地说。

我和肖战友说话时，天色已晚，四周暗了下来。树林暗影浮动。傍晚的气息使眼前严酷的战争显得有点不真实，好像我一直置身于世外。这令我有点伤感。

我和肖战友说这些时，内心充斥着巨大的不平。我敢保证，我比谁都勇敢，比谁都忠诚，但现在就是像肖战友这样的白痴都有权怀疑我，我都要看他的脸色。我告诉自己，我必须经受住这个考验，把一切耻辱洗刷干净。

有一天，老严把我叫去。我进去时，发现托马斯老老实实坐在老严那张简易写字桌前面，他双脚并拢，搓着手，那双天真的眼里面带着惊恐。我吓了一跳。我不知道老严为何把我叫过来，难道他从托马斯的嘴里审问到了什么？我当然不能把我的担心表露出来。我也没问老严找我何事。我现在很少说话。老严的话也少，但我知道他会先开口的，是他找我来的。这次老严倒是很热情，站起来，把他的位置让给我，说：

"你来审审他，我看他支支吾吾的，一定还有料。"

我硬着头皮坐到椅子上。我得面对这个场景。我把目光刺向托马斯。能问些什么呢？我对托马斯太了解了，但我必须要问。

"你在美军哪支部队？"

"我在美军水原战俘营工作。"

"你虐待过中国俘虏吗？"

"没有。"

"骗人。"

"别的士兵有。他们叫中国人在营地跑步，不让他们停下来，直到他们脱水晕过去。"

"你一个管俘虏的怎么会被抓？"

"因为俘虏暴动跑了。我是去追赶那些逃跑的俘虏时被抓的。"

…………

我审问的时候，老严在一旁打瞌睡，但我知道他一直仔细倾听着，不会放过任何细节。

我从老严那里出去时，浑身都是冷汗。我深深地吸了一口气。刚才的审问令人窒息。那不是在审托马斯，而是在审我自己。我真是怕一不小心出什么娄子。即使现在，我已做了几次深呼吸，依旧感到胸闷。我很软弱，我甚至想到我应该把一切同组织交代清楚，包括和托马斯的关系，包括我向托马斯索取女人的裸照，包括我的阶级立场问题，但我马上否定了自己这个想法。这样做等于把自己打入地狱。我如果什么都交代了，组织就不会再信任我了，我就会像那个给日本人筑铁路的工程师一样只有上吊的份。

俘虏出去干活儿时都要在脸上做记号，在他们的脸上或衣服上打一个红叉。这工作一直我在做。我像对待那些将要送到屠宰场的牲口一样，打叉。轮到托马斯时，我在托马斯的嘴上打了一个大大的叉。这是我昨晚上想好了的，我得想些办法警告托马斯，让他永远永远地闭嘴。我打完叉，老严奇怪地看了我一眼，但他什么也没说。

老严又把我叫去审问托马斯，已经是第四次了。我的问话在向危险的方向前进。

"听说你被捕时受伤了？"

"是的。"

"怎么伤的？"

"一个逃亡的俘虏……不，不，是一个逃亡的中国志愿军打了我一枪。"

"是谁组织暴动的，你知道吗？"

"不知道。"

"我想你也不知道，如果你知道，暴动就不会成功了。"

"是的。你说得对。"

"如果现在你见到那些志愿军俘虏你还能认出来吗？"

"能。不过中国人的脸都差不多，也不一定。"说到这儿，托马斯笑了，"比如我觉得你很眼熟，但实际上我不认识你。"

听了这话，我吓得不知如何审问下去。我的目光盯着托马斯的上衣口袋。他还穿着美国军服。他被捕时，我军已把他的全身搜了个遍，他的口袋应该没什么东西了。可我太了解托马斯了，你把他所有的东西搜了去，他无所谓，但他会把裸照藏好，藏在胸口。我也是一时失控，冲了过去，抓起他的前胸衣襟，撕开他的衣服，那裸照就弹了出来。我捡起裸照，冷笑道：

"这个美国人天生就是下流坏。"

我这么做是愚蠢的，这只能让我更危险。我觉得再这样下去，老严总有一天会把事情弄个水落石出。肖战友有一天对我说，老严以前是地下工作者，搞情报的。他警惕性高，什么事情都逃不过他的眼睛。肖战友这么说时依旧面无表情，但是我的心里直发虚。

我总感到有一双不信任的目光在背后瞪着我。这目光好像无处不在，像刀子一样闪闪发亮。因为这目光，我经常觉得没有黑夜，我时刻处在光天化日之中，一切都是裸露的。

我晚上老是做同一个梦，我总是梦见托马斯那张有时候能说会道有时候又笨嘴笨舌的大嘴巴。在梦里，这张嘴像鳄鱼嘴那么大，是真正的血盆大口。我对这张嘴巴充满了恐惧。我多么希望托马斯的脸上没有嘴巴，或者托马斯成为一个不能发出任何声音的哑巴，似乎只有那样我才是安全的。当我从噩梦中醒来的时候，我对这个美国人充满了愤恨。就是这个人让我度日如年的。我真是后悔，我当时没把他推下悬崖。

美国人虽然被囚禁着，但他们天性乐观，只要待他们稍宽松一点，他们就喜欢说说笑笑。他们聚在一起的时候，就叽叽喳喳说个不停，经常还哄堂大笑。我猜那些玩笑同性有关，因为他们老说"发格"。我待在美国战俘营时知道了这个在他们口中出现频率最高的词是什么意思。美国俘虏老是"发格、发格"的，让老严很烦。他发布了一条指示，规定从即日起这些美国人不得讲英文。老严的指示让美国俘虏很吃惊，他们的脸上布满了无辜的表情。美国人向老严抗议。美国人抗议的时候，肖战友扳动扳机。他把子弹推入枪膛时，机械发出清脆的声音。这声音吓着了这些战俘，他们都沉寂下来，脸上布满了恐惧。这以后，他们就不再相互说英语了。

老严为他们开设了中文课。这个任务交给托马斯。老严对美国人训话：

"好好把咱们的话学会了，以后只能用中文说。"

托马斯教他们中文的时候，我和肖战友就背着枪在门外站岗。

　　我是怀着一种绝望的心情看着他们学中文的。我真的希望这里没一个人会说中文。如果托马斯真的给他们讲了我的什么话，那么，等他们学会中文，身边的定时炸弹不是一个，而是九个。我倒吸了一口冷气。

　　我得想点办法。也许我应该把托马斯杀了，或者我应该赶快离开这个地方。

　　战争越来越严酷。有消息传来，美国兵在污辱中国战俘。有一些照片被帝国主义媒体披露了出来，照片上志愿军俘虏光着身子，在被逼做各种性交动作。还有更恶劣的，就是美国人强迫中国俘虏同牲畜性交。旁边的美国女兵和男兵都在狂笑。这些照片让战友们对美国人充满了仇恨。管理战俘的我军士兵自己没动手，叫来一些朝鲜人，叫他们对付美国俘虏。鲁小基带着首长的指示来到俘虏营。鲁小基强调我军优待俘虏的政策。

　　但愤怒是可以传染的。愤怒也传染到了我们这里。肖战友先把那些美军污辱我军俘虏的照片贴到墙上，然后拿着鞭子，在屋子里踱步。那些美国人看到照片，一个个脸色苍白。他们知道自己必将遭受到也许是致命的报复。

　　肖战友像疯子一样。他原本没有表情的脸此刻完全扭曲变形。我能理解肖战友，这种仇恨是真实的、刻骨的。我有这种体验。战争开始不久，我所在的连队第一次出现死亡，我眼看着我的战友被美国人的流弹击中后死去，那时我胸中涌出的仇恨势不可挡，我真的想马上冲过去把他娘的美国人都杀个干净。肖战友鞭子挥过，美国人的脸上、身上、手臂上都出现了血痕。

一会儿，肖战友就累了，他气喘吁吁地擦着汗，把鞭子掷给我，说：

"你去收拾那个人吧，那个人我给你留着。"

他所说的那个人就是托马斯。他刚才没打托马斯一鞭子。我明白他的用意。

我把鞭子扔了。我冷冷地站起来，向托马斯走去。托马斯大概看到了我眼中的杀机，他后退着求饶。不要，不要。我当然不为所动。也许我早已等着这样的时机了。我甚至连想都没好好想，像是完全出于本能，从腰间抽出刀子，逼向托马斯。托马斯再无退路。我掐住托马斯的脖子。一会儿，他的舌头就伸了出来，我迅速揪住托马斯的舌头，然后把它割了去。我的一系列动作非常娴熟。我曾是一个侦察兵，干这种事训练有素。舌头割去，血流喷射，我的脸被染得通红，成了一个血人。我抹了一把脸，我的双手沾满血液。老严和肖战友没料到我会这么干，他俩完全惊呆了。我看到肖战友甚至颤抖起来。托马斯像一条鱼一样在地上蹦跳，扯着嗓子喊叫，但他再也说不出一句话了。我扔了刀子，走出俘房营。

我难以平静。我双脚打战，浑身无力，就像我脚下的路被抽空了，我浮在半空之中。没走多少路，我就呕吐起来。

这之后，我一直不敢见到托马斯。我在有意回避他。即使见到他，我也不会向他看一眼。现在，我安全了，但我内心却再也无法平复，我难以把托马斯当成一个美国鬼子，当成我的敌人。我太熟悉这个人了，我已把他当成我生活中的一员，就像是一个邻居。我因此对他的遭遇感到难过。

我开始照顾托马斯。干重活儿的时候，我偶尔会帮帮他。送饭时，我会给他加点菜什么的。我军的条件比较恶劣，伙食差，我见托马斯狼吞虎咽的，感到难过。这时候，托马斯看上去像一条受惊的狗，对我又感激又害怕。

战事越来越吃紧。我们所在的山头被包围了。老严告诉我，我军可能失守，可能全军覆没。

我爬上山顶，察看周围的状况。危险比想象的要严重。头顶上全是密密麻麻的美国飞机。飞机发出令人讨厌的声音，就好像这个山头是一堆巨大的狗屎，而这些飞机是一群可恶的苍蝇。南朝鲜士兵完全包围了我们。他们正在包抄我们。

老严和肖战友似乎再没心思看管这些俘虏了。他们把俘虏营里的事交给了我，投入了战斗。美国士兵对外面的情况浑然不觉。先前的事件过去后，他们的恐惧慢慢消退了，他们又开始自得其乐起来。他们发明了一种游戏，他们是用稚嫩的中文玩的，说出五官的名字，然后用动作比画出来。他们玩得挺投入的。我感到奇怪，外面是严酷的战争，而这里像一个超级幼儿园。

枪炮声越来越近了。一些炮弹就在附近炸响。俘虏营一下子安静下来，那些美国俘虏一个个面露惊恐，他们不知道究竟发生了什么事。

我把俘虏营关死，到外面察看。到处都是炮火。这座山头已被战火烧得光秃秃的了，除了石头和焦土，没有一棵活着的树或草。战壕里，我军士兵状况非常惨烈，遍地都是尸体。

根据我上次的经验，我明白，我们跑不了啦。过不了多久，这里就会失守，所有的人都会死去，不死去的就会成为俘虏。我准备死去了。我不会再做一次俘虏的。

我来到俘虏营，开始做临死前的准备。我要做一个英雄。也许多年后人们会发现我的英雄业绩。我要做得尽善尽美，好让他们传颂，就像人们在传颂狼牙山五壮士一样。

我要先杀了这些美国人。这是我首先涌出的念头。

俘虏营的后面就是老严、肖战友和我休息的地方。那里有一个暗口，可以观察营里面的一切。营里的门都关死了，要杀了这些美国人轻而易举。他们这会儿还在玩游戏。美国人对自己成了俘虏没有任何羞耻感，给人的感觉好像他们巴不得成为一个俘虏，所以他们被抓后反而放松下来。我非常瞧不上他们这一点。这样的部队怎么能打胜仗呢？他们玩游戏还特别较真儿，经常为一点点小事争得面红耳赤。现在，我要把这些垃圾送到天堂上去了。

我不紧不慢地推上子弹，开始向他们射击。当一个人的脑袋突然开花的时候，那些俘虏惊呆了，然后乱成一团。我继续射击。我的枪法是多么准，弹无虚发。可是，我这么一个神枪手，却英雄无用武之地，让我在后方看管这些令人厌烦的俘虏。这世道，真是不公平。我把这些日子压抑的愤怒都发泄到他们身上。一会儿，营里躺满了尸体，只有托马斯活着。但托马斯已经吓傻了。

我把托马斯叫出来。托马斯揣摩不出我会怎样对待他。他扑通一声，跪了下来。他在求我。他已说不出话，但我懂他的意思，他不想死。他给我看他妻子的照片，我曾经看过的。我知道他的意思，他不想死，他的妻子还在等他。他一边打着手势一边哭着，哭得像一个孩子似的。我说："托马斯，你别哭，我不会杀你。"托马斯吃惊地抬起头来，表情显得既疑惑又脆弱，显然他没有完全相信我。我说："托马斯，谢谢你曾救了我，你跑吧，四周都是你们的人，你只要跑，你就会有救。"托马斯似乎不相信自己的耳朵，愣了好一会儿，等他反应过来，就从地上爬起来，逃跑。他是倒退着逃跑的，他怕我一枪毙了他。他始终对我不放心，我想在他眼里，我一定是个变化无常的魔鬼。后来，他被什么东西绊了一下，像一块石头一样向山下滚去。

我知道接下来应该干什么。一切早已了然于胸。我开始捆绑炸药。一会儿，我的身体上挂满了炸药。我的手中还握着一根爆破筒。

战场突然安静下来。也许我军的士兵全部战死了，也许只是我的幻觉。大概是幻觉，其实四周依然充满了枪声和爆炸声。安静是从我的身体里面渗透出来的。那是临死前的宁静。是的，我对死亡没有任何恐惧，有的只有宁静。

敌人像蚂蚁一样聚集，他们向我靠近。我坐在那里，脸上挂着安详的笑容。我等着他们完全靠近，然后，我会站起来，拉响身上的炸药和爆破筒，把自己和敌人送进天堂。

2005 年 3 月 30 日至 5 月 20 日

菊花之刀

他递给我一张照片。我都不敢抬头看他。我高度紧张，注意力都在他身上。我担心他随时会抽出那把佩在腰间的刀子，把我杀了。我见过他杀人。冬天的时候，他要吃鱼，叫两个男人跳到结冰的河里替他摸鱼。那两个男人都吓昏了。也许是因为过度慌张，他们摸了半天，没有摸到一条鱼。他很生气，拔出枪，把他们毙了。鲜血把河水都染红了。

　　我的思维一片空白，但还是假装努力地看照片。照片上是个老妇人。我不知道他为什么给我看这个。我路过石子桥时，他对我笑。我从未见过他笑，他一直都很威严，他脸上的笑容让我很不习惯，甚至感到恐怖。他招招手，让我过去。我没有胆量不过去。我不想让他一枪毙了我。

　　"你认得出这是谁吗？"他在中国有些年头了，会说中国话。"你仔细看看。"他说。他靠我很近，他身上有一股暖烘烘的气味。他的军装敞开着。

我茫然地摇摇头。我认不出照片上的人。

"你看出来她像谁吗？"他提示道。

我看不出来。我在脑子里过了一遍我认识的人，我看不出照片上的人是谁。

"你不觉得她像你认识的一个人？"

我不觉得。我摇摇头，一脸的愧疚，就好像我没认出来就欠了他什么。我没办法不低三下四。我看到他的枪和刀在腰间晃动。那刀鞘上雕刻着一朵菊花，每晃动一下，我的心尖就哆嗦一次。我多么想认出照片上的人，以满足他。

他的脸上露出失望的表情。他收起了笑脸，恢复了平时的威严。他说："你走吧。"

我就走了。

来到街上，我长长地舒了一口气。

他开始往我家门口跑。他手捧着照片，在我家门口来来回回走着。每次到我家门口，他都要伸长脖子往我家的院子里瞅，就好像他在寻找什么宝贝。我家院子里可没有什么东西。我家不富。我家院子里有一口井，井边还有一棵老榕树。我的母亲坐在院子里晒太阳。她要么在念佛，要么在抽水烟。我不知道他想干什么。

母亲对我说："你注意到那鬼子了吗？他晃来晃去的，好像有什么事。"

"他是不是不怀好意？"

"不像。鬼子的眼神倒是可怜巴巴的。"

我不同意母亲的看法。鬼子的眼神不会可怜巴巴。鬼子的眼神从来都是凶神恶煞的。鬼子的眼神扫到哪里，哪里的人们就像风中的树叶那样瑟瑟发抖。就连他手下的狗腿子，见了他都双腿发软。

一天，他一直站在我家门口。过了一个小时，他像是下了天大的决心，迈进了我家。我呆呆地站在院子里，吓得大气都不敢出。我不知道他想干什么。他手捧着那张相片。母亲也许说得对，他看上去确实有点可怜巴巴，我甚至看到他脸上的柔情。鬼子的柔情并不可靠，他叫那两个男人捕鱼时，笑中也带着柔情，但他还是一枪毙了他们。

他一直看着我母亲。我母亲倒是没有慌张。她经常对我们说，她都这么大年纪了，难道还怕死了不成？母亲端端正正坐在那里，抽着水烟，她的表情竟有一种少见的庄严。

他点头哈腰来到母亲面前。他突然一个立正。我吓了一跳。母亲也吓了一跳，她脸上有惊愕的表情。他大概见到了母亲惊愕，一次一次向母亲鞠躬，好像在赔罪。我想他很敏感。然后，他把照片递到母亲面前，说："妈妈，我妈妈。"

母亲接过照片，仔细端详。母亲的眼花了，她的身子向后倾，拿照片的手伸得很远。我母亲好像不怕这个人，她看上去很镇静。一会儿，母亲说："你妈妈很和善。"

"哈！哈！和善，我妈妈和善。您也和善，我妈妈像您。"

听到有人说她和善，母亲很高兴。我认为母亲一点都不和善。母亲不念佛的时候比较火暴。我都是一个大小伙了，她还动不动拿棍子打我。他好像不是这个意思，他指了指照片，认真地说："您仔细看看，我妈妈长得和您老人家一模一样。"

听了他的话我很吃惊。我看过照片，我母亲一点都不像照片上的人。照片上的人比母亲要光洁得多，脸蛋也比母亲要来得扁平。要说像，发型倒是有点相似，都梳得一丝不乱，后脑勺都梳了一个像馒头一样的发髻。

母亲也有点吃惊，又端详起照片来。母亲的脸上露出疑惑的表情。母亲向我招手，让我过去。我像鬼子那样点头哈腰地走过去。我的眼睛一直看着他。他向我鞠躬，微笑。大概因为他长时间没有笑了，他的笑虽然很努力，看上去却还是有点勉为其难。

母亲问："这照片上的人像老娘吗？"

我嘿嘿嘿地憨笑。我不敢说不像，怕鬼子生气，把我杀了。我了解鬼子，他们说翻脸就翻脸，刚才还对你笑嘻嘻的，一有不对，就刺刀见红。当然，说像，我也讲不出口。哪里像啊？我只好憨笑。

后来他走了。他走后，母亲拿出镜子照起来。照了半天，她一脸疑问地问我："你说这照片上的人像不像老娘？"母亲抬起头，做出照片里人的样子："你说，究竟像不像？娘是不是真的像这个样子？"

"不像。"我说。"一点都不像。"我强调。

母亲说:"这个怪人,倒是蛮可爱的。他一定是想他娘了。"

我说:"鬼子都是些怪人。听说,鬼子们只要喝醉了酒,就会坐在地上大哭,喊爹叫娘。"

母亲的生活一成不变。她坐在院子里念佛。我心情平静的时候,觉得母亲念出的声音很神秘,不像是来自她的嘴,而是来自另一个神秘的地方。母亲念完佛,突然说起那个人:"那个怪人有几天没来了啊。"我说:"不来好,他来,我腿肚子发软。"母亲说:"不中用。"

他又来了。这次他是开吉普车来的。他进来,脸上显得十分谦卑。我站在那里不动。我不知道怎么招呼他。我母亲站了起来,就好像她一直在盼着他来。不过我母亲显得也有点呆滞,想表现得热情些,又有点无所适从。令我惊奇的是,鬼子来到母亲面前,跪了下来。

我母亲慌了神。他是鬼子啊,怎么可以在一个老太太前面跪下。没有这样的事啊。我母亲虽然比我镇静,但这次一定是吓昏了,她也跪了下来,说:"我担当不起啊,担当不起。你快起来,你快起来。"

鬼子十分灵敏,迅速站起来,扶住母亲。

"我没有别的意思,没有……"他看上去显得有点窘迫,他变得支吾起来，好久才说出他来这里的目的，"……我没有别的意思……我只是想接您老人家去我那里住几天。"

母亲跪在那里惊呆了，她不敢相信他的话。她的嘴张得圆圆的，看上去像一个深不可测的黑洞。

他见母亲没回应他，又跪了下来，说："请您无论如何答应我的要求。"现在，他看上去已不窘迫了，脸上有了我常见的那种坚定。

母亲缓缓地站了起来。她脸上已有柔软的表情。母亲也不敢显得太热情，她客套道："你起来，你这样，我哪里担待得起。"

他不起来。他说："请您无论如何答应我。"

我很紧张。他每一个动作每一句话都像针一样刺激我的心脏，令我窒息。我希望母亲马上答应下来。她这样磨磨蹭蹭的想干什么呀？我观察鬼子的脸，那脸上有可能藏着惊雷。我想起这个鬼子一枪毙了那两个男人的情景，河中的鲜血像滚动的云彩。母亲不要敬酒不喝喝罚酒啊。

我不管了，我冲过去，脸上挂着无耻的媚笑，说："好的，我妈这就跟你走，这就跟你走。"

母亲乘着鬼子的吉普车走了。我狠狠地拍了自己几个巴掌。我感到自己真是个不孝之子，把母亲推到了火坑里面。

我很担心母亲。我不知道鬼子把她怎样了。我去过那边几次，有一次我在那边徘徊了一个晚上。我不敢进去。那几个站岗的鬼子朝我这边看。我担心他们把我当成危险分子，鬼子他娘的不讲理，我就跑啦。

三天后母亲乘着吉普车回来了。母亲显得非常高兴。我从来没见过她如此高兴。她的气色很好，脸上又增添了难得一见的光彩，眼睛放射出亮晶晶的喜悦。

见母亲风风光光地回来，街坊都跑到我家里来打听。特别是同她一起念佛的老太太，都拍着胸脯，表达对母亲的担忧。母亲坐在院子里，说起了这三天她在鬼子府上的经历。"府上"一词我第一次听母亲说。母亲说出"府上"一词后，脸上顿时有了大家闺秀的表情。

母亲说："这鬼子，真是怪人，他真把我当娘了。他把我接去，在一边侍候我，给我端水送饭。我哪里消受得起。鬼子干起这事来，严肃得很，像是在祭祖宗。"

"阿弥陀佛。"一个老太太说，"你怎么这样说话，这话可不吉利，你又不是死人，怎么可以说祭祖。"

"我死了恐怕都没那么好的福气。"母亲很不以为然。她的话若有所指，令我缩了缩身子。

"他有没有叫你娘？"有人问。

"那倒没有。"母亲说，"他就站在一边，看我吃东西，脸上笑眯眯的，很怪。"

"鬼子不同你说话吗？"

"怎么会不说话，他又不是哑巴。"母亲显得很骄傲。她从鬼子那里回来，有了看不起人的劲。

"他都同你说了些啥？"

"讲他小时候的事，讲他调皮捣蛋，惹他娘生气的事。他娘给他理头发，他都不老实，他娘差点把他的耳朵剪了去。别看鬼子看上去神气活现的，小时候照样一把屎一把尿。"说到这儿，母亲陷入了沉思，一会儿，她叹口气，说，"鬼子也是人哪。"

母亲还说起吉普车。母亲这辈子没坐过火车，也没坐过汽车，只坐过三轮车。她坐了吉普车，觉得自己上了一次天堂。她对那些同她一起念佛的老太太说："坐在汽车上，就像在天上飞，阿弥陀佛，我担心得要死，闭着眼睛不停地念经来着。回来的时候，我就放心啦，我高兴得还唱戏呢。"

我靦着脸在一边听。母亲安全回来，我总算放下心来。母亲在一大堆人群里发现了我，扫了我一眼，沉下脸来，气鼓鼓地说："要说孝顺啊，还算鬼子，哪像你们，想起给娘弄点好吃的没有？你们只知道给我添麻烦，我算是白养了你们。"

我怕母亲怪我，我把她捧到鬼子车上。她倒是没朝这里想。大概鬼子对她如此礼遇，让她感到非常满足。

母亲后来对我说，她去鬼子府上并不像外表那样满不在乎，刚开始她也害怕。母亲说："他的府上，有一股阴气，他喜欢待在黑暗里。他的府上，帘子都是白布做的，在风中飘来飘去，像我们的道场。他们不用椅子，喜欢坐在地板上。"

母亲走进鬼子府上，鬼子已准备了一桌的菜。两个年轻的女人弹着琴，唱着呜呜咽咽的戏文。她们的脸上涂得雪白，像两只面粉做的饼子，她们的嘴巴抹得鲜红，像刚喝过人血。两个女人唱的戏母亲听不懂，只觉得像鬼在叫。母亲说，怪不得他们叫鬼子，他们的戏文也像是在闹鬼。

母亲坐在一桌子的山珍海味前，没有一点食欲。鬼子毕恭毕敬地在一旁伺候。见母亲什么也不吃，鬼子很着急，问她想吃啥。母亲想不起自己想吃什么，就说，想吃年糕。夏天呀，哪里来的年糕。第二天，鬼子愣是把一盘香喷喷、热腾腾的肉丝炒年糕端到了桌上，也不知道他是哪里搞来的……母亲猜，一定是他命令手下的人从哪里搜罗来的。

说到这儿，母亲脸上出现了疑惑。她说，有一件事，她感到怪怪的。母亲到府上的第二天，有人把一只巨大的浴缸抬到房间里，浴缸冒着热气。鬼子突然在母亲面前脱光了衣服，一丝不挂。当时，那两个年轻的歌女正在房间里唱戏。母亲倒是没太慌张，她一个老太婆不怕别人非礼。两个歌女也没事似的，继续唱戏。鬼子爬进浴缸里，洗起澡来。鬼子一边洗澡，一边叫母亲别介意。他说，他们国家的人喜欢洗澡，洗温泉浴。他还告诉母亲，他们在温泉里洗澡，男女不分，相互脱光了衣服，泡在一起。母亲说，那还不乱了套。

他说，这是风俗。

说完这件事，母亲问我："鬼子的风俗很怪，是不是？"

我说："这不是怪，这是下流。"我又想，这倒是不错，我也愿意同女人一起洗澡。

母亲说，鬼子那几天一直陪着她，其他的鬼子不满了。有几个鬼子来府上吵架。当时母亲正和他说着话。母亲知道他这么毕恭毕敬是把她当娘了。母亲定了定心要做出娘的样子。母亲就和他聊起了家常。母亲说，家里还有什么人？他露出灿烂的笑容，说，有三个妹妹。母亲问，你娘是做什么的？他说，妈妈过去给人做奶娘。这时房间外传来乱哄哄的吵闹声，他出去了。他同外面的人吵起来。他们的声音很大。他们讲话叽里咕噜的，母亲听不懂。母亲只听出来"支那、支那"这几个词。也许他们说的是她，因为他们不时地用手指她。她很不安。母亲从风吹起的白帘子缝隙中，看见他一脸怒容，拔出了腰间的那把刀子。母亲吓得魂都没有了。

他进来的时候，母亲问他出了什么事吗？他说，外面那人是他的副官，没事。他没再多说话。

母亲讲完这些事，就问我为什么打这个仗。我不知道。我听人说，鬼子住着的岛子，只有豌豆那么大，被海水淹了，就跑到中国来抢地盘。我这样告诉母亲。母亲若有所思地说，他们地儿淹了，就弄块地给他们住吧，这打来打去的，苦了我们老百姓。这当然是妇人之见，同她说不清楚。

母亲念佛的时候，脸上有明显的忧虑，念得也比以前勤了。

　　他有一段日子没来了。我听说他去别地打仗去了。母亲说，他不来我倒是怪想念他的。母亲又同我讲在鬼子"府上"的事。这些事她对我讲了无数遍，我已经腻烦她说这事了。但只要我脸上露出不耐烦，母亲就要骂我不孝。她说："要说孝顺啊，还算鬼子，哪像你们，想起给老娘弄点好吃的没有？不给我添麻烦就好啦。我算是白养了你们。"

　　母亲从鬼子那里回来后，关心起战争来。她常问我战争的事。我也不是太清楚。兵荒马乱的，我不怎么出门。我听说鬼子们快要完蛋啦。我发现鬼子兵确实不像过去那么精神了，他们脸上有了疲倦的神色。人们还是对他们很小心。有人议论鬼子们投降的消息，大伙不相信这是真的。

　　一天，天气阴沉。我在打扫自家的院子。我把院子打扫得一尘不染。院子的石板地面在我们经年累月的踩踏中，被磨得亮晶晶的。母亲坐在那里打盹。就在这时，一个身影从院子门口闪了进来。我回头一看，竟是他。我很吃惊，他原本走路是多么坚实有力啊，他走到哪里，哪里的路面就会砰砰作响，而现在他像是飘在空气中，显得无声无息，好像是一张随风飘荡的纸片。

　　母亲一个激灵醒了过来，眯眼看了他好一会儿。他身上变化是明显的，脸上满是胡子，头发也有点乱，特别是他的眼睛，显得很迷茫。母亲就像见到亲人一样，显得特别热情，她从椅子上站起来，说："你有好长时间没来了。"

"是的。"他说，"我刚刚回来。"

"还好吧？"

他没吭声，低着头，木然站在那里。

母亲搬了一把椅子，让他坐。他没坐下来。

"坐一会儿吧。"

"哈……"他说。他没坐下来。

他一直低着头。过了好一会儿，他说："……我想请您给我理个发……请您无论如何答应我。"

母亲当然会答应的。我知道母亲愿意给他干些什么。她说："好的，你先坐一会儿吧。"

她从井里打来水，要给他洗头。他听话地坐下来，把头放在盆里面。我记得母亲从鬼子那里回来后，有一天她心血来潮要替我理发。她哪里会理发。我怕她把我的耳朵剪下来，没答应，跑了。这令她非常难受。她只好把自己的发髻放开，打一盆水洗自己的头发。她是想念鬼子了吗？或者她想念鬼子那盘香喷喷的肉丝年糕了？我很不以为然。

鬼子的头一动不动地放在盆里面，等待着母亲给他洗头。母亲不知道怎么下手，她似乎不大敢摸鬼子的头，好像鬼子的头是一条毛毛虫。母亲犹豫了好一会儿，才把手伸了过去。母亲的脸上顿时有了温柔的神情。他们没有说话。四周十分安静。我偶尔替母亲当下手。母亲剪得十分仔细。母亲一脸的慈祥。我从未见过她这么慈祥，我都有点吃醋了。
母亲动作缓慢，她似乎在有意延长时间，就好像她干这件事
有着莫大的快感。

鬼子突然哼起歌来。我在鬼子的留声机上听过这首歌，
像一首摇篮曲。这歌在寂静的院子里回荡，我的心里竟涌出
一种古怪的暖意。

"……冬天的时候，妈妈在睡前给我们唱这首歌……"

"这歌很好听。"母亲说。

"我们那里，冬天的风很大，雪下得厚……我有三年没
看见雪了……"

"我们这里几年前倒是下过一场雪。"母亲说，"那场雪
很大，是春天下的，他们说，春天下这么大的雪要出大
事了……"

"噢，是这样……"他说，"……下雪的时候，妈妈带着
我们去温泉洗澡。我和妈妈还有妹妹一起泡在温暖的泉水
中……每年都这样……"

母亲拿剪刀的手颤抖了一下，差点剪着鬼子的头皮。母
亲很想安慰他几句。她不知道怎么安慰他。

"……我马上要回家了……"他说。

母亲终于给他理好了发。他整了整自己的军装。他不声
不响来到母亲面前，表情严肃。他自始至终都严肃。他啪地
立正，向母亲行了一个军礼。然后他在石板地上跪了下来。
他突然抽出腰间的宝刀，举在眼前。刀鞘上的菊花闪着寒

光。我不知道他要干什么。这时他转换了宝刀的方向，慢慢地举过头顶，然后迅速地刺入自己腹部。我都惊呆了。我看到血喷向天空，然后像雨一样洒到石板地上。地上像是开满了血色菊花。母亲尖叫道："不要……不要……"

他一脸哀怨地看着我母亲，转动着他的刀子。他的肚子涌出一些血水，血水像鱼一样在吐气泡。他的脸颊沾满泪水，看上去很可怜。他在喃喃自语："……妈妈……妈妈……"我母亲哇地哭了一声，昏了过去。

他倒在血泊之中。血在亮晶晶的石板地上漫延，石板地上像是涂了一层油漆，闪着红色的光泽。血光照亮了这个灰暗的日子。

母亲醒来时，号啕大哭。她站在鬼子尸体边，哭着哭着又要晕过去。我说："你哭什么？死了一个鬼子，你哭什么？"母亲这会儿很软弱，她说："我不知道，我就是想哭。"

母亲哭了一阵子，冷静了下来。她悲哀地对我说："好好把他葬了吧。"

她让人把她的寿棺抬出来，要给他用。母亲是多么看重她的这具寿棺呀，这寿棺几十年前已备好了，用的是上好的曲柳树，结实得像一头豹子。母亲没事的时候，经常用手敲击这寿棺，然后对我说："多结实，他们说这种木头，一百年不会烂。"现在母亲打算把她最珍视的东西给鬼子用。

母亲说："让那些老婆子来念经吧。"

天知道鬼子的灵魂是不是在老婆子们的经文中超度了。他葬在我家的坟地里。母亲的墓穴在父亲边上。寿棺可以让给鬼子用，但这个位置是不能给他的。母亲让人在她的墓穴边挖了一个坑，把鬼子埋了。

窗外一直在下着雨。雨水下得人心情烦躁。我看到雨中的街景和平宁静，充满诗情画意，好像刚刚结束的战争是上辈子的事情。街上行人很少，大家都待在屋子里。我不想待在屋子里，他们把我关起来已经有几天了。我只好听滴滴答答的雨声。雨声是多么烦人。我一直在数，从一数到万。我都快发疯了。该说的，我都说清楚了，可他们还是不厌其烦地问我。他们快把我搞出病来了。我忍不住哭出声来，我哀求道：

"我不是汉奸，长官，这鬼子神经有病，他要来我家，我们一点办法也没有。他死在我家里，我们只得埋了他，总不能让鬼子在我家发臭吧。你说是不是，长官？"

2003 年 6 月 5 日

父亲的愿望

忻晟和忻斐是在火车站碰面的。他们要去一趟老家。老家在一千公里远的南方，坐火车得十余个小时。

　　是忻晟先到车站的。忻斐生活严谨，办事从来都是从从容容、有条不紊的，她是在约定的钟点到的。忻晟听到火车站的钟声刚敲了五下，忻斐就出现了。忻斐一身黑衣，手上的包也是黑色的。他们姐弟俩快一年没见面了，忻斐还是原来的样子，一张娃娃脸，眼睛很大，眼神里有一种幽怨而固执的气息，好像这世界亏欠了她，这使她待人接物总是有那么一种放肆而无礼的神情，好像什么都看不顺眼。

　　"到多久了？"

　　"一会儿了。"

　　"进站吧。"

　　车站里人很多。人挤着人。忻斐几乎是搂着她的黑包。忻晟本想替忻斐提包的，那包应该是有些重量的，转而又想，还是放弃了。

通过了检票口，一会儿就上了火车。这趟车的卧铺票一直很紧张，没搞到，他们只好坐硬座。硬座车厢已挤满了人。忻斐不大适应这种闹哄哄的场面，显得很紧张。忻斐看到身边站立的那个民工模样的脏兮兮的男人，脸上露出厌恶的神情，眉头不由得皱了起来。她没把她的黑包放到行李架子上。她坐在自己的位置上，把包搂在怀里。她不安的模样，就好像她的包随时会被人抢了去。边上的人满怀好奇地看她几眼。

忻晟觉得刺眼，说："姐，你还是放下吧。"

忻斐的脸上毫无表情。忻斐总是这样紧张兮兮的。不过她最终还是小心翼翼地把包放在自己的身边，那个靠窗的位置上。包占据了自己的座位，她只好把身子外移，屁股的一半悬在座位外面。她正襟危坐的样子，就像一个正在接受老师训斥的小学生。

一会儿，列车起动了。坐着的和站着的乘客各就各位，车厢似乎也不像原来那么挤了。车厢内声音依旧很大，列车的广播声，旅客的吆喝声，列车服务员推销食品的声音，混杂在一起，声浪涌动，此起彼伏。

火车的速度很快。车窗外掠过的景物显得很模糊，傍晚的光线照在这片模糊上，呈现出一种明晃晃的金色。不久，这金色慢慢消退，变成暗灰色。

车厢里的灯亮了。窗外的灯也亮了。忻晟和忻斐一直没有说话，一副心事重重的样子。忻晟看着窗外，透过窗外的灯光可以辨认出一个村庄或一座城镇。

车厢里依旧乱哄哄的，一些人开始打牌，一些人摆起了龙门阵，一些人则喝起了小酒。

忻晟感到很困。这段日子，他经常失眠。奇怪的是，到了这乱哄哄的场所，他倒想睡觉了，就好像这人声鼎沸是最好的安眠曲。他不好意思在忻斐前面睡去，支撑了一会儿，可眼皮总是压下来。他的太阳穴也麻痹了，脑袋快要失去知觉。他可从来没有这么强烈的睡意。

"姐，我困死了，我睡一会儿。"

他打了长长的哈欠，差点把口水都打出来了。

"你睡吧。"

"你也睡一会儿，明天一早还得办事呢。"忻晟的口气显得含混而幼稚，有那么一种底气不足的讨好意味。

忻斐冷漠地点了点头。

忻晟后来是被一声尖叫惊醒的。那尖叫声骤然而起，短促，敏感，就好像一把匕首刺入了某人的胸膛，刚想叫出声来就戛然而止。

忻晟已在睡梦中辨认出叫声的来源。他的心狂乱地跳起来。他快速睁开眼睛，看到忻斐惊恐不安的脸。她惊慌失措的样子，就好像她刚才被人强暴了。她在座位边上转来转去，一会儿低头搜寻座位底下，一会儿看忻晟，几乎要哭出声来了。忻晟发现放在靠窗位置的那只黑包不见了。

"怎么会这样？刚才还在的呀，怎么不见了呢？"

她急不择言，说话结巴，一反平常有条不紊的说话腔调。她着急的样子，就好像生命中最重要的部分消失了。

"不要着急，没人要的，再找找看。"

忻晟虽是这么说，他自己也急了，并且还有些内疚，仿佛他又做了一件错事。在忻斐面前他总是犯错。他怕忻斐埋怨他刚才睡得像死猪，他趴在地上，寻找丢失的黑包。

一无所获。

忻晟看表，已是凌晨一点多了，边上站票的乘客都成了陌生面孔，火车肯定已停靠了数站。他想，也许有人顺手牵羊，把包拿走了。

忻斐的尖叫声惊动了整节车厢，乘客纷纷往他们这边拥，前后左右都是人头。他们好奇地打听发生了什么事。有乘客在转述："那女人的包被偷了。"

"包里有什么值钱的东西吗？"

"不知道，那女人一直把包放在身边，肯定是宝贝。"

有人问忻斐："包里究竟是什么东西？"

忻斐默默地流着泪，呆呆地坐着，像傻了一样。

忻晟没好气地回答："没什么。"

他对看客们充满了不耐烦。

乘警来了。旅客自觉地让出道来。见到乘警，忻斐突然变得激动起来。她说："我睡过去的时候还在的，偷的人肯定在前站下车了。"又说："我们要下车，请你们马上停车。"

乘警没说话，他甚至没看忻斐一眼。

"听见没有，请让我们下去。"

忻斐悲伤地大叫起来。忻晟是知道的，这个看上去平静的女人，激动起来是不可理喻的。忻晟因此很怕她，她干什么事都是一副真理在握的样子，让他无端生出自卑来。他知道要求列车停下来很无理，但他无法劝她，他劝不动她，也说不过她。

乘警站在一边观察了一会儿，轻声地对忻晟说："去乘警室说吧。"

乘警把他们带到乘警室，然后又出去了。回来的时候，身边多了列车长。列车长神色相当严峻，好像出了天大的事情。

"包怎么被偷的？"列车长尽量和蔼地问。

"我一直放在身边的，只睡过去一会儿，就不见了。"

"包里有什么值钱的东西吗？"

忻斐没吭声。忻晟也觉得开不了口。

"包里究竟是什么东西？"

这次是乘警在问，口气相当严厉。乘警满眼狐疑，警惕地打量着他们。忻晟有些慌了，他想，怪不得这么大阵仗，看来他们在怀疑包里面有见不得人的东西，比如赃物或是某种违禁品。

"究竟是什么东西？不好说吗？"

忻晟不想引起什么误会，没必要惹麻烦啊。他想了想，结结巴巴地说："也没什么东西，只是一只骨灰盒。"

乘警好像没听清楚，反问："什么？"

"是一只骨灰盒，是我父亲的。"

忻斐突然无声地哭了起来，哭得相当悲伤，相当压抑。她的哭让人想起那些忧郁症患者，她想要竭力掩饰，结果还是控制不住，越来越歇斯底里。

"请你们把列车停下来，让我们下车。"

列车长和乘警都没回音，面无表情地坐着。

"求你们了……"

忻斐太悲伤了，无法再说下去，哭泣让她无法表达。

列车长有些动容，他说："这不大可能，列车运行是有时间的，否则会乱了套。"

"求你们了……"

"火车动了，谁也别想让它停，否则要挨枪子的。"

这话是乘警说的，说得相当决断、冷漠。

回到座位上，忻斐依旧不能平静下来。她说："我们在前面一站下车吧，我们一定要找到父亲……"

忻斐似乎完全投入了对父亲的哀思之中，悲伤的眼泪像河流一样奔流不息，就好像父亲刚刚离开了人世。她呜咽道："爸，你好可怜，你怎么这么可怜……"

忻晟不知如何安慰忻斐，在忻斐面前，他一直觉得自己没有任何发言权。不过他认了，总归是他做错了，忻斐心里面对他的不满和怨恨他都能理解。

父亲的死和忻晟有关。父亲死之前的两年是在床上度过的。有一阵子，忻斐奉父命去北京参加一个重要会议。忻斐让忻晟临时照顾父亲。父亲因为卧病在床，是请了小保姆料理的。小保姆怕忻斐，忻斐在的时候，不敢松懈，可碰到忻晟就彻底放松了。一放松，出了大事。一天晚上，小保姆去和男友约会，忻晟也不在家，结果父亲突然心脏不舒服，因心肌梗塞而暴毙了。

忻晟明白自己的祸闯大了，忻斐和父亲的情感是如此深厚，忻斐无论如何是不会原谅他的了。

忻斐一直没结婚。她和父亲住在一起，照顾着父亲。不知是为了照顾父亲而不想结婚，还是另有原因。忻晟和忻斐很少交流彼此的想法。父亲年事渐高后，对忻斐非常依赖，而忻斐也把照顾父亲的职责当成她生命中最重要的事情。忻斐对父亲的情感，忻晟一直不是很理解。大概忻斐崇拜父亲才会这样吧。

忻晟认为这次自己是罪孽深重，对不起忻斐。

忻斐在父亲死亡这件事上表现出令人惊异的冷静。她没有哭，把所有的悲伤都隐藏了起来。她的坚强和隐忍里面，有一种令人动容的脆弱气息。忻晟本以为忻斐会把他骂个狗血喷头，但忻斐并没有指责他。她一句话也没说。这让忻晟心里没底，在忻斐面前低三下四的。他好想忻斐痛骂他一通。

忻斐开始着手父亲的葬礼。她想把葬礼搞得轰轰烈烈。她通知父亲的单位及市有关方面，成立了治丧委员会。忻晟因为自觉罪孽深重，对忻斐言听计从，对她的做法没有提出任何异议。照忻晟的想法，人都死了，身后的哀荣都是可笑的。

一切按部就班进行着。忻晟遵忻斐之命去墓园买了墓地。这时，姐弟俩发现了父亲的遗嘱，在遗嘱里，父亲希望自己葬在成华墓园里。成华墓园是一处"革命公墓"，里面埋葬着的都是高级官员，在本市，成华墓园相当于北京的八宝山革命公墓。

忻斐不愿违背父亲的愿望。她让忻晟退掉了新买的墓穴。但是要实现父亲的遗愿并不容易。成华墓园的墓穴十分紧张，早在五年前已经冻结，仅有的几块墓地是给市里的大人物预留好的。按相关规定，父亲要葬于成华墓园还不够级别。

忻斐和忻晟只好去求人。忻斐对这件事情表现出惊人的固执和激情。她全身心投入落实父亲遗愿的奔走之中，好像唯此才能告慰父亲。她找过很多领导，托了很多关系，惊动了父亲的朋友们，最终一无结果。

忻晟对父亲的愿望非常不理解。不过想想，这似乎也符合父亲的性格。父亲虽然大名鼎鼎，可人们想得起来的学术成就还是他在普林斯顿大学读博士时做出的，一九四九年他归国后，虽然在历次运动中并无太大的冲击，但在学术上几乎一事无成。晚年，父亲作为国家工程院院士，也算德高望重，管着一个科学机构。父亲表面上顶着科学家的光环，事实上是个官员。他好像也喜欢自己是一个官员或"革命者"。父亲说起革命教条来，不输于一位政工干部。忻晟想，这恐怕同父亲年轻时对"革命"一直存有浪漫主义想法有关。因为这份浪漫，父亲才会在一九四九年放弃国外优渥的待遇，不顾阻挠回到了祖国。

忻晟不喜欢父亲那副动辄讲大道理的做派。忻晟是有点烦父亲的，他一直认为父亲有点"左"。特别是对待自己的子女，可以用严苛来形容。这种严苛近乎变态。忻斐原本是个能干的人，在一个机关工作得很出色，在快要提拔为处长时，父亲给组织部门写了一封信。信中，父亲说忻斐天真、头脑简单、易冲动，不适合成为一位领导干部，希望组织严格把关。父亲的信让组织部门惊异，组织部门具体办事的人不想得罪父亲这样一位德高望重的名人，考虑到父亲身体每况愈下，索性安排忻斐做了父亲的专职秘书，照顾父亲的日常生活。令忻晟不能理解的是，父亲竟接受了组织这一安排。忻晟认为父亲在这件事上太自私。不过父亲多年来一直只想着自己的声誉，没有好好照顾过他们姐弟俩，就好像他们姐弟俩只不过是父亲光芒下的尘埃。

在父亲遗体告别仪式上，市里来了不少大人物，当他们问忻斐有什么要求时，忻斐没提别的，就提了父亲的遗愿。市领导答应会考虑这一要求。可父亲葬于何处一直悬而未决。忻斐只好把父亲的骨灰盒放在家里。

忻斐说，如果父亲不能葬于成华墓园，她宁愿让父亲待在家里。

三年来，忻斐一直在为这事奔走着。

忻晟对忻斐的狂热不能理解。他认为她在做一件荒唐的事。有一天，忻晟实在忍不住，说："父亲为什么非要挤到那地方去呢？父亲是个知识分子，和那些达官贵人和所谓的'革命家'在一起有意思吗？"

"这是父亲的心愿。"

"难道父亲葬在那里，他在天堂就会高人一等？"

忻斐的脸上露出鄙弃的神情。她不想同忻晟这样无知的人辩论什么。忻晟成事不足，败事有余。忻斐对自己的家庭一直是有优越感的，有所谓的上流社会的幻觉。

每个清明节到来的时候，忻斐必定会打电话给忻晟，商谈父亲的事。都三年了，事情没有任何进展。父亲的事情越来越像一块压在心头的巨石，开始影响到他们的生活。忻晟想起这件事，心便会混乱地跳起来。他都怀疑自己得了心脏病。这时候，多年累积起来的怨气从忻晟的心头冒出来。父亲连死了都不让他安生，难道要他和忻斐一辈子活在父亲的阴影里？他深感人生的荒谬、虚空和无奈。

忻晟一直在想解决的办法。办法是有的。其实三年前已经有了，只是忻晟不敢向忻斐提，怕忻斐训斥他。忻斐是个完美主义者，在父亲的事情上，她是不会打折扣的。那会儿，忻家为父亲的事找市委没有任何进展，忻晟找过家乡在本市的办事处，让家乡政府想想办法，做做市里的工作。办事处出面和市里沟通，也没有结果。后来办事处的主任提议，索性让忻老安葬到老家的革命公墓里。他解释，那地方也不是随便什么人都能去的，家乡的书记死后也葬在那里。

忻晟想这事不能再拖了，再拖下去还怎么生活啊。他试着把这个建议同忻斐说了。忻斐开始不同意，还流下了眼泪，好像她只要接受这个提议就是愧对父亲。忻晟了解忻斐的脾气，流泪了说明她心软了。果然，忻斐哭完了，脸上露出坚毅的神色，说："就这样吧。"

于是，他们有了这趟回乡之旅。

忻斐好像铁定了心要在前面一站下车。忻晟认为这是不理性的。下了车就能找到骨灰盒吗？难道那个偷包者一定是上一个车站下的车？也许骨灰盒还在火车上也说不定。

问题还不在这儿，问题是家乡那边一切都已安排好了的。家乡人早上会在火车站等候，然后就同他们一起去公墓，还要在公墓搞一个隆重的仪式，出席仪式的有一位政协副主席和一位人大常委会副主任。如果他们现在下火车去找父亲的骨灰盒，那一切都会乱了套。

"难道同他们说，我们把父亲的骨灰盒弄丢了仪式不办了？我说不出口，这件事不是儿戏。"忻晟是着急了。他一定得想办法让忻斐打消这个念头。

"如果没有骨灰盒，这仪式还有意义吗？"忻斐不以为然。

"现在不是意义不意义的问题，是怎么向人家交代。我说不出口。"

"有什么说不出口的，我打电话告诉他们，就说骨灰盒被偷了。"

忻晟觉得同忻斐这样固执的女人实在讲不清道理。这种时候他真想打人。如果可以的话，他想给忻斐两个耳光。想打她的这个欲望这么多年一直占据在他心头。他认为父亲有这么可怕的想法同忻斐也有关系。

打是打不得的。事实上忻晟还是有些惧怕忻斐的。不过他的态度强硬起来。

"如果要下车的话，你一个人下好了，我是绝对不会下的。不能让家乡人认为在耍弄他们。要知道，是我们在麻烦他们，不是他们在求着我们。"

忻斐幽幽地看了忻晟一眼，她大概没想到忻晟突然变得如此决断。这会儿她看上去像是没有魂儿了，就好像她的灵魂因为父亲骨灰盒的丢失而丢失了。忻斐那张平时看上去坚韧的脸，这会儿变得像一个空壳，显出易碎的品质。忻晟知道，这是忻斐犹豫的时刻，忻斐没有了平时那样的固执。

"没必要非得马上找到父亲啊，我们先把家乡那边的事解决再说。"

"我们没有父亲的骨灰盒，还怎么解决？"

忻晟知道忻斐会提出这个问题。这个问题他早已想过了，解决起来很简单的，买一只空的骨灰盒就是了。只要他们不说，家乡的人也看不出里面有没有骨灰。再说，家乡人也不会管你里面装的究竟是什么东西。骨灰的意义真的有那么大吗？作为一个无神论者，忻晟知道，任何有机体燃烧后成分都差不多。

忻斐对忻晟的办法没有表态。不过看得出来她的态度大大地软化了。

为了让忻斐最终答应下来，忻晟说："姐，我答应你，回来时，我们在那个站下车，我们一起找。"

忻斐不再说话。她原本坚强的脸一下子软弱下来，泪水没有停止过。

忻晟这会儿不忍看到忻斐的这张脸。他不理解忻斐，她对父亲是怎样一种情感呢？在忻晟看来，她和父亲的关系是有点奇特的。她对父亲应该是有怨恨的吧？在父亲躺在床上的那些年，她经常情绪失控，和父亲吵架，她骂起父亲来言词相当恶劣。奇怪的是，忻斐不允许别人（哪怕是忻晟）对父亲有什么不敬或微词，她维护父亲的形象，好像父亲是她的生命。

仪式按预先安排好的进行。父亲的墓地做得非常考究，墓碑选用的是上好的黑色大理石，上雕有父亲的头像，边上还镌刻了象征父亲科学成就的分子模型。看得出来，家乡人是动了脑子的。

忻晟表情庄严，他一直捧着那只空盒子。他的样子好像他正在把父亲奉献给上帝，这让他看起来有一种神圣而洁净的气质。忻晟听着哀乐，他内心的某个部分被哀乐击中了，涌出前所未有的哀伤。父亲死后，他可从来没有体验过这种叫悲伤的情感。

忻晟把那只空盒子放入墓穴时，发现忻斐的脸上竟然露出轻佻的笑意。这笑让忻晟心惊肉跳。他真害怕忻斐失去控制。站在边上的人也发现了忻斐的异样，他们的脸上流露不安的神色，空气中出现紧张的气氛，这种紧张让忻晟恨不得仪式赶快结束。

家乡的人在鞠躬后，和忻斐和忻晟握手。忻斐笑得越发厉害，那些人尽量装出悲哀的神情，但还是掩盖不住那种面面相觑的表情。他们不会理解忻斐的心情，只有忻晟理解。忻晟的心里又涌出给忻斐一个耳光的念头。

回去的路，列车开过那个忻斐认为丢失父亲骨灰盒的车站，忻斐对忻晟说："忻晟，我们是白忙活一场。"

"什么？"

"我们还是没把父亲入葬。"

忻晟听了感到不舒服，在他心里，父亲已经下葬了的。

"也许是父亲对我们不满，不想我们这样处理他，他就让人把骨灰盒偷走了。"

"你别胡思乱想了。"

忻晟和忻斐在那个车站下了车。忻斐认定父亲的骨灰盒就在那里。忻斐和忻晟在那个小城待了半个月，没有关于那个黑包的任何信息。在这半个月，他们做了种种努力，去派出所报了案，贴了寻物启事，到处打听，都没有结果。忻晟对这样的寻找早已不耐烦了。等到他们随身带的钱都用完了，他们只好回家。

回来后，忻晟开始自己的生活。虽然那个盒子里并没有父亲的骨灰，但下葬这个形式对忻晟来说是一个了结，好像从此后父亲已上了天国，同他们天人永隔了。这种距离是忻晟喜欢的。有时候忻晟会想自己是不是太没人情味了，连父亲死亡时也没有悲哀，要说悲哀也不是为父亲的死，而是为父亲这一生。父亲三十岁后的光景全都浪费在无聊的事情上了，他原本应该会有更大成就的。他们这代知识分子想起来真是可悲。

忻晟一直没同忻斐联系。他还是怕她，好像她是他的原罪。忻斐像父亲一样让他感到不安。他不知道她的心情如何。有时候他甚至希望忻斐和父亲一样在这个世界上消失。这个想法吓了他一跳。

转眼就过去了一年。这一年中，忻晟生活平静。他已经很少想父亲的事了。一切都过去了。

星期天的晚上，忻晟看了一个晚上的"超女"比赛。忻晟喜欢张靓颖。张的眼睛明亮，他喜欢有着明亮眼眸的女孩子。他发了一条支持张的短信，自觉是"凉粉"了，这么一大把年纪还可以做别人的粉丝，他为自己年轻的心态而感到心满意足。令他伤心的是，偶像只得了第三。不过这也在意料之中。

这天晚上，忻晟没有睡意。失眠症经常让他日夜颠倒。他索性打开影碟机，打算看一部电影以打发漫漫长夜。他收集了很多碟片，这些碟片买来后，大多没看过。他挑了一部叫《人约黄昏》的电影看起来。电影唯美、奢华，符合忻晟的口味。

正当他随着光影流转，慢慢沉浸在虚构世界里时，电话骤然响起。寂静的午夜，四周没声息，电话响得令他心惊。他定了定心，站起来去接。

"我今天收到一只邮包……"

他听出是忻斐打来的。电话那头，忻斐在不停地喘息。

"……是父亲的……骨灰盒找到了。"

听了忻斐的话，忻晟全身起了一层鸡皮疙瘩。

2006 年 10 月 23 日

重案调查

一　投案自首者

　　我当上警察没多久就明白，那些犯了刑事案的人一般是不肯自投罗网，投案自首的。他们犯事后第一个念头就是逃亡，宁可一辈子在惶惶不安中度日也不肯束手就擒。因此若偶尔碰到一个投案者，我和我的同事们会对他的动机抱怀疑态度。事实上，确有那么几次，我所接待的投案者根本没犯什么事，之所以投案是因为他们的精神有问题。他们大都是一些妄想狂，妄想自己是杀人魔王。因此当警察的从来不指望罪犯自己撞上门来。那天下午，我和老王碰到一个叫顾信仰的人投案就没有严肃地对待他。我们把顾信仰当成一个精神病患者。

　　那天顾信仰走进所里大约是午后一点钟。阳光很好，从窗口望出去，街道上的一切明晃晃的，十分耀眼。老王和我坐在派出所里无所事事。老王比我资格老，他的坐姿就随意些，把脚搁到了办公桌上，我就不能摆出那种老三老四的样

子。当然我也比较放松，我觉得在这样的光天化日之下应该
没有人冒风险犯事（当然纯属偶然的激情犯罪除外）。这个
时候顾信仰进来了。顾信仰很瘦，背还有点驼，身上的衣服
是那种多年以前一度流行的工装。他的样子让人的脑子里浮
出"清贫"这个词。他的头发灰白，但剪得整齐，因此他虽然
"清贫"，看上去却还算精神。他显得很激动，脸上没一点犯
罪后的不安，相反脸上布满凛然正义。根据我们的经验，这
样的人应该不会成为罪犯。但这个人见到我们就说，他刚才
杀了两人，一个男人一个女人。

顾信仰在努力控制自己的激动，尽量用轻描淡写的口气
说，男人大约五十岁，住在宿盛街二号；女人二十多岁，也
许只有十八九岁，谁知道？她住在火车南站附近的出租房
里。两人都被他杀了。他知道杀人偿命，就来自首了。

老王用他故作惊讶的目光打量顾信仰，然后在我耳边
说，一个疯子，他说的话你不用记下来。

老王用讥讽的口吻说，你说你杀了人，那你为什么杀他
们呢？

顾信仰说，我实在是忍无可忍。

老王打了一个响指，故意装得一本正经地说，我猜他们
得罪你了？

这个叫顾信仰的投案者发火了，他说，不要用这样的口
气和我说话，我他娘的又不是小孩。我告诉你，我杀了人，
我来投案自首。你们这样不严肃是错误的。

老王被这个人说得一愣一愣的。他没想到投案自首的人竟有胆量这样对待一位警察。出于本能他把脚从桌子上挪下来，坐正姿势。老王说，好，我严肃了，你说。

顾信仰说，你根本没相信我，你还是派个人去宿盛街二号和南站出租房看看，然后再来问我。

老王被这个人说得心里发毛，他没想到这个人看穿了他的心思，他意识到问题的严重性。他艰难地咽了一口唾沫，对我说，这样，你叫个人，一起去他说的地方看一下，看看他是不是像他吹嘘的那样是个杀人犯。

顾信仰听了老王的话，把头抬得老高，脸上挂着近乎高傲和不以为然的笑容。我开始感到不妙，这个疯子也许真的连杀了两个人。我叫了所里的一个联防，开一辆侧三轮朝顾信仰所说的地方赶去。

宿盛街是一条老街，并不破旧。据说此街在清代是一条青楼街，想必当年这里一定粉黛云集。这里矗立着我们这个城市保存最完好的清代建筑，墙是由那种规格很大的青砖叠成。这些砖虽有些年头，但依旧有棱有角，没任何风化的迹象。我知道这些台门里面是住着一些人物的，他们在我们这个城市大都有头有脸。我们当警察的一般来说对这样的深宅大院了如指掌。

一路上联防不停地问我出了什么事。在我们所里，联防地位很低，他们来自各个单位，这些人在所在单位里表现不好就被派来当联防，协助警察治安。我们正规警察在这些人面前天生有优越感。联防问我话我也懒得理他。快到宿盛街二号时，我才对联防说了今天来这里的目的。联防听了后爆笑起来。由于他笑得太突然，引得路人侧目。我看到他笑得眼泪都流下来了，狠狠地瞪了他一眼，他才止住笑。他自嘲道，我们疯了，会相信一个神经病的话。

我们来到宿盛街二号。门关着。有人见到穿警服的来，认为一定出了什么事，围过来看热闹。我问他们，这里住着什么人？有人说，这里好像没住人，以前住着一个当官的，前几年已搬出去住了，之后再没人住进来。另一个人却说，有一个男人有时候到这里来住的，他还带着女人来。联防自作聪明地说，有人带女人到这里来住吗？那一定是不正当男女关系。

我决定到屋子里面看看。我先敲了几下门，没人应。我打算把门撞开。我没让联防动手，他却自告奋勇干起来。他说，撞门我最拿手，过去在单位上班时，我从来不拿钥匙，都是用脚把门踢开的。清代老建筑是文物，用脚踢显然不合适。联防就用他的身体撞清代的门。清代的门和锁显然比联防预料的要结实，他撞了几下没撞开觉得很没面子，于是做了一个很长的助跑过程，然后一头撞到门上。这下门轰的一声洞开了。联防跟着洞开的门倒在地上。我刚要进去，听到屋里面发出一声惊恐的尖叫，紧接着一个血人从门里爬了出来。围观的人见到血人，慌忙逃窜。血人是联防，他结结巴巴地说，死、死、死人了。这时我已经看到门里面的尸体，尸体的头朝门的方向，血流了一地，刚才联防倒下后正好落在这摊血上。

刚才逃窜的路人又围了上来。我叫惊魂未定的联防把守现场，切勿让人靠近。我走进屋里查看了一下，然后退了出来。一些正往里瞧并把他们的头伸长到极限的路人这会儿都看着我，希望从我嘴里知道一些情况。这时有人对我说，那个人他认识，姓程，是个国家干部，好像是位处长。我对联防交代了几句，然后就到对面小卖部，拿起柜台上的公用电话，拨通老王办公室的座机。

我说，老王，真的死了人。

我听到对方发出砰的一声，我猜是电话筒掉在了地上。一会儿后老王才慌慌张张地说，你们等着，注意保护现场，我马上汇报上去，一会儿我就过来。

我回到现场，联防刚才那张吓得苍白的脸已恢复了常态。他正煞有其事地维持着秩序，看上去像一位正在指挥着一场战役的将军。

没多久，老王带着人赶到。老王让人守着现场，带着我去另一个地点察看。

顾信仰所说的他在两个地点杀了一男一女这件事不幸被证实了。我们赶到南站的出租房，看到一具年轻的女尸倒在一片血泊之中。死者看上去衣着时髦，不过不算浓妆艳抹，她一头直发，口红涂得并不显眼，看起来倒有点清纯。我仔细观察死者的宿舍，很简陋，宿舍里有两张单人床，床边上贴满了各路明星的照片。除了死者应该还有一个女子住在这里。我翻了一下放在写字台上的一本相册，看到其中有很多张死者和另一个女子的合影。我猜想这个女子应该是和死者合住在这里。

我们找到住在隔壁的一个带外地口音的中年妇女。我给她看照片，问她认不认识这两个人。那中年妇女说，认识的。据她所说，死者是常住在这里的。我们问她，这两个女孩都同什么人来往。中年妇女说，这个她不清楚，她的印象中好像也没有什么朋友来看望这两个女孩。她们睡得很晚，她说，她们夜晚回宿舍时她早已睡了。中年妇女犹豫了一会儿，指了指照片上的另一个女孩说，听说她被人包了，当了二奶，现在不太来住了，我很少见到她。中年妇女似乎意识到发生了什么事，好奇地问，她们出事了吗？我说，没事。这样的连环杀人案当然不能随随便便传到社会上。

现在最重要的是去审问那个投案自首者顾信仰，先听听那家伙怎么说再决定下一步如何调查。我和老王回到所里，向领导做了汇报。领导同意我们的想法，决定让老王和我负责审讯顾信仰。

再次面对顾信仰时，我们脸上的表情已十分专业了。当警察的最擅长的就是把脸上的表情弄得十分威严。特别是对待那些杀人犯，这一招还真管用。如果同犯人和颜悦色，他们会以为自己是个英雄。你只有装得像握着强大的国家机器，他们才会老实点。现在我和老王坐在审讯室里，顾信仰坐在我们对面，一点也不老实，看我们的眼神里流露出不加掩饰的轻蔑。我们要他老实点，把杀人的过程详细交代一遍。

顾信仰早就想坦白了，还没等我们把"坦白从宽，抗拒从严"的政策讲清楚，就滔滔不绝地说起来。顾信仰的语速很快，我们无从插嘴。此人说话十分流畅，颇有点语言天赋。

二 投案者顾信仰的自白（一）

抵御声音的方法是把门关好，如果还不行就把耳朵捂住，这样声音就不会进入耳朵。这是常识。但常识在我这里并不适用，这样做的结果是声音变成了无处不在的东西，嗡嗡嗡往我脑袋里钻，比真实的声音还要来得烦人。这烦人声音的源头是在房间外面，在客厅或是我儿子的房间。声音是我儿子顾主义和儿子他妈发出来的。是笑声，那种放荡的笑声。他们总是这样笑，没完没了，好像他们意外得到了什么宝贝。如果我出现在他们面前，他们就会紧张地看着我。我讨厌他们看我的眼神，好像我是个疯子。我虽然讨厌他们鬼鬼祟祟的样子，却不能表达出来，如果我多嘴，他们就会把我送到医院里。我对他们没有任何办法。我更多的是把自己关到房间里，或者天黑的时候，我去门外走走。我也不喜欢屋子外面的空气，肮脏，丑恶，充满梅毒和淋病的气息。我一来到屋外就感到气愤。我就向城市南边走。告诉你们，我常去的地方就是南郊苗圃。那地方从前可是坟地，是我亲手把那些坟墓敲掉的，我们敲掉坟墓把地整平就种上了那些树。这些事你们不会知道的，如今还有谁知道我们当年的辛苦。给我们开垦苗圃的时间很短，就一个季度，我们只好昼夜干活儿，终于在国庆到来前顺利完工。我就是在开垦苗圃时入党的。我说远了，不过你们不要打断我，否则我什么也不对你们说了。我说过我晚上常去苗圃。有时候我就睡在那里。反正我儿子我老婆也不关心我在不在房间里。他们现在越来越忽略我了。我从附近的农田里找了些稻草，铺在地上睡。告诉你们一个秘密，我睡觉的附近有一只很大很白的老鼠，常来到我面前对我吱吱地叫。我开始还以为是只野兔子，后来发现不对，兔子的眼睛是红的，这东西的眼睛不红，我猜想这东西应该是只老鼠。人家说看到白老鼠是不吉利的，我才不信这个邪，我可不是个迷信的人，但有时候也会想想它是不是我当年敲掉的坟墓里的鬼魂变的。如果是鬼魂变的，投胎到一只白老鼠身上也蛮可怜的。我只觉得这只老鼠可爱，有时我从家里带点东西给它吃。我睡在草堆上，听到老鼠吱吱吱地吃我带去的东西，我的心就感到暖和。这只老鼠也懂得感激之情，后来每次我来到苗圃，它就从洞里钻出来，对我吱吱吱地撒欢。我觉得它比我儿子还重感情。

说远了，现在我来说说为什么要杀那两个人。这还得从我老婆说起。我老婆是个荡妇。原来不知道，我是从医院里出来后才知道的。我这么说我老婆是有根据的。有一天，我从房间里出来，朝苗圃方向走。我没想到会碰到我老婆。我老婆穿得花枝招展，我注意到她现在越来越喜欢穿那种色彩强烈的大红大绿的衣服了。你们一定也猜到了，我老婆和一个男人走在一起。我不由得停住了脚步，很生气。我打算跟踪他们，看看他们到底去干什么。他们往宿盛街走。我跟在后面，虽然抚着耳朵，还是听到我老婆的浪笑。他们一路上都在笑，装得像两个轻浮的年轻人，看上去就像两个傻瓜。一会儿，他们进了宿盛街二号，就是你们刚刚去过的那间房间。我进不了房间，我只能通过门缝往里张望。你们能想到我看到什么。我老婆他娘的真是个骚货，她一进房间就开始扒自己的衣服，脱得精光，又去扒那男人的衣裳。我看得眼睛出血，就嘭嘭嘭地敲门，骂自己的女人。我不知怎么回事，忽然之间失去了知觉。醒来后我发现自己在医院里。

任何一个人发现自己的老婆同别的男人胡搞都会想到离婚。我也是这么想的。我从医院里出来，就对我老婆说，我要同你离婚。她紧张地看着我，她的眼神中除了紧张外还有许多怜悯。她摇了摇头，就哭着给医院打电话，说医院没把我治好怎么让我出院了呢？我老婆又想把我送进医院。她这一招真是毒啊。我害怕去医院，那不是人待的地方，我只要进去，他们就会给我打针，然后让我睡觉。我的身体会变得很迟钝，四肢会变得好像不是我自己的，都不听我使唤。我没有办法，我不敢提离婚的事啦。我可不想我老婆又把我送进医院，去受那个罪。我学乖啦。我知道我老婆还在同那个男人胡搞，有时候我抑制不住好奇心还会去宿盛街二号偷看。后来我想通了，我已经有好多日子没弄我老婆了，不知怎么回事，我去过医院后对这事没兴趣了，我成了太监。我对我老婆是了解的，她他娘的对这档子事一直是很有兴趣的。我没兴趣弄她，她去外面偷男人也是难免的。我算是想通啦。

不知怎么搞的，我对老婆和那男人的好奇心变得越来越强烈。我有时候已睡在苗圃了，突然想到他们就会赶去看看。老实说，每次我看到他们，我就会为我老婆感到羞愧。我老婆总是在讨好那个男人，她甚至用口使那男人舒服。但那个男人似乎有点看不起我老婆，有一天他还对我老婆动起粗来。他的手掐着我老婆的脖子，我老婆睁着惊恐的眼睛，脸色发紫。我以为那个男人要把我老婆掐死，正想冲进去时，那男人松开了掐着她的那双手。我老婆当时赤裸着身子，她像是瘫了似的沿着墙滑下，然后蹲在地上无声地哭泣。她的赤裸的身体看上去很丑陋。那个男人伸出一只手去拉我老婆。令我惊奇的是，刚才还显得十分悲伤的她竟突然笑了起来。当然她的笑看上去有那么点凄苦。

我就是从那时起对这个男人感兴趣的。我决定弄清楚这个男人的来历。反正我没事干，又不用上班，盯上一个人，把他弄清楚，对我来说是件十分容易的事。

你们也许已经知道了，这个被我杀了的人是个官员，好像是位处长。我可以明白无误地告诉你，他是共产党的败类。他仗着手中的那点权力，吃喝嫖赌样样都来。我这么说是有根据的。这个人不但同我老婆搞腐化，还同别的女人搞不清楚。那是个年轻的女人，是他们单位的司机。他对那个女人的态度同对待我老婆的态度不一样，他讨好那个年轻的女人，他买化妆品和鲜花给那个女人。但那个女人对他爱理不理的。我跟踪过那女人，她他娘的不但有老公，而且还有一个漂亮的刚学会说话的可爱的儿子。我当然很同情那个已戴了绿帽子的男人，我还去小孩的幼儿园看过小孩，小孩子当然也很可怜。我是个可怜的人，小孩子也是个可怜的人，因此我很想和小孩交朋友。一天放学的时候，我站在幼儿园门口，我买了两只大饼打算送给小孩。我看到小孩子出来，我走过去对小孩说，孩子，我知道你很可怜，你妈不要你了，不过你不用怕，我会照顾你的。这个小孩也他娘的怪，听我这么一说，他竟站在那里哭了起来。结果，门卫老头赶了出来，问孩子怎么了，还问孩子认不认得我。小孩当然不认识我。门卫听小孩这么说，就要把我抓起来。幸好我跑得快。告诉你们，我如果想跑掉就没人能追得上我。这功夫我是在医院里练出来的。在医院里他娘的医生就是大爷，他们不但要给我打针让我永远睡着，我只要出点差错他们就会用电棒击我。因此我只要看到医生们手里拿着家伙就会本能地跑，我一边跑一边喊，从医院这一头跑到那一头。我看到医生们喘着粗气，紧跟着我，他们跑起来的样子就像一群蠢猪。当然最后我还是会被他们抓住。所以我再也不想去医院了，我受够了。我希望你们把我抓到牢里去，千万不要把我抓进医院。算我求你们啦。

我又说远了。现在我说一件让我生气的事。我说过那男人对我老婆不好，还不时动点粗，可对女司机真他娘的不错。有一天，我跟着他们。男人带着女司机进了宿盛街二号。我算是把这个男人看穿啦，这个男人真他娘的贱，他讨好那个女人，想尽办法让那女人开心。不过，我告诉你们一个秘密，嘿嘿，真他娘的有趣，告诉你们，这男人在女司机前面不行，没弄几下就完蛋了。可在我老婆面前这个男人可威猛了。他干我老婆他娘的像是有使不完的劲，可干这个女人竟这么没用。我很生气，凭什么这个男人对我老婆这么粗鲁，对这个女人却表现得如此低三下四？

我就想教训教训这个人。我就去他的单位。我说过这个人不但搞女人还收受贿赂，我就想去吓唬吓唬他。现在的衙门，门槛可高了，进去都不容易。门卫那个老头非要我出示介绍信，我说没有。他问我找谁？我就同他说找程处长。门卫他娘的也是个势利眼，见我找他们领导就放我进去了。他娘的，现在的共产党真懂得享受，地上铺的是花岗石，门上还镶着金边，办公室里还有空调，怪不得这么热的天，大楼里面这么凉爽。我一间一间找那个男人。我走过一间办公室就往里面看一眼。一些人坐在里面，他们什么也不干，只是抽烟聊天看报喝茶，到处都是这样的人，这个社会怎么还能搞得好。我看着政府机关这个样子就生气。有人见我鬼鬼祟祟的，就问我找谁。我因为生气，就大声说，找程处长。大概因为我声音太响，我看到走道尽头探出一个脑袋，我一眼就认出了他，他就是我要找的人。那人用警惕的眼神打量我，问，你是谁？我对他神秘一笑，说，等会儿你就知道了。我又说，还是到你办公室说吧，我如果站在这里说，别人听到对你不太好。那人习惯性地左右看了看，冷冷地说，进来吧。我知道他心很虚。他心里有鬼。

你们嫌我太啰唆？我不啰唆几句你们怎么会明白！如果你们不想听，我就什么也不说了。你们要我说就不要打断我。我说过这人表面冷冷的，内心很虚。所以我一进他的办公室，他就问我有什么事要他帮忙尽管说。我说，我要十万元钱。他显然很吃惊，看我是不是在开玩笑。我对自己说出这句话也很吃惊，我没想到我会向这个人要钱。我看到他的眼角露出不以为然的神情，说，你是开玩笑吧？我说，我不是开玩笑，因为我知道你收受贿赂，你有钱。这个人见我这么说，翻脸了。他打电话给保卫人员，他说，有人想要敲诈他，要他们马上赶来。这个男人的反应很出乎我的意料，没想到这个人一点都不怕。一会儿保卫人员就赶到了，他们一进来就对我实施暴力，他们摁住我给我坐飞机。我嚷道，你们干什么？你们为什么这样对待我？姓程的说，他来敲诈我，竟向我要十万元，我哪里来这么多钱。他又命令道，把他送公安局去。我喊道，他有钱，他受贿，钱多得是啊。两个保安愣了一下，却不敢看一眼领导，他们押着我把我拖出办公室。我他娘的很生气。我就骂这两个人一点原则都不讲，做坏人的帮凶。我因为生气，就把所有的事都说了出来。我说，那姓程的操我老婆呀，他操我老婆还打我老婆，我向他要十万元钱是应该的呀。围观的人也多了起来。我就给他们看我老婆的照片。我不知道为什么，看了照片围观的人都笑啦。我弄不懂有什么好笑的。我说，你们笑什么呀？这是真的呀，他真的操我老婆。他们好像根本不相信有这档子事，我越说他们笑得越是厉害。他们一边笑一边说，这个人有病呀，不应送他去公安局，应送他去医院呀。见他们这么说，我就慌啦。我可不想去医院，我一辈子都不想去医院。我一慌就不知怎么办，完全乱了方寸了。我说，不要送我去医院，你们还是把我送到局里去吧。可他们根本不听我的，两个保安踢了我几下，要我老实点，最终还是把我送进了医院。我在医院里吃够了苦头。我算是恨透姓程那小子了。

我从医院里出来后没再去找姓程那男人。这并不是说我不恨那小子。对我个人来说，我和他的恩怨还没了；对社会来说，他也不是个好东西，是个腐败分子。我不会放过他的。问题是我出院后发现我儿子也有情况。我发现我儿子也像姓程的那样在搞腐败。我很伤心，我想我儿子一定是让我老婆带坏的。

我前面说过，我儿子和我老婆总是在屋子里嘎嘎嘎地笑。开始他们是两个人笑，后来我发现笑声中多出一个陌生的声音。是个女孩子的声音。这声音中有讨好的成分，听上去好像比我儿子他们笑得更疯。我很想去儿子的房间看看这女孩子的样子，但我不能去，我害怕他们再把我送到医院里。这就是我在这个家的地位，任何一个陌生人来我家都可以比我放肆，而我是这个家的局外人。你们能够想到我有多压抑。老实说我感到活着真他娘没劲。我不能去他们的房间，我只能在门缝后面往他们那里瞧。如果他们不出来我就一点也看不见。我就是在门缝后面认得那女孩的。那女孩叫小袁，我儿子和我老婆是这么叫她的。这个女孩子看上去长得倒是很清秀的，看着让我喜欢。她的头发很直，不像那些不三不四的女人，头发烫得像狮子，还染得又红又黄。她也不像我老婆那样把嘴涂得血红。老实说我从门缝里第一次见到她竟有点喜欢她。这个女孩子还喜欢唱歌，到我家来她老是唱歌。我儿子房间里有套音响。我老婆总是咋咋呼呼，说，小袁唱一个《心雨》。于是小姑娘就唱《心雨》。有时候我儿子也会唱几句，我儿子那嗓子不行，嘎嘎嘎像鸭子，唱起歌来像喝醉了酒，粗声粗气的，难听死了。我长时间在门缝后面观察他们，可实际上我看不到什么。这段日子，我没再去南郊苗圃，我很惦念那只白老鼠，我不给它东西吃它一定饿坏了。不过我虽然去不成南郊，并且站在门缝后面也很辛苦，但心里还是很高兴的。我儿子有女朋友了，我儿子的女朋友看来也还不错。我希望儿子早点结婚，我可以早点抱孙子。

有一天，我在门缝里看到我老婆屁颠颠地从我儿子的房间里出来，然后关上了儿子的房门。我看到我老婆长时间站在儿子的房门前在倾听着什么。我马上意识到我儿子和小袁在房间里干什么，我又不是傻瓜，我当然猜得出来。我不喜欢他们还没结婚就这个样子。虽然外面世界已变得乱七八糟了，但我不希望我儿子有样学样。让我悲哀的是我儿子已被我老婆教坏了。一会儿我听到儿子的房间里传来呻吟声，我儿子的声音还是像鸭一样，那女孩的声音显得很夸张。我老婆当年也喜欢叫床，但声音没那女孩大，我老婆快乐的时候叫得很压抑，不像这个女孩这样放肆。我老婆这个傻瓜一直站在外面听着，他们里面叫一声，她在外面就嘿嘿笑一声。我很想冲出去打她两耳光。但我不能打她，否则她会把我送到医院里。我只能这样在心里想想。

我没想到儿子真的变坏了。我忘了告诉你们，我儿子是一个公司的经理。像他这样的毛头小孩都当上了经理，可见现在经理实在太多了。经理多了就不值钱了，似乎什么人都可以当，不像我们那会儿，领导就像个领导。我儿子看上去嘴上没毛办事不牢的样子，可经理当得也人模狗样的。我去过他的公司，公司里的人对他竟然毕恭毕敬，开口闭口叫他顾总。上面我说了，我儿子当着他妈的面和那女孩子上床，我很担心他变坏，因此我就盯上了他。我真的没想到我儿子变得这么坏，成了一个真正的腐败分子。我儿子总是和他的客人去那种什么梦娇夜总会、大富豪舞厅之类的地方。那种地方总是很黑，有很多不正经的女人，我不知道你们警察是怎么在管的，你们警察就应当去那种地方管一管。那地方的女人不要脸啊，她们往我儿子怀里钻。我儿子也不要脸，他竟摸她们的胸，摸她们的大腿，摸够了还带她们去开房间。当爹的见到儿子这样当然着急。我儿子如果老是这样下去非出事不可，说不定什么时候被你们公安抓了坐牢去了。我就一个儿子，我不能让儿子这样胡闹下去。我今天同你们讲我儿子的事情，也是希望你们教育教育我儿子，但不要把他关到牢里去。我儿子还年轻，他还没结婚呢，还没给我生孙子呢。

　　我不希望儿子继续胡作非为下去。我得想个办法。后来我想到了那个叫小袁的女孩。我很快查到这个女孩住在哪里。我就在她住的宿舍门前等，但令我头痛的是这个女孩没有出现过，好像她压根儿不住在那里似的。我问一个外地中年女人，外地女人只是警觉地看看我也不理我。我等不到那女孩，就在这个城里逛。我老是去梦娇夜总会或别的什么夜总会。他娘的，现在这种地方真多，我花了一个星期才跑遍了所有的舞厅，我们这个城市竟他娘的有二百零五家，并且家家舞厅都爆满。现在我已经知道都是些什么人去那种地方，都是些不正经的女人和那些有钱有权的人。这种地方这么多，社会风气还会好到哪里去。我不知道这个社会还是不是共产党领导的，还是不是社会主义，我想不通共产党为什么不去管一管。为什么现在腐败那么多，根据我的观察就是因为舞厅太多引起的。我在这个城市的这家舞厅走到另一家舞厅，没有任何目的，但我内心很着急，我觉得我们这个社会再这样下去就会完蛋。我也是共产党员，我为我们共产党人着急啊。

你一定猜到了，我这么闲逛的时候，碰到了那个女孩子小袁。当时小袁站在一家装修得像一个城堡的舞厅前，好像在等什么人。我见到她当然也很高兴，正打算上去同她打招呼，不料有一个胖男人走近她，同她说了几句后把她带走了。我不知道他们去哪里，我就跟着他们。后来的事情，想必你们也能猜得到，他们开了房间，在房间里面干那事。我当然没看到他们干。我的耳朵很灵，任何声音都逃不过我的耳朵。我站在他们房间的门外。我听到里面哗哗哗的水声。我知道他们一定在一起洗澡。我没想到这个清秀的女孩原来是只"鸡"，我有种上当受骗的感觉，很生气。我因为生气就在门上嘭嘭嘭地敲了几下。果然里面什么声音也没有了。一会儿那女孩匆匆地从房间里走了出来，她的头发还是湿的。她左右观察了走道，溜出了宾馆。

我感到这个世界已经不对头了。我儿子从前可不是这样的啊。我儿子小的时候可是有远大理想的，他像我一样会背诵"毛选"。我问我儿子长大干什么，他就会说长大了去解放全世界受苦受难处于水深火热中的人民。可我儿子现在已堕落成这样了，他现在恐怕连他自己也解放不了啦。我开始思考我儿子为什么会变成这个样子。后来我算想通啦。我儿子变成这样是因为他的身边有坏女人，有像小袁那样不要脸的女人和我老婆这样放荡的女人。我还分析了我老婆放荡的原因。我老婆也不是天生如此，她是被那姓程的男人教坏的。我清楚意识到，只要有小袁那样的婊子和像姓程的那样的共产党败类，我们社会就不会再变好了。我决定给他们点颜色看看。现在你们已经知道了，我杀这两个人是蓄谋已久的，并非心血来潮。我觉得我应该杀了他们，这样我儿子和我老婆就会明白他们的罪恶，然后改邪归正。只有把这样的人杀光，我们的社会才会干净。我知道杀人偿命，我就来投案自首啦。我不希望你们对我从宽处理，我活够了。我请求你们把我关到牢里，或者处、处决我，千万不要把我送到医院里。算我求你们啦。

三　关于凶杀案的一次会议

在顾信仰滔滔不绝地讲述时，我和老王曾几次试图打断他。他对我们打断他的反应是愤怒。后来我们就保持沉默，我们已从这个人说的话中听出他是个不正常的人，是个精神病患者。根据法律，一个人在精神不正常的情况下是不用承担法律后果的，因此我和老王决定把这事通报给领导。当然现在对这个人有没有精神病，作案时是不是清醒还不能做出结论。况且有时候也并不是只要精神不正常就可以免于法律的追究，我们对一个案子的最终定性还要顾及老百姓对这个案子的反应及情绪，因此在案子定性问题上是有一个"情势"存在的。我们通常得按"情势"办理案件。这当然有点偏离法治原则，但实际上我们就是这么在做的。

为了这个杀人犯，我们还专门开了一个会议。根据我们初步掌握的情况，老百姓对这个连杀两人的嫌犯反应是激烈的，甚至已经有人打电话到派出所，要我们立即枪毙这个人，不杀不足以平民愤。不过我们对这种言语激烈的电话也不是太在意，社会很大，什么鸟都有，总有一些吃饱了没事干的人打这种自以为是正义之士的电话。让我们头痛的是另外一个问题。这是领导对我们说的。领导说，根据其他部门的初步了解，杀人嫌犯曾是一个劳模。因此领导指示对这个案子还是应该小心一些，要把他的事情搞得一清二楚，然后再对这个人下结论。领导指示我，要我负责办这件事。领导说，你把嫌犯的事调查清楚，看看他有没有行为自负能力，然后写一份报告。

我其实心里是不想干这份差事的。听了这个人的自白，很显然他精神不正常，我对精神病的世界一直存有恐惧。我觉得那是个刺激人神经的无序世界，没任何道理可言，在那个世界里，人性中丑陋的东西被放大了，那常常是一幅怪异的血淋淋的超现实图景，让人受不了。我虽然是个警察，平时也接触一些血腥事件，但我知道那些被残害的肉体生前是正常的，因此也没什么感觉。可面对精神病世界我无名恐惧。我不知道为什么我的承受能力如此低下。我想我大概是担心我一头扎入精神病世界后自己也弄得不正常。这不是没有可能的。

领导交给我的任务我还得去干。这是没有办法的，谁叫我吃这碗饭呢。我知道自己的处境。我是所里资历最浅的人，这种调查是没人想干的。这个案子的调查也就是走访一下嫌犯的亲人和朋友，就这么简单，调查这样的案子是不可能捞到什么资本的，想要得奖章就不要去办这样的案子。我知道这个案子只有我来办，我推也推不掉的。

我查访的第一个人是嫌犯顾信仰的老婆。事实上并不是我找到她而是她主动来所里的。我想一定已经有人通知了她丈夫杀人的事情。那天，我们的会议刚刚结束，我看见传达室边站着一个妇女。我已经从嫌犯顾信仰的自白里了解了他老婆的一些特征，我看到传达室旁站着一位衣着艳丽的女人就猜想她可能是嫌犯的老婆。我猜得没错。传达室老头对我说，这个人已等了一些时候了，她是嫌犯的家属，她想找所里领导谈谈。我说，这事归我管，你就找我谈吧。

我把那女人带到一间办公室。我叫女人坐在我对面。我也有一些问题要问她，但我还是想先听她说。根据她说的内容再提问题也不晚。她虽不是罪犯，但我一坐在她对面就有了一种居高临下的感觉。这也是职业病。我的目光一直逼视着她，她在我的逼视下显得有点不安。这个女人除了衣着有点艳丽外，看上去倒是蛮端庄的，并且还有几分姿色。我竟有点替她可惜，她怎么嫁给像顾信仰这样的怪物？一个女人要是嫁给顾信仰这样的人，除了同别的男人胡搞还能怎样？看着这个女人，我一时有点想象不出顾信仰描述的那种放荡的笑声。这张脸放到哪儿都像是一张严肃的脸。我看着她，一直没吭声。我知道这时候我不应出声，我一出声她的压力就会减少，她讲的就会有所保留。我希望她把实情都说出来，即使因为慌张讲得颠三倒四毫无条理都没关系。她干咳了几下就结结巴巴说起来。她说，你们千万不要送他去坐牢，他是个病人啊。

在整个谈话过程中，这个女人几次流下了眼泪，她的脸上布满了痛苦。这是一种强抑着不想让自己哭出来的表情，这种无声的哭泣其实更让人感到撕心裂肺。

可以说，通过同嫌犯家属的交谈，我对嫌犯顾信仰的了解进一步加深了。不知怎的，我听了她的讲述后心里很不平静，我觉得我被什么东西刺痛了。这种感觉很长时间停留在我的心中。我知道这里面其实隐藏着对嫌犯的同情心。作为办案人员是不能有"同情"这种情感的，以免做出错误的判断。我想我应该有所控制。

下面记述的是我和嫌犯家属的谈话内容。

四 李美芳（嫌疑犯之妻）谈话摘要

我觉得老顾太可怜了。他这个人实在太可怜了。他其实是个很好的人，是一个老实人呀。他这个人天生就是个劳碌命，只要有事干，他就会安静下来。一直以来他就是这个样子，他不能休息，如果他休息了，他便会胡思乱想，东走走西看看，那个无聊的样子简直要了他的命。用政府的话说，他这个人天生热爱劳动。那会儿我还没嫁给他，但他的事我已经听说了。那时政府提出要把南郊的坟地改成苗圃，你们都知道的，平坟的事情一般是没人肯干的，那会得罪多少人啊！我们老顾这人老实，就被派去平坟了。这个苗圃当时还是个政治工程，时间也很紧，要加班加点干。平坟的事白天干还好，晚上干该有多吓人。我们老顾是穷出身，政治觉悟高，为了赶工期就晚上去平坟。他说他是个无神论者，他不怕。他晚上干，别人也没办法，只好跟着他干。因此很多人背地里骂老顾。老顾因为工作积极，这年苗圃开垦结束，组织上还发展他成为党员。我就是这个时候和他认识的。那年老顾快三十了，因家里穷，从事的工作又不算好，所以还没找到对象。于是组织出面就把我介绍给了老顾。我们就在那年结了婚。

结婚之后我才开始对他有了点了解。这个人太固执了，有时候简直不近人情。比如我母亲那边有一个亲戚成分有点不太好，老顾就一定要我同组织说清楚，并要我断绝同那亲戚来往。断绝来往倒也罢了，可我认为这种事不用同组织说，这样的远房亲戚谁家没有一个两个，就是毛主席家也有富农嘛。我不想去。老顾很生气，后来是他气冲冲把我拉到组织那儿。我当时也很生气，好像我觉悟那么低要接受他再教育似的。苗圃完成以后，老顾有一段时期没什么事干，这可害苦了他，也害苦了我。这个人精力实在太充沛了，根本闲不下来。他成天在外面，只在吃饭时露一下面。我不知道他在干什么，我问他他也不告诉我。后来我才知道他这段空闲时光竟破了一个案子，据说是一起国民党特务搞破坏的案子。我不知道真相，他是不是真的抓了国民党，反正那会儿"阶级斗争为纲"，大家都有一双阶级斗争的眼睛，只要谁看着可疑就会被当成特务什么的抓起来。被他抓的据说是个捡破烂的，我在批斗时见过那人，完全是一个糟老头。现在想来那人一点不像特务，但当时我们觉得这个丑陋的老头特别像个特务。虽然老顾的脾气有点怪，但他是个好人，对我也很好。在家里他很照顾我。

我们这样过了一段口了。有一天，老顾对我说，他要去一个小岛守灯塔，是组织上安排的。我不知道你们知不知道灯塔，就是夜间航船用的灯塔。夜里海面上灯塔亮着，开船的人就知道那地方不能靠近，那里有暗礁。我那时虽然对这个工作不了解，但我知道这工作很辛苦。在一个荒岛上，一个人守着灯塔，想想也觉得瘆得慌。开始我并不同意他去那鬼地方，那会儿我刚同他结婚，孩子还没有呢，就这样分开了，心里不甘。他同我的想法完全两样。他认为他的工作很光荣。当时我们这个城市被认为是前线，那些小海岛就更是前线了，去这样的地方，政治上当然要过硬的，而我们老顾正是这样过硬的人。我和老顾就产生了矛盾。那段日子，我天天使小性子，同他吵。这可把他气坏了。他竟向组织提出要同我离婚。我们的婚姻是组织安排的，老顾要离婚组织很吃惊，就来调查。结果你们也能想到婚是不会离的，组织对我做了很多思想工作。我也没办法，只好让老顾去守灯塔。

我后来去过老顾守着的小岛。我只去过一次。那次去了后我是再也不想去了。那不是人待的地方啊，我想起老顾在那样的地方生活心里就烦，就痛。我们老顾的命实在太苦了。他竟一辈子待在那样的荒岛上，简直比流放到西伯利亚还不如。那是什么地方啊，一间破房子，一半埋在地下，进去黑洞洞的，很潮湿。我想待在这样的地方，好好的人也会弄出一身病。吃又没得吃，幸好老顾是个爱干活儿的人，他自己会弄点东西吃，比如他会抓些小鱼小虾啥的。生活艰苦倒也罢了，最主要的问题是长年累月，一个人待在这种地方，没一个说话的人，不变成疯子也会变成傻子。你们知道他同啥东西说话吗？他对着一只老鼠说话。他这个人也真怪，走到哪里都会有老鼠跟着他，他似乎也愿意同老鼠交朋友。我后来只要想起老顾在荒岛上同老鼠交朋友，就想哭。我这一辈子不知为他哭过多少回。我后来再也不想去小岛，眼不见心不烦。后来我们有了儿子，儿子小的时候倒是喜欢去老顾守灯塔的礁岛。老顾教会孩子抓鱼，孩子感到新奇。

这样老顾守了二十多年灯塔。守灯塔的第十个年头，组织上让他当了劳模。我心里一点也不高兴。他如果能回来我宁愿他不当这个劳模。老顾是因为生病回来的。他得了肝炎，那种慢性肝炎。医生说得这种病的原因往往是积劳成疾。他苦了一辈子，不得这种病才怪呢。我那时还很开心，想谢天谢地，老顾终于可以回来了。组织上对老顾的病也很重视，把老顾送到第一医院干部病房治疗。我想老顾的病也不是什么了不起的病，等治好了就待在家里，我这回是死也不会让他去守什么灯塔了。如果组织上还要他去我就同组织闹。

可我没想到，老顾回到社会就出事了。我是说他的脑子出了问题。现在回想起来，其实他在治肝病的时候脑子就不对头了，只是我们当时没有注意。和他住同一病房的是位局长。人家是局长当然会有很多人去看他。局长的部下会去，有求于局长的人会去，其他各色各样的人免不了也会去。他们通常是拍局长的马屁，讲局长的好话，说局长怎么怎么有水平，自他生病住院，单位群龙无首，都乱了套了。他们不但拣局长爱听的话说，还会送很多东西，有的人还送礼金。现在社会就是这个样子，我们早已见怪不怪了，可老顾在荒岛上待的时间太长了，他不知道现在的风气，因此很生气。我和儿子都要上班，也没有经常在医院里陪老顾，没想到老顾和局长吵了起来。老顾这个人一向是很敬重领导的，常常把领导当作组织的化身。他和一位局长吵架让我们很吃惊。我们是老顾从医院里跑回来才知道这些情况的。老顾回到家里就开始骂娘，他说他再也不去医院了，他受够了。他骂道，那是什么领导呀，他还是不是共产党干部？他怎么可以收人家的礼金，还对来看他的人摆臭架子？我们就劝老顾，让他去医院继续养病，并告诉他这种事不值得生气。老顾见我们这么说就气呼呼地走啦。我们还以为他去了医院，他没去，他在街头瞎逛。

后来他当然再也没去医院。我也没有再要求他去。反正在医院里也是吃吃药，就让他在家里吃吧。我说过他这个人闲不住，说是待在家里，实际上只有吃饭的时候看到他。他甚至连晚上也出门，每晚很晚回家，很多时候他回家时我早已睡着了。我知道他的脾性，也就随他去。我想他这样起码比在礁岛守灯塔强。

一天，我接到派出所电话，说老顾在舞厅门前对小姐耍流氓，已被抓了起来。我听了吓了一跳。我觉得这是绝对不可能的，老顾一辈子都很正直，是个有道德原则的人，他不可能干这种见不得人的事。我赶到派出所，看到老顾正对着警察背诵毛主席著作。警察一见到我就问我，老顾的脑子是不是有毛病。我说没有，他怎么会有毛病呢？究竟出了什么事，你们把他抓了起来？警察说，这个人每天晚上在舞厅门口瞎逛，不停地往里张望，舞厅保安就把他赶走。他又会去另一家，他到了那边又是这样东张西望，又被保安赶掉。后来，这个人也不往里看了，而是守在门口，不让人家小姐进舞厅，人家小姐要进他就破口大骂，骂她们是婊子，不要脸。这不是赶走了人家舞厅的生意嘛。保安没办法，就把这个人送到派出所来了。

我把他从派出所领回来，一路上我都在说他多管闲事。他不吭声，一直念着毛主席著作，就是那篇《论持久战》。我知道他一直很喜欢这篇著作。他念"敌进我退，敌疲我打"的时候，我的头就一阵阵地痛。我对他猛吼一声，不要念了。我看到他眼中瞬间露出惊恐。他像是想要保护自己，双手护住头，呀呀呀地叫起来。他这样子吓了我一跳。我就是从那天起意识到老顾的脑子坏了。我不知道老顾这段日子还做过别的什么事情，自从和局长吵了一架后，他很少同我们说话，我们实在搞不清楚他在干什么。我不得不承认老顾的脑子坏了，只好把他送进康宁医院。

我实在不想说他在医院里的事，说起来心就烦。他在医院里也不听医生的，老是同医生唱反调，结果吃了很多电棍。我不知道他怎么会变成这个样子，早知如此，还不如让他守在礁岛管灯塔。

后来他从医院里出来了。出院后他对我和儿子也有了敌意。他老是躲在房间里，也不理我们。他晚上又偷偷溜出去。我跟踪过他。这回他没去舞厅捣乱，而是跑到他当年开垦过的南郊苗圃，有时候还在苗圃的一个草堆上睡觉。他不同我们说话，却在苗圃一个人说话。我不知他在对谁说，后来才发现他在同一只白老鼠说话。我远远地看着他，觉得他实在太可怜了。我本想把他从苗圃叫回来，但见他安安静静的也没事发生，就随他去了。我知道像他这样的人是管不好的，只能随他去。很奇怪，他生活在我身边，但他好像又不是生活在我身边，是我一直在逃避，对他视而不见吗？

你问我这几年有没有其他男人？没有，绝对没有。他说他杀掉的男人是我的相好？不可能的事，你们怎么能听他的，他的脑子有毛病，老是有幻觉。一定是他自己幻想出来的。我不知道他为什么盯住那人。他曾经去那人单位闹过，毫无道理要人家十万元钱。很难想象老顾会变成这个样子，他从前是个多么好的人啊，多实在啊。他这样胡说八道，把我的名节也败得差不多了。我都老了，哪还有那个心思。再说老顾这个样子，家里的事我也处理不过来，哪还会有那个闲心。你们要相信我啊。

别的我也没什么可以向你们提供的了。我还是请求你们，一定要考虑老顾的精神问题，不要判他的刑啊。

五　晚报记者要求采访凶杀案

我按自己的计划对嫌犯进行必要的调查。这些调查的主要目的是对嫌疑犯的心理状态做出实事求是的评估。接下来我要查访的对象是嫌疑犯的儿子。找嫌疑犯儿子谈是必要的，因为嫌犯杀的是其儿子的女朋友。嫌犯儿子名叫顾主义，从名字看倒是同他父亲是一脉相承的。

就在这个当儿，我们领导把我叫去了。原来晚报派人来所里，要求采访本案。可这个案子不宜报道，所里回绝了他们。但报社坚持要采访。报社说，每天都有人打电话给他们，要求晚报能报道此案。他们还说，这个案子不像去年的银行持枪抢劫案，有关部门有文件不让新闻媒体报道，这个案子并无此规定嘛。所里觉得同报社也说不清楚，就让我去应付，他们派人来就同他们谈谈，但不要说实质性内容。

领导说说当然简单，但要应付晚报记者也不是件容易的事情。我了解跑我们线的那个家伙。那家伙生着一张娃娃脸，总是一脸天真地直视你，精力充沛，能说会道。如果你同这家伙碰面，那你非得被他弄得筋疲力尽不可。他总是没完没了同你说话，大谈国是。从国民道德沦丧讲到吏治腐败，从机构改革讲到职工下岗，从"扫黄打非"讲到经济制裁，从水土流失讲到全球气候转暖，从东欧剧变讲到叶利钦的心脏，从多国部队讲到阿以和平，话题变幻，无所不包。他讲话时，你只需带好耳朵就是，好像这家伙不是来采访而是来发表演说的。有时候我们不免疑惑，这家伙也不深入采访，总能写出好文章，是个在读者中有一定影响力的名笔。当然他写的东西同我们实际在干的出入很大，我们在他笔下高大得让我们都有点不好意思。考虑到他把我们写得如此英武，写案件时他要添油加醋也就不同他计较了。我这样说会被认为这家伙好对付，实际当然不是这样，我们所同他打过交道的人都有共同的感觉：累。即使不说话，光听他说，也会累得不行，而他却越讲越起劲，越讲越神采飞扬。总之同他打交道比开会还累人。我想一定是我们领导被他搞得心烦意乱，才把他打发给我的。

这家伙不但话多，更烦人的是他老要我们为他办事，比如什么人因为赌被抓了，他会来说情；什么人因为嫖娼关了起来，他也会来说情。反正这家伙给我的印象是这个城市里什么人都同他有关系。他来说情时还是用抨击社会问题时那样慷慨激昂的正义语气。他说，现在是什么社会啊？同那些慷国家之慨的人比，赌一下嫖一下简直算不得什么。你们什么人不好抓，偏去抓他们。你们这是没抓住主要矛盾。我们见到这家伙头就大了，就把那些他认识的也没什么大不了的人放了。领导把他打发给我，我也没有办法，只能接待他。我看着他露着精光的眼睛，心里直叫苦。

他说，这个案子很古怪，真的很古怪，没想到中国也有这样的事情。

我没说话。我对案情只能保持沉默。我不能透露给他什么，我可不想犯纪律。这家伙嘴闲不住。他说，你有没有看过一部好莱坞电影？叫什么来着，记不起来了，就是讲变态杀人者的故事。里面的凶犯，专杀妓女。变态认为女人们没一个是干净的，结果绑架了一个儿童，举行了一个婚礼。你看过这电影吗？

我摇摇头。我感到很吃惊，在我的记忆里这家伙是第一次对一个案件产生如此浓厚的兴趣。他来之前想必道听途说了案子的一些情况。

他认为这个案子很有戏，这个案子如果拍成电影，一定会很好看。他说，现在我们国内搞电影的，素质实在太低，说起来一个一个牛皮轰轰的，拍出来的是什么东西呀，艺术不像艺术，娱乐不像娱乐，我们犯罪题材搞来搞去老一套，放不开手脚。我们公安系统是很有戏的嘛，为什么我们拍不过人家好莱坞呢？

我平时不看电影，连电视机也很少打开。我身上可以说没一点艺术细胞，这家伙同我谈电影艺术简直是对牛弹琴。他见我哈欠不断，就站起来对我说，先走了。我觉得这家伙今天有点怪，他平时才不管你打不打哈欠呢。总之今天这家伙很兴奋，有点坐立不安。我想他是真的对这个案子感兴趣了。他一遍一遍对我说，他写完报道后打算把这事写成小说，然后改成电影剧本或电视连续剧剧本。他今天这么快就放过我一定是去构思他的小说或剧本去了。

让我们回到这个案子上来吧。晚报记者走后，我见吃中饭尚早，就打算抓紧时间找嫌犯儿子顾主义谈谈。

是我打电话约顾主义的。开始他对我的查访很反感。他说，有什么好谈的，人也杀了，我父亲也来自首了，这是我们家庭的悲剧，我现在想要做的就是迅速把这件事忘记。他停顿了一会儿又说，我有很多事要做，我不可能因为家庭出现这样的悲剧就什么也不做。我说，不是不让你做事，你尽管做你的事去，我来找你谈主要也是为了你父亲，我们想了解你父亲杀人时的精神状态。你总归不希望你父亲被定罪吧？对方见我这么说就沉默了。一会儿，他说，那好吧，现在快到吃中饭的时候了，这样，我们找个地方一块儿吃点便饭，然后好好聊聊。

我本想拒绝的，做警察的想吃点饭还不容易，他用这口气说话，太随便，不懂得尊重，好像我们缺一顿饭似的，让人反感。但考虑到工作顺利进行，尽可能快地把这桩该死的凶杀案了结，我还是去了。

顾主义在饭店门口等我，他见到我显得非常热情，这多少缓解了我对他的反感。我想，他刚才用这样的口气说话，大概是平时习惯了，并没有别的意思。顾主义的头发梳得一丝不乱，穿着名牌西装，看上去很精神。我试图从他身上寻找他父亲的影子，大概这对父子穿着反差太大，最初我没发现他们共同之处，相反觉得父子俩不像有血缘关系。儿子比父亲长得高，也长得白，相貌堂堂，比父亲气派多了。一会儿我便找到了他们的共同点：那双眼睛。他们的眼睛确实很像，呈浅棕色，都非常锐利，眼神里有一种固执而坚定的东西。我看出来了，顾主义在尽力把身上的锐利隐藏起来，他笑容热情，看上去确实像一个商人。我们在饭店前握了握手，顾主义就把我领进一包厢里面。我发现顾主义竟点了一桌菜。我很吃惊，问，还有什么人来吗？他说，没有没有，就我们俩。我说，点了那么多菜，太浪费了。他说，不胜敬意，不胜敬意，我父亲的事还要请你多多帮忙。

顺便说一句，这天我和顾主义吃饭吃到一半，那位晚报记者闯了进来。他一进来，就嚷道，不够朋友，你查案子也

不带上我。顾主义很客气地叫记者坐。记者坐下后，顾主义
继续谈他所知道的情况。这天，晚报记者倒是很配合，没多
插嘴。

六　顾主义（嫌疑犯之子）谈话摘要

我父亲是个怪人，我很小的时候已经看出来了。小时
候我很喜欢去父亲守灯塔的礁岛。我乘大船到一个海岛，再
乘小船到我父亲的礁岛。我们往往在初夏去那里，那是那里
一年中最好的季节，礁岛四周的大海风平浪静。在我的印
象里，那段日子充满了阳光，那种白晃晃的阳光，到处都
是，没有阴影。是的，我是独自去父亲那里的，我母亲只去
过一次，去了一次后她再也不想去啦。我母亲把我托付给当
地的一个渔民，让那人把我带到父亲那儿。刚到礁岛的那几
天，我感到很新鲜，什么都感到好玩。到处都是壳类海鲜，
它们就吸附在礁石边，在一张一合，好像在贪婪地呼吸。还
有各种各样的鱼，我父亲总有办法捉到它们，我把它们养在
缸里，看它们游来游去。但最初的新奇很快就过去了。老是
看贝壳或海鱼总归是太单调了。更大的问题是我见不到任何
人，我眼前只有我爹。吃得又差。我们的淡水和蔬菜是有专
人从附近的小岛运来的。运来的蔬菜数量有限，质量又差，
吃起来味同嚼蜡。送蔬菜和淡水的人一个月来一次礁岛，想
一想，蔬菜放上一个月会成什么样子。那时候我没有想父亲

一年四季是怎么过来的，他一个人在这个地方是怎么打发时间的，他是不是感到闷烦。那时我只觉得父亲天然就是这个样子的，好像他一出生就是个管灯塔的人，他和灯塔是浑然一体的，他不可能还有别的样子。现在想起来，我父亲后来变成那样，同他与世隔绝时间太长是有关系的。

我一般在父亲那儿待上一个星期后就闹着想回家。我父亲当然不会让我回去。他说，你现在怎么能回去呢？送水的船要一个月以后才来，所以你必须在这里待下去。我没有办法，我总不能游泳回去吧。接下来父亲就教我打发时间的方法，那就是背诵"毛选"。父亲说，我们来比赛，看谁的记性更好。我父亲是个精力十分充沛的人，他闲不住的，可礁岛上实在太闲（当然他力所能及在岛上种了点作物，但这不足以打发他的全部时间），因此我父亲培养了这个高尚的乐趣，就是背"毛选"。那时候"毛选"恐怕是世界上最畅销的书，人手至少一套，连我这样的小学生也有好几套。我父亲作为劳模把"毛选"带到岛上来是自然而然的。我父亲其实是个半文盲，但自从他来到岛上后，识了不少字，没多久读"毛选"就没有问题了。我猜想那些著名的篇章，父亲肯定背得滚瓜烂熟的了。因此我挑了一篇《论十大关系》。我对父亲说，我看一遍，你看一遍，直到会背为止，看谁先背出来。这篇文章很长，我读了半天才背诵出来。我父亲当然比我笨一点，他读了一天才勉强会背。我从胜利中尝到了甜头，觉得玩这个游戏很有意思。没想到在父亲的培养下，我成了个背"毛

选"的能手。那时我是个小学生，小学生也要学"毛选"，不
但要学，还要评学习积极分子。因为在岛上的训练，我成了
学"毛选"的佼佼者。我曾多次上台表演背"毛选"的绝技，
受到了普遍好评，还得到了很多荣誉。我父亲为此感到特别
欣慰、骄傲。你知道童子功是不容易丢的，我现在还可以背
下整篇《论十大关系》呢。

但随着我的长大成人，随着时代的不断发展，我渐渐
觉得父亲是个什么都不懂的白痴。当然这也难怪他，他常年
在岛上，过着与世隔绝的生活，大陆上的变化他是很难想象
的。虽说他也看看报，但报纸毕竟正统，与丰富多彩的现实
生活比起来，报纸的信息量可以用单调形容。我记得我最后
一次去礁岛上看父亲的情境。那次我和父亲发生了激烈的冲
突。那年我初中刚毕业，我其实不再对岛上单调的生活感兴
趣了，只不过觉得父亲常年在那个地方太可怜，还是决定像
往年那样去看望他。我去时带了一些流行杂志，有电影方面
的，也有摄影方面的。这些杂志少不了登些女人的照片，有
些照片还相当暴露。我也不想父亲看到这些图片，把它们藏
在我的包里。有一天我在岛上回到小屋，发现父亲坐在那里
生闷气，脸上的表情是慌张的，好像天要塌下来了一样。他
见我进来，古怪地看着我，接着送给我一句没头没脑的话，
说，好啊，小小的年纪就学起流氓来了。我不知道他为什么
说这种莫名其妙的话，正检点自己这几天哪里做错了。这时
他迅速从身后拿出那些杂志，愤怒地说，看看，看看，这都

是什么，小小年纪就看这些东西，你看，还光着屁股呢。我才知道父亲生气的原因。我突然觉得父亲很怪异，并且打心里看不起他。我冷笑道，你生什么气啊，这都是公开出版的啊，又不是什么黄色的东西。父亲不相信，他仔细看了看版权页，发现是我们国家正规出版物。我父亲脸上露出疑惑的神色，他皱了皱眉头，说，我儿子就是不能看这些乱七八糟的东西。我父亲命令我当着他的面把这些东西烧掉。那年我大约十四五岁，虽然有了反抗意识，但迫于父亲的淫威也只好照办。我暗下决心不再和父亲说一句话。直到送水的船来到礁岛，我坐船离开，我没同父亲说过一句话。我后来再也没去过那个地方。

接下来几年，我忙了起来。考大学，到外地读大学，工作，办公司，一天到晚可以说马不停蹄。我这段时期有点忽略父亲的存在。有时候读金庸，读到那些世外高人时，我会想想我父亲。我为我父亲在那样的地方待了一辈子感到悲哀。

我父亲离开小岛是因为得了肝病。是我把他从小岛接回来的。我父亲这个人有点奇怪，他病得不轻，但看上去精力依旧充沛。一路上他似乎都在唱歌。我从没有听过父亲唱歌，这是我第一次听到。我不知道他为什么兴奋成这样。后来我想他如此兴奋大概同我们乘坐的出租车播放的音乐有关。当年有一盘叫《红太阳》的歌带很流行，歌带上都是"文革"期间流行的歌曲，以歌颂毛主席为主。当然这些歌曲进行了重新编排，听起来像摇滚乐了。我父亲一路上都在跟着这盘带子唱。我看到他这个样子觉得很陌生。我父亲以前是个不容易兴奋的人。当年几乎每部汽车都挂着毛主席的像，大家都说毛主席在天之灵会保佑司机开车一路平安。我父亲不知道这个情况，他显然很高兴司机挂主席像，他每上一辆车，见到主席像后都会亲热地意味深长地拍拍司机的肩。

我父亲从礁岛回来时智商还不及一个五岁的孩子，他对我们这个社会缺乏基本的了解，有时候他的认知简直像一个白痴。他住院期间竟同一位局长吵了一通，原因是局长不但收了部下的礼物而且还向部下摆架子。总之他刚回来那会儿闹了不少笑话。

比如有一天，他摸到我的公司，要我同他去一个地方。我问他什么地方。他说去了就知道了。我知道他从医院里出来后，每天在街头逛，在观察社会。我想这对他有好处。我猜想他可能在什么地方找到了乐趣要同我分享。我错了，他竟把我带到一家性商店前，很远就站着不走了，好像那里有什么鬼怪。他指了指店，严肃地，然而又是满脸疑惑地问我，那是不是一家兽医商店，是不是他们把"性"字写错了，是不是应写成"牲"商店？我听了忍不住大笑起来。我说，他们没写错，他们开的真是性商店。他不解地问，那里面都卖些什么？我说，一起去看看就知道了。他不肯进去。我拖他，他也不肯进去。我们拉扯时，店里出来一位中年妇女，笑着问我们要买什么？没等我们回答，她笑着指了指我父亲，说，这位老先生已来过好几次了，都没敢进来，你需要什么，自己进来挑吧，没什么的，不要怕难为情嘛。我父亲的脸这时已涨得通红，他用力挣脱我的手，然后气呼呼地拂袖而去。

我父亲变成现在这样我认为同性是有关系的，是性把他吓坏了。我这样说当然是有根据的。有一天我早上上班时忘记带走一份文件，那天我正好要用到这份文件，我就回家拿。我开门进去时，听到屋子里面传来一种奇怪的呻吟声，呻吟声显得十分夸张。我打开门，发现父亲正在看那种黄片。黄片是我搞来的，一直锁在我的抽屉里，我不知道父亲是怎么找到它们的。我父亲见我进来，脸上顿时煞白，愣在那里不知怎么办才好，一会儿后才反应过来，扑过去关掉了录像。我当然假装什么都不知道，拿了文件就走了。

我就是这以后发现父亲脑子有问题的。我开始觉得他很变态，因为他总是去舞厅看别人跳舞唱歌。我不怎么去舞厅玩，有时候为了应付生意伙伴，会陪客人去玩一玩。我总能碰到我父亲，他简直无处不在。很快父亲在舞厅闹出事来，多次被保安抓到公安那里。父亲被抓，我当然要出面。我就通过关系把父亲弄了出来。后来保安告诉我，我父亲特别流氓，开始是拦在门口，不让小姐们进去，小姐们哪里会理会他。于是他就用粗话骂她们，什么难听的话都骂得出来，骂着骂着还动起手来，在小姐身上乱摸。我是这时才知道我父亲脑子出了问题，我同母亲商量后把父亲送进了康宁医院。

我不知道我父亲为什么特别仇视小姐。他是不是觉得是小姐们把社会风气搞坏了？我父亲有什么样的想法我都不会吃惊的，他本来就是个怪物，一个白痴。当我听到那个小姐被我父亲杀掉，我竟然不感到奇怪。至于我父亲为什么要杀那个男人，我想可能那男人是个嫖客。既然我父亲不喜欢小姐，他当然也不会喜欢嫖客的。

不管怎么说，我父亲确是个精神不正常的人，希望你们办案时要充分考虑这一点。他无力承担他行为所造成的后果。这是我们家的悲剧，也是社会的悲剧。对于死者的家属，我深表同情，但你们应考虑我父亲的疾病。我没有什么好说的了，我希望你们把我父亲送进医院。他需要治疗。

七　对顾信仰有了进一步的了解

同他母亲一样，顾主义也断然否认了同那个被杀害的女孩子存在关系。顾主义说，他根本不认识那个女孩。我当然不能听顾主义这样说就认定他讲的是事实。鉴于嫌犯存在精神上的妄想倾向，我同时不能不对嫌犯的供词有所保留。因此我觉得有必要了解嫌犯和这个女孩子究竟存在什么样的关系。我一时不知道到哪里去了解。在我和顾主义谈话的第二天，我想起了一个人，就是出事当天在被害女子宿舍的照相簿上见过的同被害人同住一室的女子。也许她知道一些事实。

我很快找到了她。我也打听到了这个女孩的名字，叫王小玫。我是穿便衣去的。她见到我时显得很慌张。她警惕地看了看我，不安地说，你是警察，我一眼就看出来你是警察。我没吭声。当警察的要尽量不说废话，沉默更显分量，有助于打开被访者的话匣子。

我们谈话的地方是在一家四星级饭店的大堂吧座。当时这个叫王小玫的女子点着一支烟，独个儿坐在那里。我凭职业敏感就猜到她是什么人。因此我找到她她显得惊慌是可以料想到的。

她见我一直不说话，就大口大口吸烟，吸了会儿她憋不住就说，你想了解什么呢？我可什么也不知道呀，我同他们已没有来往了。自从上次你们把我送进去后我已经戒了，我不沾那东西了。我知道你不会相信这东西能戒得了，可我真的戒了呀。那东西害人啊，我不能再沾那东西了，再沾我这辈子就完了。所以我真的不知道什么情况，我同他们再没来往了。

她说话时，我一直冷漠地瞪着她，好像我全然不相信她所说的。我不想打断她，虽然我并不想了解她所说的这些事情，但我想听听她还会说出些什么来。

她一次一次不安地看我。她说，真的，你找错人了，我提供不了有价值的情况，反正我已不吸了，你也不会冤枉我把我抓起来的对不对？其他我也没干什么事，我就陪陪客人说说话。我学过英语，好久不说英语了，我怕长久不说就会荒废掉，我就来这里练练。我可没干违法的事情。

我觉得她也就那档子事，用不着让她没完没了说个不停了。于是我就开口说话。我说，你不要慌，我找你不是你犯了什么事，我是来向你打听一件事，就是同你同住在一起的女孩子的一些事情。你也一定听说了，她被人杀了。我们想弄清楚她为什么被人杀掉。你如果知道些什么，就告诉我。

她听了我的话，长舒一口气。她坐得随意了些，并且优雅地喝了一口咖啡。我觉得这个叫王小玫的女子举手投足确实有点洋派。

我问她知不知道是谁杀了她的同室。她点点头，说听说了是谁杀的，并且她见过那个老头，她的同室也同她讲起过老头的一些事情，是个怪人。我问王小玫，老头子怎么个怪法。王小玫说，他盯小袁的梢，晚上老是盯着她，弄得小袁整天提心吊胆的，还以为他是一位便衣警察。有一天这个老头拦住小袁，要同小袁做生意。小袁说，那天，她刚从客人的房间里出来，就被这个老头拦住。老头把她拉到一个角落，问她多少钱一次。小袁不想同老头做生意，老头就发火了，眼珠子很凶，要把小袁吃了似的。小袁当时很累，根本不想做生意，见老头这么凶，怕出事情，就答应了。小袁问，去哪里？老头说，去小袁宿舍。小袁说，这个老头绝对是个怪物，他根本不行，试了几次都不行。老头竟嘤嘤地哭了。哭了会儿老头就不声不响地走了。小袁就是这样同我说的。没想到小袁竟被这个老头杀掉了。这个人是变态，脑子不太正常。小袁曾对我说，她们那里做的小姐都被他盯牢过。

听王小玫这么描述嫌犯，我很吃惊。嫌犯竟然还做过这样的事情。在这之前，我一直把嫌犯的行为认定为对社会不洁的攻击，没想到嫌犯本人也干这种不洁之事。那么是不是前面的那套逻辑本来就不对呢？或者说对像顾信仰这样的怪物，他的行为根本无逻辑可言？

我想了想，又向王小玫提出一个问题。我问，小袁有没有固定的男朋友？

王小玫说，没有，没听她说起过。

我点了点头。我一时想不起还有什么事情要问她。

我前面的这位女子一定是个喜欢说话的人。现在她又在自言自语说着什么。难怪这个女子要到这里来陪人说话。她忽然对我说，今天另一个人也找过她，问她同一件事。

我问，谁，你说谁找过你？

她说，那人自称是晚报记者，正在做关于这起凶杀案的报道。那人很滑稽，长着一张娃娃脸，可眼睛色眯眯的，见到我足足看了我五分钟，还说想同我交个朋友。

我觉得这个女子话多得过分了，她竟向我说这个，有点可怕。我可不想知道她与记者之间的事。我想了想没什么好问的了，就起身向她告辞了。我正向门口走去时，传来王小玫不以为然的声音，操，装得人模狗样的，以为当了警察就了不起了，其实只不过是个傻逼。我当然不会同她这样的人计较。

回到所里，我同老王说了我刚了解到的情况。老王说，这个老家伙原来还这么流氓，我本来还有点同情他的，但显然我们上了他的当，这家伙在欺骗我们呢。我们得再审审他。

我觉得老王讲得有理，再审他一次很有必要。

嫌犯顾信仰见到我们又审他，显得很不安。他的眼睛一直在我和老王的脸上打转，试图探测到我们审他的目的。我们绷着脸，态度相当不耐烦，好像眼前这家伙欠了我们一屁股债。这一点他看出来了，因此他看上去不像他刚投案时那么有正义感了。他小心翼翼地在我们对面坐下，动了动嘴，嘴巴里发出咕噜咕噜的声音。我们知道他想说话了，不说话会让他感到不踏实。

果然他坐下后就自言自语起来。他说，你们决定了是不是？你们一定已经决定了，你们要把我送到医院去是不是？你们可千万不要把我送到医院里去啊，我不去医院，你们不能送我去医院，我杀了人，你们应把我送到牢里去，对不对？你们应把我送到牢里去。

老王见他没完没了说个不停，就拍了一下桌子。顾信仰吓了一跳，他差点从椅子上跌下来。老王说，知道我们为什么还要审问你吗？因为你没告诉我们实情。告诉你，你干的事情我们都知道了，你统统老实交代出来，你要是还不老实，我们就把你送到医院里去。

顾信仰说，我哪还有什么事情瞒你们啊，我全告诉你们了啊，我杀了两个人，我告诉你们时你们还不相信。现在你们调查清楚了吧，我没骗你们，我真的杀了两个人。

老王有点不耐烦了，他又拍了一下桌子，吼道，快把你耍流氓的事情交代清楚。

顾信仰一下子愣住了。一会儿，他哇的一声哭了出来。他说，羞死了，羞死了，我干了那样的事情，可我实在控制不住啊。

八　投案者顾信仰的自白（二）

我是羞死了，没想到我会干那样的事情。我过去在岛上时，从来不想这些事。我在礁岛时，我一有空就读"毛选"，哪会去想这些事。眼不见心不烦啊。那里什么也没有，海天一色，眼里除了水就是一些石头。我对自己的要求也很严格，即使有一些坏念头，我也会对自己展开自我批评。但是可怕呀，我从岛上回来后，我老是想这种事情。可这也怪不得我呀，你们去看看现在的女人，她们恨不得不穿衣服啊。夏天的时候，她们敢把胸露出半个来，衣服穿得不能再短，短得肚子也遮不住了。刚开始我走在街上，不好意思啊，我都不知道眼光往哪儿放，放到哪儿都让我触目惊心。我还闹过不少笑话。比如有一天，我看到一个姑娘穿着那种劳动布做的破裤子，裤子不但膝盖处有洞，屁股上也有洞，幸好她里面有内裤，否则她的屁股就露出来了。我不知道为什么这样一个清清爽爽的女人穿着这种裤子，我忍不住怀疑她可能是个要饭的。我这个人好奇心比较强，就一路跟着她。她走进一家商店，我也跟进一家商店。现在的商店真他娘的大啊，我跟着她感到很累。我心想，一个穷要饭的，也逛商店，多此一举嘛。果然她只是看，不买东西。后来她去了一个卖衣服的自由集市，我也跟了过去。大概我跟着她时间过长，她似乎感觉有人跟踪她，她很快向一条小弄堂走，一转弯就不见了。我进入小弄堂，正纳闷她去了哪里，不料她正站在拐角处等着我。我猛然撞见她，吓了一跳，一时不知如何是好。她在同我笑。我出于本能也同她笑了笑。她笑着向我走过来。她说，她就住在这里，还问我需不需要她提供服务。我不明白她说什么，我想，她可能太穷，没钱花，我就给了她五十块钱。我给她钱后就走了。后来我把这件事说给一个老头听。没想到老头听了后笑得喘不过气来，还说我艳福不浅。我这才知道我闹了笑话。

我开始感到——就像我儿子说的——时代已经变啦。更要命的是我也开始想那事啦，看到女的就有下流念头。我就想同我老婆来一下。我已经好久没和我老婆弄了，生疏了。我老婆对我的要求很吃惊，还骂我老了怎么不要脸了。第一次我老婆勉强同意了，后来她死活不肯了。这臭娘们外面有男人了，对我当然没兴趣了。

我老婆不肯，我也没办法。我也觉得自己很下流，很丑恶，我老婆不肯是正常的。我就晚上出门逛街去。可街上的事情更让我生气。他娘的，他们现在竟然在光天化日之下这样弄。我去公园，公园的草地上有人在弄；我去电影院，电影院包厢里也有人在弄。我告诉自己不要偷看他们，可我还是忍不住想看。有几次我还让人家发现啦，结果被打了一顿。他们还叫我花痴。

我当然很生气，生自己的气，也生他们的气。后来我不生自己的气了，我认为我这个样子主要是他们太流氓，道德败坏。我就开始恨他们了。你想想，他们竟这样干，从前是这个样子吗？从前要是这个样子他们就得把头发剃光，游街示众去。可现在他们这样干也没人管。

我还发现了更加流氓的地方，就是舞厅。我偷偷地溜进去。不得了啊，比资本主义还黄啊。里面暗得根本看不见任何东西。只有我看得见，我在礁岛上待了那么多年，再黑暗我也看得见。小姐，他们这样叫陪舞的女人，她们坐成一排，供客人挑选，客人挑了后就同她们胡搞。你们可要教育一下我儿子，我对他很不放心。我又不能管他，我一管他，他就把我送到医院里。

最流氓的人就是舞厅的保安，他们总是把我抓起来，把我送到派出所。从派出所里出来，我还是去。这样他们就不送我去派出所了，他们就打我，一边打一边骂我花痴。他们才他娘的是花痴。我后来就进不了舞厅了，我买票他们也不让我进去。不知怎的，我看到人家胡搞心里就恨，就恨不得把人家抓起来。我也恨那些小姐，她们怎么可以那么贱，怎么会愿意给男人玩。我进不去，就站在舞厅门前，小姐们想进去，我就拦住她们，不让她们进去。我也恨自己啊，我拦小姐们的时候，忍不住要摸她们。她们他娘的就假正经地大叫，骂我要流氓。就这样我老婆我儿子把我送进了医院。可我根本没病，我骂我老婆我儿子，我骂得越多，他俩送我去医院的次数越多。我就不敢骂啦。

我告诉你们，医生们比国民党还凶啊。国民党对付共产党用电椅，医生也这样对付我啊。我一进去，一个男医生就电我。可他娘的，这医生自己也不正经啊，他同一个女护士胡搞。我亲眼看见的。只要有人搞腐化就逃不过我的眼。他是个老男人啊，人家护士还不到二十呢，可他们在值夜班时在值班室里胡搞。我就喊，有人搞流氓啊，男医生和女护士搞腐化啊。我这样一喊，那男医生又拿电棍来电击我。他骂我，你这个花痴，你又做桃花梦了。你们评评理，他胡搞，他是花痴才对，却来骂我。见他来电我，我就跑，一边跑一边喊，从医院的这一头，跑到医院的那一头。一路上那些真正的神经病就流着口水看着我笑。我恨不得打他们一记耳光。

我在医院里吃了不少苦啊，等我出来的时候，我果然不想那些事了。我不想那事，就去苗圃傻坐着。这事我已经同你们讲过了。可就是在苗圃也不安静啊。有一天晚上我在苗圃睡着了，我听到呻吟声从远处传来。没想到有人竟到这里来乱搞，我生气啊，就拿起一块石头朝他们走去。我大吼一声，把那大石头掷过去。他俩看到有人要抓他们，拼命地跑。我追了会儿，追不上，就放过了他们。可是，自从我碰到这样的事情，我又想那事了，又想去舞厅看看了。结果我他娘的又被他们送进了医院，又坐上了电椅。

可说出来羞人啊，坐了电椅也没用，我还是想那事。后来的事你们也知道了，我干了见不得人的事。为什么要和那女的干？我已经同你们说了啊，她是我儿子女朋友，可她竟然去做"鸡"，我对她很生气。既然别人可以玩她，我也能玩她。羞死人了啊，我从来没想过我会干这种事，但我确实干了。我心里恨啊，我认为这都要怪她们，是她们使我变坏了。我为什么后来又杀了她？怪，为什么不杀死她？难道让她继续骗我儿子？

羞死人了啊，你们不会因为这事把我送进医院吧？我可不想他们电我，我已被他们电了一百回了。我受够啦。

九　晚报报道了这起凶杀案

我和老王在审顾信仰时，感到顾信仰确实是个怪物。他说话时，除了思维有点偏激，他述说某个事实倒是一清二楚。因此，很难判别他的精神是否失控。我问老王，你说说看，他是不是有病。老王说，我不知道，有病的吧，他去过精神病院的。我说，他是个怪物。

我的查访工作暂告一段落。我开始整理我的报告。我想我应该尽可能写得客观，至于顾信仰是否精神失控，让心理专家去判断。就在我整理报告的时候，晚报对这起凶杀案做了详细的报道。报道有一个吓人的标题:《变态杀手神秘出击,光天化日连杀两人》。我看了标题就知道是那个娃娃脸记者写的。

> (本报讯)几天之前发生在本市宿盛街二号和南站出租房的连环杀人案,目前警方正在全力侦破,侦破工作进展顺利。杀人嫌犯已浮出水面,原来是一性无能变态狂。
>
> 经记者多方了解,杀人嫌疑者系一位五十多岁的男性。此人长期以来,爱好窥探别人隐私,曾多次在公园偷听恋人谈情,在舞厅胡闹,跟踪服务小姐,丑态百出……

我没想到那个娃娃脸把嫌犯描述成这个样子。这样写会激发读者愤怒并催其生出强烈的正义感的。这会让我们的工作陷入被动。

果然,晚报的报道引起了市民强烈的反响。我们所里的电话成了名副其实的热线。许多人强烈要求给顾信仰以重刑,有人甚至要求顾信仰戴枷示众。在这种情况下,我所做的工作突然变得毫无意义。我的上司不再对我的心理报告感兴趣。这也是我们的传统,我前面说过,我们办案很大程度上要顾及“情势”这个东西。现在的“情势”是顾信仰成了众矢之的。

　　我还是认认真真地把这几天了解到的情况整理了出来。整理完报告，我问老王，是不是有可能开会研讨一下这个案子。老王说，估计上面没有这个打算了，恐怕嫌犯的命运早已决定。老王说，既然做完了，你交上去得了。于是我就把报告交到上司那儿。上司头也没抬，说，你放那儿吧。

　　要说怎样处置顾信仰我心里也很矛盾。如果把这个人送进医院，那很难保证他出来后不再攻击他人；如果把他送到牢里，也不合适，很显然他的精神是不正常的，根据法律不应该追究他的罪责。怎样处置他才合适呢？总不能再把他"流放"到礁岛上去吧？我想来想去还真想不出好办法来。也许还是毙了这个怪物来得干脆。

1999 年 1 月 18 日

亲骨肉

一

冬天的江面结满了冰。鬈毛昨天对朝阳说，永江上已经可以走人了。永江结冰是很少见的。在南方，只有小池塘才有可能整个结冰。永江非常宽阔，朝阳记事以来还没见过永江被冻结过。虽说永江结了冰，虽然小伙伴们都在说冰上可以走人了，但没有哪个敢真的踏上去。

在永江的下流，有一座几乎废弃的桥。这座桥是专门为一个军工厂造的。军工厂就在桥附近的一个山坳里面。朝阳听人说，因为这个地方离台湾近，也算是前线吧。几年前，那军工厂迁移到贵州去了。现在很少有车在桥上通过。

孩子们喜欢到这个地方来玩。这座桥有一个庞大的肚子。从桥墩上爬进去，里面一片黑暗。当然，个别桥板的缝隙会射入像刀片那样的光线。孩子们喜欢这种黑暗的感觉，他们喜欢把自己藏在别人注意不到，但他们可以清楚看到别人的地方。在夏天，躺在这里非常凉爽；在冬天，这里却有一种与世隔绝的温暖的感觉。

城里正在搞大批判。孩子们都很兴奋。其中一个遭批斗的人，据说曾是军工厂的技术人员，他不去贵州是因为他得了一种怪病：在有陌生人的场合，会惊恐不安，然后胡言乱语，把我军的机密全说出来。但现在看来不是那么回事，现在看来他很可能是台湾国民党潜藏在我军中的特务。这几天"红卫兵小将"正在深入批斗这个人。鬈毛对朝阳说，军工厂搬迁的时候，这个人转移了大批炸药，这些炸药就藏在那个山坳里面。现在，这个特务正在交代这个事。鬈毛说，估计这几天，会有另外一个特务潜入山谷，把炸药转移走。

朝阳梦想着抓到一个特务。他希望鬈毛说的是真的。当他钻入桥洞时，桥洞里那种隐蔽的气氛让他愿意相信鬈毛说的是真的。他们是傍晚的时候把自己藏在桥洞里的。他们从家里偷偷带了一些干粮来。他们没同父母说他们在干什么。你不能同大人们说这个，他们只会粗暴地否定你的想法。天很快就黑了。永江也开始暗下来。朝阳发现江上有一个更暗的圆点，他不知道那是什么东西。他问鬈毛，鬈毛说，是不是冰上堆了一堆煤？这时，朝阳突然想起来了，那是一条破船。那条破船在这江面上已有好几年了，它一直在江面上漂着的，但现在被冰固定住了。这个晚上没有出现情况。令人扫兴的是朝阳的母亲，到桥头来过好几次。她是来找朝阳的。她站在桥上，喊朝阳回家。她说，朝阳，宝宝，你在哪儿呀？我们回家吧。

朝阳和鬌毛没吭一声。后来母亲走远了，鬌毛就用讥讽的口吻说："你真是你妈的命根子。"

朝阳没吭声。

鬌毛说："你都十二岁了，她还叫你宝宝。你都受得了。"

朝阳说："我妈就那样。"

鬌毛说："你妈重男轻女，叫你妹妹朝卉可从来不叫宝宝。"

鬌毛说得一点也不夸张。母亲确实眼里只有他，母亲似乎从来没有意识到家里还有一个女儿。朝卉在读小学二年级，朝卉有时候不回家，睡在同学家里，母亲也不查问一下，好像朝卉是这家里的一条狗，回不回家没关系似的。但母亲下班回来如果没见到朝阳，她就魂都没有了，饭都不做，满世界去找朝阳。朝阳对此很不满，有一天，他对朝卉说："你说妈有没有毛病？我觉得她不正常呢。她总觉得我会突然从她身边消失，你说她是不是神经过敏？"朝卉知道母亲的偏心，她温和地笑笑，说："哥，你是男的，将来我们王家都得靠你啊，我反正要嫁出去的。"朝阳被说得心里酸酸的，觉得妹妹有点可怜。因为这个原因，朝阳不愿意待在家里。他甚至不太愿意见到母亲。

朝阳还是每天晚上去桥洞守候那个也许并不存在的国民党特务。朝阳这么干一方面当然觉得抓特务是件激动人心的事，另一方面也有同母亲对着干的意思。他实在烦母亲，母亲一直把他当成什么都不懂的小孩。同母亲对着干他感到快乐。

母亲晚上找儿子。但她怎么能找到朝阳呢？有一次她几乎要找到了，她甚至快钻进桥洞里面了，因为有人告诉她，朝阳就躲在桥洞里。她竖起耳朵倾听，里面什么也没有。近来她感到有点奇怪，无论她走在哪里，她都会听到儿子永不停息的神经质的笑声。好像儿子无处不在，但她总也找不到儿子。儿子每天晚上消失得无影无踪。儿子的爸爸整天忙着工作，根本不顾孩子。她也不敢对他爸说起儿子的事，他爸是个老实人，人很木讷，但对儿子很粗暴，儿子一有不对他就会揍儿子。她受不了儿子被打。

一直没有动静。冬天的晚上非常安静，大家都睡得很早。朝阳和鬈毛躺在桥洞的稻草上面经常睡过去。桥洞里确实很温暖，稻草里有一股阳光的气息，一股暖烘烘的香气，闻着这股气味人是很容易睡过去的。有时候，朝阳想，也许他们等待中的特务，就在他们睡着的时候在他们的眼皮底下干完坏事就溜走了。

朝阳到底睡得不是很踏实。他还是有一种使命感的。他常常会醒过来，醒过来时一片茫然。他看到鬈毛打着呼噜。他踢了鬈毛一脚，鬈毛没有醒过来。

这天，朝阳醒过来的时候，发现有一个人迅速地向桥的方向跑来，那个人喘着粗气，好像被什么人追逐着。天很暗，朝阳看不真切。朝阳的心怦怦地跳起来。他迅速地弄醒了鬈毛。鬈毛一副美梦被搅而痛不欲生的表情。当他见到那个奔跑的人时，一个激灵就醒了。

"是谁？"鬈毛轻轻问。

"可能是坏人。"

他们来到桥上。那个人越来越近了。朝阳感到呼吸都困难。他甚至听不清那砰砰的音响是对方跑步的声音还是自己的心跳声。朝阳慌得要命。鬈毛的手紧紧抓住朝阳。朝阳发现鬈毛的手心在流汗。

他们想躲起来或跑掉。他们希望那个人不要靠近他们，但那人离他们越来越近了。鬈毛再也忍不住了，他吼道：

"站住，你是谁？"

鬈毛的声音很粗。他是天生的破嗓子。由于紧张，他的声音更破了。

那个人哇地叫了一声，然后转身向江面跑去。那人在冰面上疾跑。都说永江的冰面可以走人了，果然是的。也许冰面太滑，那个人在冰面上摔了好几跤。

见那人逃跑，朝阳和鬈毛的胆量陡增。看他逃跑的样子，那个人肯定是心怀不轨。他们紧追不舍。他们刚踏在冰上时，还是小心翼翼的，但冰面确实很结实，他们觉得自己像是走在大马路上。冰面很滑，朝阳和鬈毛在跑动时，老是滚在一起，像两块滚动的石头。那个人在冰面上像一只白色的兔子，速度惊人。朝阳也加快了速度。可就在这个时候，朝阳听到脚下的冰块碎裂的声音，他警觉地停住。这时，他发现自己在慢慢地矮下去，待他反应过来，已来不及了。他惊叫了一声，然后整个人钻入了冰层之下。

鬈毛听到了叫声，他抬起头来，发现冰面上只有他一个人，孤零零一个人，那个逃跑的人和朝阳突然消失了，就好像他们在一瞬间变成了空气。他看到江面宽广无比，就像天空铺在自己的脚下，他觉得就像空气中飘荡的一张树叶。

二

王申夫在造船厂工作，他是造船厂的劳动模范。他的工作岗位也许并不太重要，他是焊工，但作为劳模，他从不看轻自己的工作，他把所有的精力都投入工作当中。厂里的作息制度只对别人有效，对他来说，工作制度实在是很低的要求。他比别人到厂早，下班时间更没规律可言，有时候甚至三更半夜还在厂里。在他的感觉里，造船厂像一个大家庭，有着无比温暖的气息。每天他下班前，会在厂里转转，看有没有什么没弄妥的事。他走向工厂大门时，他会侧脸看看光荣榜上自己的照片。照片上他胸前的大红花鲜艳夺目，就好像这红花活着，吸吮着他胸口的养分。

这天，他回到家时已是晚上十一点钟。他估计妻子已经睡了。白天城里虽然无比热闹，这派打那派的，但晚上还是安静的。他们单位还好，因为造船厂属于半军工企业，地方插不了手。造船厂新近也成立了"革委会"，不过王申夫对政治不敏感，也没觉出厂里有什么变化。这天，他推开家门，吓了一跳，没想到他妻子还没睡，正呆呆地坐在昏暗的灯光下，脸色看上去不太对头。

"你还没睡？"

妻子好像灵魂出窍了一样，呆呆地想着自己的事。她没回答他。不过这是经常发生的，妻子近来越来越神神道道了。王申夫就拿着毛巾到水龙头那里洗漱去了。

妻子是组织安排给他的。王申夫个性老实，言语不多，平时几乎从不和女同志说话，再加上一门心思在工作上，个人的事就拖下来了。组织上就给他张罗对象，这个对象就是他现在的妻子。妻子最初给他的印象颇好，看上去文静，细心，一副弱不禁风的样子。婚后不久，他意识到那只是自己的错觉，她实际上是一个认死理的女人，她钻起牛角尖来有一股子革命烈士那样的一往无前的劲。这几年的家庭生活给王申夫的感受是：他很难同妻子交流什么，他的妻子的心里似乎总是处在某种不祥之中。他不知道她为什么每天表现得如一只惊弓之鸟，他想她大概是生来如此吧。后来，他了解到她娘家人都有一些莫名其妙的怪癖，他就认命了。这令他不怎么喜欢家庭生活。他把所有的精力都放到工作中了。

他正在院子里刷牙的时候，听到外面小巷里响起慌乱的脚步声。他的听觉还是比较敏锐的，他听出来了，那脚步声虽然激越混乱，但只有一个人。脚步声在他家院子外停住了。天很黑，小巷的路灯不知给什么人砸坏了，他认不出那人是谁，他感到某种犹豫不决的气氛从那脚步声停住的地方升起来。

"谁？"王申夫警觉地问。

"朝阳爸爸，你在啊，你跟我来吧，朝阳掉到冰窟窿下面了……"

是鬈毛的声音。儿子朝阳老是和鬈毛混在一块儿。他听到鬈毛说话结结巴巴的，感到事态严重。他打断鬈毛，问：

"他没爬上来？"

"是的，他不见了。"

王申夫心里咯噔了一下，就好像冬天刺骨的北风吹进了他的胸膛，把他的某根肋骨吹断了似的。他赶紧吐掉口中的牙膏泡沫，拉住鬈毛说：

"他怎么就掉到冰窟窿里了？"

鬈毛已经说不清话，只会指着方向。因无法表达，他脸憋得通红。王申夫拉着鬈毛，朝着鬈毛所指的方向飞奔。

迎面刮来的北风在耳边呼呼作响，在王申夫听来就像儿子在呼喊爸爸。他已经听鬈毛说了，儿子在水下，但他不敢详细询问。他已经预感到可能失去了儿子。今天他一整天处在莫名的不安中，他还以为船厂有什么安全隐患，他在厂子的各个地方察看，结果什么也没有发现。现在他才意识到原来是儿子出事了。他的眼前出现一片白茫茫的冰，儿子在冰窟窿里挣扎。

他们来到那座废弃的桥上，鬈毛已跑得喘不过气来，他瘫倒在地呕吐起来。鬈毛几乎是被王申夫拖着走的，王申夫跑着的时候两只脚简直像两只轮子，是滚动着前进的。

"冰窟窿在哪里？"

王申夫低头问痛苦不堪的鬈毛。鬈毛指了指永江的冰面，说在那里。

王申夫几乎是从岸上滚下去的，他重重地摔在冰面上。他迅速爬起来，看到冰层向前伸展，望不到尽头。他狠狠地踹了几下冰，冰厚实、坚固，就像他踹的是大地本身。他的心中升起了希望。

"鬈毛，你他娘的下来，你撒什么谎，这么厚的冰，怎么会有冰窟窿！朝阳在哪里？"

听到王申夫的吼叫，鬈毛也从岸上连滚带爬下来了。鬈毛捂着胸口，这会儿他感到胸口痛得厉害，就好像王申夫的吼叫是一枚炸弹，把他的心肺都炸碎了。

"这么结实的冰，就是用铁锤都砸不开冰面。"王申夫猛踩了几下冰，好像以此来证明他说出的是一个真理。

"我也不知道。朝阳在我前面跑，他跑得比我快。周围白茫茫的，我看到朝阳的身影越来越小。后来，我听到朝阳喊了一声，就什么也看不到了。朝阳就不见了。"

"你没看见他掉下水去？"

王申夫看着鬈毛的样子，好像鬈毛掌握着朝阳的生死。鬈毛哇地哭了。他忍受不了这样的注视。

"我找不着朝阳，我朝江中央走，我走着走着，我发现了一个冰窟窿。我就想，朝阳一定是从这个窟窿掉下去了。"

鬃毛的哭声让王申夫心烦。不但是哭声，鬃毛的说法更让王申夫心烦。他吼道：

"你哭什么！即使你看到了一个冰窟窿，朝阳也不一定掉下去了。"

王申夫虽这么说，心里还是很慌。他让鬃毛领着他找那个所谓的冰窟窿。但令人奇怪的是，那个冰窟窿好像消失了，鬃毛怎么也找不到。朝阳就是朝那个方向跑的，然后就消失了。现在却怎么也找不到那个冰窟窿。他们在冰面上走，目光在冰面上搜索，冰面光滑、密实，连一条缝隙都没有。王申夫的内心极为矛盾，一方面他希望永远找不到冰窟窿，另一方面他又希望快点找到，万一儿子真的掉到冰下面了，那就应该早点找到。但他实在不敢细想儿子掉到冰下面这事。

他们两一直在冰层上寻找那个冰窟窿。后来天就亮了。开始是东方白茫茫的一片，接着太阳升起来了。就在这时，王申夫的双眼被刺痛了。不是被晨曦刺痛，而是被冰面中间一缕反射的阳光刺痛。那一缕反射的阳光比别处的要锐利得多，王申夫被刺得几乎看不见任何东西。不过他马上绝望地意识到，那光线来自冰窟窿，来自他们找了一夜没找到的冰窟窿。它就在不远处，安静、无情地在那里，就像是投向王申夫的一个嘲笑。鬃毛叫了起来，他说，看，就是那个地方，朝阳就是从那里掉下去的。好像鬃毛的声音里有无限的重量，王申夫感到自己被压垮了，要支撑不住了。他吸了几口气，然后缓慢地向那地方走去。他感到奇怪，他在那个地方来回走了不知多少遍，但昨晚就是没有看见它。

无论儿子是不是在水下，他都觉得自己应该下水看一看。他没脱衣服就从冰窟窿里钻进去了。冰面上只剩下鬃毛一个人。鬃毛有一种奇怪的感觉，就好像王申夫也突然消失了一样。一个人的消失就是这么容易，从这个地方钻下去，就有可能再也不会出现在这个世界上。这种想法让鬃毛感到恐惧。他担心朝阳的爹也不会再浮出水面。如果两个人都从他眼睛里消失，那这个世界就太恐怖了。鬃毛眼睛一眨不眨盯着那个冰窟窿。他不知王申夫下去多少时间了。时间好像凝固了。

终于，一个黑色的头颅从冰窟窿里钻了出来。是王申夫。只是王申夫，没有朝阳。王申夫从水中上来时，已泪流满面，他蜷缩在冰面上，失声痛哭。他感到无助。现在他相信儿子朝阳在水下面。他不能不相信这一点。这个冰窟窿就是最好的证明。他必须把儿子找上来。可是儿子如果在冰层下面，那他现在漂到哪儿去了呢？这么厚的冰层，要找到儿子可不容易啊。

他想他得去找组织。多年来，只要一遇事，无论是个人的还是集体的，他第一个想到的就是组织。

三

朝卉看到，哥哥朝阳从水中捞起来时，母亲晕了过去。哥哥的冬衣浸透了水，看上去比平时膨胀了许多，但哥哥的神色非常安详，似乎他此刻正在某个美梦之中。母亲一直在岸边等着儿子的消息，她一直在瑟瑟发抖，就好像她是刚从冰冷的水中打捞出来的。她的眼睛好像已潜入水中，又不敢正视，她的绝望中有深深的盼望，某一刻她的样子就像一个极度饥饿的人梦见了一碗米饭，有贪婪的表情。这种贪婪的希望在哥哥出水的那一刻突然消失了，就像一盏灯突然熄灭。朝卉来到母亲身边。晕过去的母亲脸是黑的，眼圈更黑。周围人的注意力都集中在哥哥身上，没人注意母亲。朝卉不敢叫醒母亲，她一直有点怕母亲。她谨慎地伸出手，放在母亲的鼻子上。母亲还在呼吸。朝卉不知道要不要叫爸爸。爸爸这会儿正在替哥哥做人工呼吸。爸爸的身上、脸上都是水。他们在劝爸爸不要伤心。

　　寻找哥哥真是不容易啊，爸爸单位里的人几乎全出动了。爸爸的工厂是大单位，人很多。他们搬来了各种各样的设备。他们在敲击冰块，那些工具好像是专门用来凿冰的。没几下子，一大片江水就出现在眼前，江水看上去似乎热气腾腾，就好像那些冰层是用来保温的盖子。这当然是错觉，实际上那些水是很寒冷的。那些潜水员也是爸爸厂的，潜水员穿上衣服后看上去像宇航员。哥哥就是潜水员找到的。先是哥哥露出水面，接着是潜水员的手，然后，潜水员整个身子慢慢浮了上来。

　　爸爸做人工呼吸做得差点气绝。当他的嘴离开哥哥的嘴时，他张大嘴巴伸出舌头喘息起来，他的样子像夏天中暑的狗。朝卉发现爸爸的舌头是黑色的。朝卉还发现爸爸的眼眶也是黑色的。喘着粗气的爸爸和朝卉对视了一下，爸爸的眼睛里有一种空洞的绝望和茫然。朝卉突然感到爸爸似乎很无助。爸爸终于喘过气来，他大叫了一声，呼吸又急促起来。朝卉发现爸爸哭了。这是朝卉第一次见到爸爸哭。

爸爸呆呆地坐在那里，他一直没有想起妈妈来。平常爸爸从单位里干活儿回家，惯于沉默寡言，不怎么和妈妈说话。他好像是妈妈的客人。只有当哥哥调皮的时候，爸爸才会拿起棍子表达他的愤怒。这时候朝卉才觉得他是他们的爸爸。朝卉没同爸爸说妈妈昏过去了。

妈妈是突然醒过来的。她醒过来时号啕大哭。哭了一会儿，她大笑起来。朝卉不知道她在笑什么。不过妈妈好像总是这样，经常喜怒无常。

哥哥死了。朝卉感到家里一下子空旷了很多，好像原本哥哥一个人占据了这个家，现在他走了，家就变得空荡荡的了。爸爸常常晚上都不回家，也许他怕想起朝阳来。爸爸回来时，眼圈红红的。哥哥的死肯定让他伤心透了。他回来时就沉默着坐在客厅里。母亲一直在哭哭啼啼，他也不知道怎样劝慰她。不久母亲突然不哭了，甚至还显得兴高采烈，好像朝阳死而复生了似的。爸爸显然很吃惊，爸爸忧郁的眼神里有一些担心和疑问。

朝卉似乎有点明白母亲为什么这个样子。母亲突然对她关心起来。原来母亲的眼里只有朝阳一个人的。朝卉也习惯了母亲的偏心。这几天，母亲经常把朝卉搂到自己的怀里。朝卉懂事以来，母亲可从来都没有对她这么亲热过。开始朝卉都有点紧张，后来朝卉就慢慢放松了，她感到温暖，觉得自己像是在温暖的水中浸泡着，有一种想流泪的感觉。她看了母亲一眼。母亲的眼中依旧有一丝寒意。那眼中的寒冷深不可测，就好像如果朝卉从这里进去，就会失去方向，朝卉因此感到害怕。

让朝卉吃惊的是，母亲不再叫她朝卉，而是叫她朝阳。母亲晚上开始睡到她的小床上。她说："朝阳，妈妈同你一起睡。"然后妈妈就钻进被窝。妈妈钻进被窝时带来一丝寒意，一会儿后，妈妈的怀抱就变得很暖和了。朝卉怕这种温暖逃走，一动也不敢动。好像这温暖是一只胆小的老鼠，你一动，它就会溜走。

几天以后，朝卉思维有点混乱。她有点搞不明白母亲在干什么了，或者说是母亲让她弄不清自己是谁了。母亲一直在说朝阳的事，母亲却把这些事都放到朝卉头上。朝卉想，自己是朝阳就好了，那她该有多么幸福啊。她就把自己想象成了朝阳。如果她是朝卉，她听着母亲的话就很痛苦，但她如果把自己想象成朝阳，她就会无比幸福。她就把自己想象成了朝阳，她甚至连动作和神态都变得有点像朝阳了。

爸爸似乎发现了妈妈有问题。可现在妈妈已不允许爸爸靠近了。每次爸爸试图把朝卉从妈妈怀里抱走时，妈妈都会尖叫，叫声尖利，粗野，像一只叫春的猫。爸爸不知道怎么办。后来爸爸单位的人来做思想工作，妈妈也不让他们靠近。妈妈变得越来越警惕了，她近来连班都不去上了，整天搂着朝卉，口中叫着朝阳。她那样子好像随时有人会把朝卉夺走，朝卉会从她身边永远消失似的。

后来，有人对爸爸说，妈妈疯了。爸爸其实早就意识到了。爸爸早就听说过妈妈娘家那边有这种病源。在爸爸单位同事的帮助下，妈妈被捆绑着送进了康宁医院。

四

王申夫感到世事难料。这短短的一个多月时间，他深刻地体味了"家破人亡"这个词的含义。在这之前，他可从来没有想到过，自己会有这样的命运。命运是如此不讲道理，一点预兆都没有啊。命运那只黑暗的手，血腥的手，在这之前一直隐藏着，深不可测，但它突然伸了出来，把他的儿子夺走了。这还没完，命运的手还要张牙舞爪地挥舞，让他的妻子变得疯疯癫癫，连女儿也因此被折磨得懵懵懂懂。

有很长一段日子，他都不相信儿子已离开了他。他的耳边老是出现儿子的笑声，或哭声。儿子太调皮了，当他想起儿子，唯一能记起来的就是自己在追打儿子。他其实没有更多地注意儿子，妻子全身心地投在儿子身上，好像儿子是她在这个世上的唯一财产。他就懒得去管儿子，只有儿子惹得妻子没有办法的时候，他才出面管管，那种时候他露出的一定是怒不可遏的面目。现在他很内疚，他对记忆里自己拿着棍子教训儿子的形象感到厌恶，他觉得自己是一个没有人情味的父亲。儿子的死让他觉得自己同那个未知世界有了联系，他感到总是有一双眼睛注视着他，而他的形象是如此令人厌恶。

女儿一直很乖巧。女儿会给他打扇，倒洗脚水。他走在街上，时常会想起女儿。他会买几颗糖，偷偷塞给女儿。女儿拿到糖果后脸上浮现的兴奋和幸福令他辛酸，他知道妻子把好东西都给了儿子。妻子对女儿的忽视并没有让女儿的性格变得乖戾，女儿好像接受了自己的这种处境，她的脾气一直很好。

王申夫每个礼拜天都去康宁医院看望妻子。医院坐落在城郊一处隐蔽之所。说隐蔽，倒不是说那地方种满了树木，事实上那地方光秃秃的，很少见到绿色，主要是通向医院的道路比较奇怪，很窄，还七拐八拐的。他以前从来没来过这医院，从前他从医院前面走过，会回头好奇地张望一下，他感到那里面似乎有一种梦幻般的气息，他无法想象那里面的人是什么样子。现在他知道了，很多时候他觉得他走进医院像是走进某个噩梦。

刚开始他是带着女儿去的。以前王申夫对医院的感觉是闹哄哄的，医院里人很多，到处都是喧哗声或咳嗽声。那是因为他以前去的都是普通的医院。现在感觉完全不同了。康宁医院非常安宁，安宁得让人不敢用力走路，生怕发出的脚步声会触发不可预知的后果。往医院深处走，会听到一些声音，那是安静中的声音，那些声音也许可以用哭或笑来命名，但又不同于一般的哭或笑，那些声音像是从另一个世界发出来的。王申夫牵着女儿的手，她像是刚从某个冰窖里出来，手上没一丝热量。王申夫觉得自己握着的不是女儿的手，像是一块冰。王申夫奇怪地看了一眼女儿。女儿看上去茫然中又有一丝心神不宁。王申夫拍了拍女儿的头。

也许因为药物，妻子比以前胖了不少。妻子抬起头来时，双眼是茫然的，但当她见到朝卉时，眼中放出灼人的光芒来。她冲过来，一把抱住了朝卉，口中叫着朝阳。她把朝卉叫到病床边，从柜子里拿出几块饼干，笑着让朝卉吃。朝卉看了看王申夫，王申夫点了一下头。朝卉就吃了。朝卉的脸上露出辛酸的微笑。妻子的笑十分慈爱。妻子回过头来对王申夫笑，就好像这会儿她认出了王申夫。妻子表现得仿佛她正在家中，过着普通的家庭生活。王申夫发现医生的脸上都露出惊讶的表情。

王申夫准备带女儿离开，妻子一下子变得暴戾无比，她死死抱住了女儿，眼中露出仇恨和敌意。当他靠近她时，她露出了她洁白的牙齿。王申夫知道她对自己的牙齿有一种奇怪的迷恋，她认为牙齿是她身上最值得炫耀的部分。医生说，即使她神志不清的时候都不会忘记准时刷牙。此刻她露出白牙不是为了炫耀，而是愤怒。医生们都紧张起来，他们在等待时机制服她。医生们见过世面，在这个医院里发生的事他们见怪不怪了。也许是因为刚才太放松，也许他们以为她的温和是他们治疗的结果，所以这骤然的变化让他们措手不及，他们一时有点慌乱。他们靠近她时，她发出尖锐的叫嚣声。这叫嚣声里有一种黑暗的力量，王申夫感到周围都暗了下来。当王申夫带着女儿来到医院外时，他感到四周的阳光是暗的，他觉得自己失去了听觉，什么也听不见。令人奇怪的是那叫声依旧在耳边。

因为发生过这样的事，王申夫从此后就不再带女儿去医院了。女儿回来后，看上去也有点不正常，经常迷迷瞪瞪的，不知道她在想什么，也许什么也没有想。王申夫就一个人去康宁医院。妻子见到他一般毫无反应，好像压根儿不认识他似的。王申夫觉得他和她已是两个世界的人了。

每次从康宁医院回来，王申夫会涌出一种深刻的无助之感。好在有组织关心他。一直以来，组织就是他的依靠。

星期一郝书记都会找王申夫谈话，她关切地问他妻子的情况。"好一点了吗？""还是老样子。""你还行吧？你要有事你请一段假吧。"郝书记的脸上有一种厌倦的威严。造船厂的人都有点惧怕她。王申夫知道她关心他。

郝书记名叫郝冬秀，是造船厂的党委副书记兼工会主席。郝书记是山东人，她是随军南下的"女革命"，她的丈夫在进城那天被暗枪击中牺牲了。她在本城解放那天成了寡妇，成了一位革命烈士家属。后来郝书记嫁给了一个话剧演员，她的丈夫长年在外，难得回家。关于郝书记在单位之外的日常生活，厂里人都不甚了解。工友们有时候会议论一下这个威严中带着憔悴但依旧颇有丰韵的女上司，说她这么凶恶是因为男人长年不在身边的缘故，她只好把火气都发泄到厂里来。这种说法当然很无聊。王申夫也怕郝书记，但更多的是尊敬。王申夫认为郝书记虽然外表严厉，但他认为她的心地是很善良的。

他这个劳模就是郝书记一手培养的。那时候他还是一个普通工人。郝书记经常不声不响来到车间，站在不远处观察车间的情况。他意识到郝书记在看着他。他脸上的汗水淌得更欢了，脸也红了，干活儿不自在了。郝书记走后，王申夫才放松下来。不知道怎的，郝书记让他想起一个女人。在他十九岁的时候，有一个三十多岁的妇女特别关心他，经常做一双布鞋或织一件布衫给他穿。那个女人平时也是一脸严肃，什么都看不惯的样子。

有一天郝书记找他谈话了。他本来没觉得自己做得有多好，他干活儿很努力，确实很刻苦，他认为那是他应该做的。郝书记用不容置疑的口吻告诉他，他是一个好同志，是一颗革命的螺丝钉。王申夫听了十分不好意思，红着脸，站在她前面不知说什么。她说话时尽管态度和蔼可亲，但依旧有那么一股子霸气。那是他第一次和郝书记说话。以前郝书记都是坐在台上的，端庄，严肃，他只能仰望。就这样他成了劳模。

他的一切都是组织给他的。他的荣誉，他的地位，他的家庭（虽然这个家庭也没有带给他多少幸福，虽然这个家庭现在破碎了），都是组织给他的。他真诚地认为他的一切，包括生命，都属于组织。每次想起组织，王申夫就会想起郝冬秀。在开群众大会时，听着高音喇叭里唱歌颂毛主席的歌曲，他会莫名其妙地想起郝冬秀。王申夫觉得自己不该这么想，但他控制不住这样想。这可能同他们之间发生过的那件事有关。已经是十几年之前的事了，那事在他的回忆里依旧有点怪异，王申夫都不敢回想。那时候报纸广播都在宣传他这个劳模。这一切当然都是郝书记安排的。那时候郝书记带着他在各地参加经验交流大会。有一回郝书记喝了很多酒，郝书记在回招待所后，在他面前脱光了衣服。他感到很吃惊，他没想到平时如此严肃的郝书记会这么干。那时他什么也不懂，吓得他想拔腿逃跑。郝书记似乎成竹在胸，她没让他跑掉，他最终淹没在她的怀里。这事令王申夫非常不安，他觉得自己乘人之危了，郝书记喝醉了啊。第二天郝书记见到他像没事似的，依旧是那副厌烦一切的威严模样。这之后他们没谈起过这事，就好像那晚什么也没发生似的。这十多年中，他们之间再没发生过类似的事。可对王申夫来说这事有特别的意味，似乎他们之间存在一种心照不宣的紧密联系。那次从外地交流回厂，郝书记代表组织给他介绍了对象，就是他现在的妻子。虽然发生过这样的事，但王申夫还是没把郝书记当成一个普通的女人，在他的感觉里，郝冬秀是温暖组织的象征。他觉得由一个端庄的女性来代表组织，组织变得更温暖更有人情味了。组织的性别应该是女性。

现在郝书记就站在前面，王申夫的无助感就减轻了不少，他觉得自己的依靠是坚实的。王申夫说："我没事。医院里也没我的事。我去了她也认不出我了。"说到这儿，王申夫苦笑了一下。郝书记说："你身体当心，不要想太多。你是厂里的财富，也是造船系统的财富。我担心你的身体，你还是休息一段日子吧？"说着郝书记走近了他。郝书记拍了拍他的肩。她拍得很轻，但这轻中却有很重的关心。

五

近段日子以来，朝卉有点想不清事。她觉得自己有点分不清现实和幻觉。她会莫名其妙地感到有人跟踪着她，但当她回头时，经常连一个人影也没有。她不知这是怎么回事。她也没问爸爸这是怎么了。她怕爸爸担心。她变得无心读书，老师在课堂上问她问题的时候，她经常一问三不知。老师知道她家的遭遇，对她既同情又无可奈何。

今天一整天，那种被人跟踪的感觉又回来了。早上朝卉无精打采地向学校走去，书包在她的身边晃荡。这时她看到一个人影一闪而过。那速度快极了，就像灯光闪了一下。与以往不同，这次她相信不是幻觉，因为她见到了那人的背影，她熟悉那背影，她站在那里不觉愣掉了。朝卉闭上眼睛摇了摇头，马上否认了自己，她不可能出现在校门口的。整整一天，朝卉感到有一双眼睛总是盯着她。她在教室里时，那双眼睛在窗口注视她；她在上体育课时，那双眼睛在铁栅栏上流连；就是上厕所时，朝卉都感到那眼睛依然存在。那是一双充满爱怜的惊恐的眼睛，眼睛里有非常强烈的光芒，强烈得让她惊慌。她看到眼睛背后那张温柔的脸。在恐慌过去后，一种温暖的感觉从她心头涌出，她感到自己想流泪了。她想起了妈妈，她已有半年没见着她了。朝卉认为她是不可能出现在这里的。

放学的时候朝卉没有马上回家。她每天回家很晚。她不愿意早回家。她坐在操场边的石凳上，看男同学玩球。她看到同学们三三两两走出校门口。一会儿天就黑了，那些男同学擦着汗走了。他们走的时候还不时回头用奇怪的眼神看朝卉，发出暧昧的笑声。朝卉知道他们为什么这样笑，他们一定认为她有些问题。现在学校里没有人了，那个门卫老头拎着热水瓶从朝卉身边走过。他问："丫头，被老师留学了？"朝卉没说话，只是无奈地笑了笑。老头说："快回家吧，你爸妈一定着急了。"

朝卉走出校门，东张西望。一天的幻觉让朝卉有一种飘浮之感。地上有一张纸被风吹来吹去，朝卉觉得自己就像那张废纸，呵一口气就能把她吹走。她感到自己的脚不是踩在地上，迈出去的步子一点也不真实。一个声音在朝卉的耳边响起，她听到一个温柔的女声在叫。她像是被什么东西击中了，一动不动站在那里。她的心一阵狂跳。她慢慢转过身

来，看到在校门的左方，一个苍老的女人正一脸温柔地看着
她。她感到那人的一切都是柔软的。那人的眼光是柔软的，
双手是柔软的，胸怀是柔软的。那人站在那里，一脸的哀怨
与渴望。朝卉怀疑自己在做梦。

那个女人在向朝卉招手。朝卉想，她不是在做梦，这一
天来的幻觉都是真的。朝卉不由自主地向她走去。她已有半
年没见到她了。那次去医院出事后，父亲没再让朝卉去。可
朝卉真的很想念她。这种感觉是哥哥死亡后才有的。哥哥死
亡后，朝卉才得到母亲的怀抱。母亲的怀抱是多么温暖啊。
现在母亲就站在那里，在向她招手。她见朝卉向她走来，就
笑了。她笑得很灿烂，很甜蜜，眼中却挂着泪滴。她向朝卉
伸出手来，朝卉感到那只手伸得很长，就好像已抵达五十米
外的自己的脸上。朝卉的脸感到无比温暖。想起她被绑起来
关在医院，朝卉感到难过。朝卉哭了。因为哭泣，朝卉再也
迈不开步子。朝卉看到她的影子出现在自己的泪影里。她在
向这边走来。一会儿她蹲在朝卉前面，用手擦朝卉的泪，然
后她抱住朝卉。她的劲很大，几乎把朝卉弄痛了。朝卉忍
着。朝卉很想叫她一声妈妈，却怎么也叫不出来。朝卉一直
不怎么叫妈妈。虽然朝卉想念她，但一旦见到她，朝卉还是
有一种陌生感。朝卉在她的怀里，哭得无比伤心。

朝卉发现自己在跟着她走。她的小手在母亲粗糙的手心
里。母亲是那么紧地攥着她，好像担心朝卉会像一条泥鳅一
样从手中滑走。朝卉迈着碎步。母亲走得快，朝卉得一路小

跑才能跟上。一会儿她们来到一座桥下。朝卉曾跟哥哥来过这座桥。哥哥经常到这一带来玩。桥下有一条被人废弃的破船。母亲带着朝卉钻进了这条破船。朝卉猜想，她早已看上这个躲藏的地方了。朝卉回头看了看周围，哥哥就是在这附近淹死的。那时候水被冰封住了，现在冰早已消融，天气也炎热了，岸上的植物生长蓬勃，就是水面上也荡漾着绿草。

母亲坐在那里，脸上露出奇怪的笑容。她的笑很诡秘，眼睛闪闪发亮。她脸上还有一种满足感，就好像她干了一件了不起的大事。船外的光线打在她的侧面，朝卉感到她身上有一股暖意。母亲没有靠近朝卉，母亲在仔细看她。母亲把头往后仰，眯着眼睛看，好像拉开一点距离她能把朝卉看得更清楚。母亲的眼睛非常温柔。朝卉心里暖洋洋的。

来这破船的路上，她们没说一句话。朝卉发现她没法同母亲交流。朝卉记得上回在医院，她和母亲似乎还是可以交流的，但现在朝卉说话时，母亲的脸上一点反应也没有，就好像母亲没在听。母亲的脸上一直是那种空洞的温柔的笑。朝卉就不说了。朝卉跟着她。朝卉不知道母亲要把她带往何方。她把一切交给了母亲。一切由母亲做主。破船里堆了一点杂草，是那种公园里枯黄的草。杂草边还放着一件条纹布衫。

母亲坐在那里，向朝卉招招手，让朝卉过去。朝卉小心地过去。母亲把朝卉搂在怀里。母亲突然咯咯咯地笑了起来。朝卉也跟着小心地笑。母亲伸手在朝卉的腋窝搔。母亲又是一阵笑。朝卉也笑。朝卉开始笑得有点拘谨，后来就放开了。水面上充满了母女俩的笑声。

"朝阳啊……呵呵……呵呵……"母亲欢叫了一声。

"朝阳啊……呵呵……呵呵……"朝卉跟着欢叫了一声。

她们闹了一会儿，母亲好像有点困了，打了一个长长的哈欠，在杂草上躺了下来，一会儿就睡过去了。朝卉怎么也睡不着，看着母亲熟睡的脸，她有点茫然。朝卉的脑子试图想点事儿，但她集中不了注意力。这会儿天已全黑了。朝卉把目光投向船外。这条破船停在桥下。四周是水，水在夜晚的灯光下一闪一闪的，水面上有一些反光投射在船上，这些反光像水面的波纹一样在晃动。朝卉发现不远处的岸边停着一条船，一个男人正在船头喝酒，一个女人坐在那里一边打着扇子，一边唱着戏。戏很好听，朝卉从来没听过这种调子。朝卉眯上眼睛试图看清那女人长什么样儿。除了一些光线变来变去，她什么也没看到。

朝卉突然想起了父亲。父亲这会儿在干什么呢？在工厂还是回家了？她没有回家他会着急吗？不过父亲好像总是在忙。今天早上朝卉因为小便急，很早就醒了，路过客厅时发现父亲一个人坐在黑暗的客厅中想事。他对朝卉的出现毫无反应。父亲的神情恍惚。自从哥哥死后父亲一直是这种恍惚的样子。

朝卉不知道她这会儿是不是应该回家去。她不想离开这里。看着母亲甜蜜的睡容，朝卉感到自己也困了，她打哈欠时，眼睛里流出了一些因睡意来袭而激发的泪水。过了一会儿朝卉在她的身边躺了下来。

六

　　王申夫这天准时下班回家。回家后，他开始做饭，等待女儿回来。这在他是少见的，他一般回家很晚，有时候过了十点才回家。朝卉很乖的，她自己会做饭。别人家也都是这样，都是小孩子在做饭。这年头大人都很忙，做家长的又要上班，又要开会，又有别的政治任务，赶到家里经常是晚上八九点钟，小孩子只好自己解决，否则他们会饿得眼睛放光。自从妻子去了医院，王申夫想起朝卉一个人在家里，有点不安。他已习惯于待在工厂里面，早早回家让他觉得对不起组织的培养。每天晚上厂部办公楼窗口都透着灯光，他知道领导们也没有回家。其实很多时候王申夫觉得待在工厂里没什么事，但即使这样，待在工厂里还是让他感到踏实。只要他想干事，总是可以找到事情做的。

　　天很快就暗下来了。他饭也烧好了。奇怪的是朝卉还没回家。他站在巷口看了看。巷子幽深，没有一个人。王申夫觉得这条巷子像是通往某个荒无人烟的地方，比如像冬天气象预报所说的西伯利亚。现在是夏天，王申夫抬头看了看天上的明月，想，这条巷子也许通向月球呢。他去邻居鬈毛家，问鬈毛有没有看到朝卉。鬈毛想了想，说，朝卉到一个同学家做作业去了。王申夫不知道鬈毛是不是在说谎，鬈毛平时喜欢说大话。鬈毛在回答他问题时，眼珠上翻，作沉思状，就好像他的问题是一道算术题，需要想啊想，才能算得出来。王申夫也没太担心，朝卉一直是一个省心省力的女孩，她不会像朝阳一样到处闯祸的。

王申夫也没吃饭，打算同女儿一起吃。难得回家照顾女儿，一起吃是必须的。王申夫发现家里的一只铁桶漏水了，打算修好它。他拿出工具。他的电焊工具一直带在身边，这是造船厂的一个特例，别的工人是不准带工具出厂的。他决定把铁桶的底割去，重新焊一块铁皮上去。他动手干起来。他只要干上活儿，他就会忘了时间。焊接时的弧光在黑夜里分外刺眼。

直到康宁医院的人找上门来，王申夫的脸才从电焊罩中露出来。那已是晚上八点多了。他看到前面站着两个穿白大褂的人，愣了一下。他认识他们，在医院里见过，他不知道他们为什么到自己家里来。他想一定是妻子出了什么大事。他甚至想到妻子可能自杀了。他望着他们，等待着一个不幸的消息。

其中一个人告诉王申夫，妻子跑了，都不知道什么时候跑的。康宁医院住院部的门都上了锁的，病人却跑了，连门卫也没发现。医生是晚上六点半例行检查时才发现妻子的病房空无一人。他们在医院的各个角落都找遍了，但妻子像一只鸟儿那样飞走了。

王申夫是个沉默寡言的男人。医生在说话的时候，他一直没有开口。医生不知道他在想什么。医生希望他有所表示。王申夫已意识到事情的严重性了。医生们说话的时候，他脑子里出现妻子带着女儿在小巷里飞奔的情景，只是他不清楚是奔向哪里，肯定不会是西伯利亚，也不会奔向月球。他确信这就是女儿迟迟不回家的原因。他抬头看了看屋子里那台老旧自鸣钟（这可能是他们家最值钱的东西了），已是八点一刻。他没想到时间过得这么快，他的活儿还没干完呢。医生们等着他的回应，他们担心王申夫会有激烈的反应。所有的责任在医院这边，但他们希望王申夫能通情达理。他们知道眼前的这个人是劳模，这点让他们感到踏实。劳模大约不会像小老百姓那样得理不饶人，也不会像眼下的"红卫兵"那样把他们批倒批臭。

"你想一想，你妻子大概会躲到什么地方去？"年轻的那个医生小心地问。

是啊，妻子会去什么地方呢？他首先想到的是她的娘家。妻子的娘家在西门街。王申夫很少去岳母家，这倒不是岳母家待他不好，相反岳母喜欢他。他第一次去岳母家，岳母给他吃了四只水煮鸡蛋。这年头大家很少吃到鸡蛋，岳母一下子就给他煮了四个。他想，这鸡蛋岳母一定放了很长时间了，因为其中一个都已经臭了，他是强忍着恶心才咽下去的。吃下去没多久，他肚子就痛了，但他忍着。当天晚上他肚子拉得像开了阀门的自来水，哗哗哗的，连续不断。很多时候岳母的热情让王申夫受不了。王申夫是个天生喜欢干活儿的人，但到了岳母家里，岳母就什么也不让他干。这很难打发时间。王申夫感到这样无所事事，一声不吭坐着，就像地下党员被捕后坐在老虎凳上，备受折磨。岳母平时不让王申夫干活儿，但每次她生病的时候，吵着要王申夫服侍她。岳母有一种奇怪的病，每年春天都要发作，发作的时候常常一边哭一边笑。人们说这种病叫羊痫风。要服侍她，王申夫没有意见，但他是一位劳模啊，他应该待在工厂里而不是像娘们一样服侍病人的啊。这让他感到更受折磨，比无所事事还要难受，程度就不是坐老虎凳可以形容，相当于凌迟了。

岳母对女儿一向不客气，她老是骂女儿。妻子给王申夫的第一印象是文静娟秀。后来他才明白妻子也有泼辣的一面。妻子一般不同母亲吵，有一次不知怎么了，妻子突然冲动起来，她蛮横，无理，像一个泼妇。她的母亲倒是沉默了。不过这种时候很少。妻子通常是内向的。他们夫妇都是内向的，常常一整天没几句话。有时候夫妻之间也会有摩擦，如果被岳母知道了，岳母也会毫不犹豫地站在王申夫一边。岳母会骂女儿：“申夫这么老实的人，一定是你刁蛮。”可也奇怪，虽然岳母对其女儿出言不逊，妻子还是经常到娘家去。只要一有空就带着儿子去娘家。王申夫不明白，她母亲对她这么不客气，她还是喜欢去，就好像被她母亲挑剔有着莫大的快感。

王申夫想，虽然妻子神志不清，虽然她刚从康宁医院逃出来，但估计还是像往常一样带着女儿去了娘家。如果她们在那里的话，他们只不过是虚惊一场而已。

王申夫一直没吭声。他的沉默让两个医生不安。年轻的医生说:"我们已经报警了,警察说他们会去找的。但是这么大的地方,我们没有头绪,你说你妻子会去什么地方?"

王申夫没把女儿的事告诉他们。告不告诉他们都差不多,反正只要找到妻子就能找到女儿。他温和地对他们笑了笑,说:"我们去西门街看看吧。"

年轻的医生和那个中年医生小声说了几句什么。然后,中年医生走过来说:"小陈医生陪你一起去,如果找到你妻子,小陈医生会给她打针的。只要打了针,就没事了。"那人拍了拍王申夫背,表示歉意。

妻子不在娘家。王申夫感到事态骤然严重了。母女俩会去哪里呢?自从妻子发病以来,原来对王申夫不理不睬的妻弟突然对他客气起来,见到王申夫,脸上便浮现对不起王申夫的表情。王申夫开始有点纳闷,后来才搞清楚,原来妻子在做姑娘时就得过这病。娘家人一直对他隐瞒这事。妻弟在妻子病发后说:"你们家太安静了,你要像我妈一样多同她吵吵,她才会正视现实。"王申夫不这么认为,他觉得妻子得病主要是丧子之痛。

妻弟这段日子加入了某个"红卫兵"组织,戴着一个红袖套。妻弟说:"怎么会出这样的事?朝卉也被带走了?"王申夫说:"我想是这样。"妻弟说:"她会去哪里呢?"王申夫摇摇头。妻弟说:"会不会在朝阳出事的地方?"王申夫觉得妻弟说得有道理。他出了岳母家朝那地方走。

妻子也不在那地方。他站在桥上高喊妻子的名字、朝卉的名字，他喊得精疲力竭，没有得到任何回音。他向东望去，江水平静，在黑暗中闪亮着黑色的光。冬天的冰雪早已荡然无存，不着痕迹，就好像在这江面上没发生过任何事情。是的，朝阳的遭遇至今想来都不真实，像一个超现实的梦境。

整个晚上王申夫和那个年轻的医生到处游走。王申夫很少说话。他们去了妻子和女儿可能去的地方。现在那个年轻医生已经知道王申夫的妻子把女儿带走这件事了，事情比院方原先想象得要严重得多。王申夫倒是很冷静，一直一丝不苟地观察着每一处可疑地点。年轻医生已经累坏了，他佩服王申夫充沛的精力。他走路都有点跟不上王申夫了。天终于亮了。他们一无所获。王申夫回头看了看脸色苍白的医生，说："你累了吧，你先回去吧。"年轻的医生说："那你怎么办？"王申夫说："我好好想想，她们会去哪儿。"

王申夫在永江江边坐了下来。永江在这个城市的东边。虽是夏天，但江面上刮过来的一阵风让他感到彻骨寒冷。他是个内敛的男人，在人面前他不容易流露情感。当那个年轻的医生离开后，那种孤单无助的感觉迅速攫住了他。他失声恸哭起来。他不知道该怎么办，命运是如此不可捉摸，一而再再而三地向他露出暴戾的面孔，他被打击得快要崩溃了。他知道自己，他一直不是个坚强的男人，他的内心一直很软弱。

天空不是一点点泛白的，天空在某一刻迅速亮了起来。城里还很安静。一会儿太阳会从东边升起。想起太阳他就想起《东方红》这首乐曲。这首曲有着金色的光辉，有着磅礴的气势。他想凭他个人的能力是找不到妻女了。他打算去一趟工厂，向郝书记汇报一下他家庭发生的又一次变故。也许是另一个悲剧。

七

朝卉是被几只燕子的叫声惊醒的。她醒来时意识里残留着昨晚上的梦。梦里有人在一遍一遍叫着她的名字。那叫声十分恐怖，就好像那人眼看着她被一只野兽叼走而发出既悲伤又无能为力的吼叫。母亲正坐在旁边看着她。她发现母亲的脸上有伤痕，母亲的裤筒子和衣袖是湿的。母亲从怀里掏出一只包子，递给朝卉。朝卉想，在自己睡着的时候她一定下了船，这包子是母亲偷来的，她脸上的伤也许是她偷东西时被他们打的。朝卉的心揪了一下。朝卉的肚子确实饿了，昨晚以来她没吃过东西，朝卉吃得狼吞虎咽。母亲在一边很满足地笑着，朝卉被母亲看得有点不好意思。朝卉把半只包子递给母亲，母亲紧张地摇了摇头。母亲的脸上有害怕的神色，就好像这玩意儿是一枚炸弹。朝卉知道她的意思，母亲是说她已吃饱了，朝卉不用担心她。母亲一副很害怕的样子，表情里隐藏着惊恐。

母亲除了把她叫成朝阳，实际上像一个哑巴，只会发出咿咿呀呀的声音。朝卉因此也不说话了。最初朝卉要表达什么，比如想喝点水时，朝卉会告诉她要喝水，后来朝卉就用手势和动作表示，辅以那些啊啊啊的音节。朝卉发现动作比画和音节也一样可以表达意愿。母亲也许并不懂得动作和音节的意思，但朝卉觉得这比说话要管用。

朝卉在这条破船上。朝卉跟着母亲又喊又叫。朝卉感到很温暖，也很好玩。朝卉很久没这样开心过了。"呵呵呵呵——"朝卉常常这样叫。母亲待她很好，从来没有这么好过，在母亲的怀里，朝卉感到温暖。

下午母亲又跳下船去找东西了。朝卉独自一人在船上。朝卉想母亲一定对她很放心，认为她不会跑掉的。船就在桥下，离岸很近，如果朝卉想要到岸上去应该是件十分方便的事，也许会不小心把衣服弄湿，但要上岸确实不难。这会儿朝卉独自一人待在船上，很茫然。朝卉不知道自己该怎么办，现在这样应该是高兴还是担忧。朝卉感到心里沉重得要命。她觉得也许不该跟着母亲来这里，也许她得让父亲知道这件事。

朝卉不知道父亲这会儿在干什么。朝卉很想回家去看看。朝卉想也许这会儿父亲正在找她呢。朝卉又很担心父亲叫人把母亲抓起来，关在那个有铁丝网的医院里。朝卉不愿意他们把她抓起来，那样的话朝卉一年见不到母亲一回。朝卉宁愿像现在这样陪着她。

桥梁上又传来燕子的叫声。朝卉探出头去看。它们的窝就筑在上头。一些小燕子伸长着脖子，在啄大燕子嘴里的食物。小燕子嘴角的那层黄黄的东西还没褪尽，它们的嘴张得很大，贪婪地从大燕子的嘴里叼走食物。

母亲是傍晚的时候回来的。这次她看来没有被人捉住，她的脸上没有伤痕。这次她不但偷了包子，还偷了一些水果。她高兴得像一个小孩。

八

每次都是这样，当王申夫心情焦虑的时候，只要郝书记代表组织同他谈一次话，他就会定下心来。

郝书记一直在陪着他寻找妻子和女儿。这是多年来的习惯，每次王申夫到社会上做先进事迹报告，或去开全省劳模经验交流会，郝书记一直陪伴在侧。这让他觉得有了主心骨。他崇拜并且依赖郝书记，郝书记思路清晰，什么事都会交代得一清二楚。有了郝书记在身边，他就知道什么可以做，什么不能够做。

郝书记恶狠狠地安慰他："她能跑到哪里去呢？厂里有那么多人在帮你找，一定能找着的。"又说："我们再到朝阳出事的地方看看吧，再仔细找找。"

王申夫对郝书记充满感激之情。在郝书记的要求下，厂里的工人纷纷出马去寻找他的妻子和女儿。王申夫深感无以回报。听郝书记的意见是他唯一能做的。

老远就看见了那座废弃的桥。军工厂的这座桥看上去高大威武，可惜造在这个盲肠一样的山坳边，一点用场都派不上。这座桥在西边青山的映衬下确实很漂亮。这个地方很少有人来，桥上长满了杂草。桥中间有一条小径，看得出偶尔还是有人到这里来的。桥下的江水绿得发黑，不是不干净，如果你从岸边下去，可以发现那水非常清澈。江面上什么也没有。有几只鸟儿在上面飞来飞去。

王申夫和郝书记去山坳里面看了看，还是什么也没有发现。他们往回走的时候，发现有一条小径通向桥墩。小径是人踩出来的。王申夫兴奋起来，觉得要找的人可能就在里面。郝书记表情严肃，看不出她什么心情。他们沿着小径来到桥墩边，发现了一个黑洞，往里望去，里面很黑，隐隐约约看到里面十分庞大。那是桥的肚子。王申夫先爬了进去。洞不算太高，郝书记也想进去看看。王申夫站在洞口，伸出手，去拉郝书记。郝书记上来后没站稳，一把抱住了王申夫。郝书记的身体意外地柔软。王申夫吓了一跳。他曾和她有肌肤接触，但那时他慌张极了，对她的身体几乎没留下任何印象。王申夫一时有些失神。

里面十分黑暗。他试着叫了几声朝卉，得到的只是嗡嗡嗡的回声。里面非常安静，王申夫能听得郝书记的呼吸。

"申夫，坐一会儿吧，我也走累了。"郝书记说。

确实走累了。昨晚以来，王申夫的双脚还没停下来过，一直在不停地走，不停地走，走成了一种惯性。桥肚子里面有一些石块和草堆，显然曾经有人来这里玩过。王申夫就坐了下来。

"申夫，你的命不好，我担心你会受不了。这种事落在谁的头上，谁都会受不了。"

听了郝书记的话，王申夫有点吃惊。郝书记现在讲的不是组织的话，是完全个人的话。组织是没有"命"这个词的。虽然这是个人的话，但王申夫感受到的是组织的关心。同时这句话把王申夫引向了对命运的感慨。是的，这个世上存在一个强大的力量，这力量夺走了他的儿子，可他对这力量无能为力，连一丁点反抗机会都没有。

"申夫，可能要出事了，我有预感。"郝书记的表情意外地温和，说完她叹了一口气。

王申夫听不明白郝书记在说什么。他不知道她为什么这么说。

"申夫，如果我下台了，你不会批斗我吧？"

"怎么会呢？郝书记你乱说。"

"过段日子你就知道了。"

王申夫还是没明白郝书记在说什么。他对组织上的事一直搞不清楚。组织在他的感觉里总是很神秘。他听到黑暗中有一些声音，好像是孩子的抽泣声。好一阵子他才明白原来郝书记在哭。

王申夫不知道郝书记为什么哭。仿佛是郝书记的哭声催生了他哭泣的欲望，他也抽泣起来。这几天他其实一直想哭，但不知为什么他哭不出来。现在在这黑暗中，在这个看上去密不透风的地方，在一种类似命运的隐秘气息的催促下，王申夫哭得无比软弱。他深感个人是多么无助，多么微不足道。多亏了组织，多亏了郝书记。他这些年来得到的敬重都是组织带给他的。如果没有组织，凭他这么一个没有脑子，胆小怕事，只会干活儿的老实人，也许人们连看都懒得看他一眼。他不知道郝书记为什么哭，在他的感觉里，郝书记应该是无比坚强的呀。郝书记见王申夫在抽泣，伸出手，抚摸他的头，像是在安慰他。

后来郝书记把他紧紧地搂在了怀里。黑暗中郝书记的怀抱宽广深厚，就好像是黑暗本身把他紧紧地包裹住了。后来发生的事情让王申夫措手不及。历史又一次重现了，这一次郝书记没有喝醉酒。郝书记褪去了衣衫。他因为一直闭着双眼在抽泣，不知道郝书记在脱自己的衣服，当他的脸贴着郝书记光滑而柔软的胸脯时，他才意识到发生了什么事。他没想过会出现这样的事。他离开了郝书记的怀抱，愣住了。郝书记的胸脯像两盏灯一样刺痛了他的眼睛。郝书记是个女人，一位端庄的女人，也许还应该说是一位不乏丰韵的女人。虽然他们之间曾经历过类似的事，可王申夫从来没把郝书记当成一个现实的女人。

王申夫脑子一片混沌。他不知道自己该怎么做。郝书记向他伸出手，再次把他拉到她的怀里。虽然在黑暗中，他还是看清了郝书记的身体。他回忆着多年前的那一幕，他记不得她当年的身体，她的身体完全在他的记忆里抹去了。他的下身没有反应。郝书记替他解除束缚。他也没有反抗。他不可能反抗郝书记的意志，相反他涌出一种类似献身的欲望，一种报答恩情的欲望，一种愿意为郝书记做任何事情的欲望。他迷迷糊糊地想，如果这是在战场上，郝书记要他冲在最前面，那他一定不会退缩，一定会奋不顾身的。他和她都没说一句话。郝书记在努力地做着这个事，她的喘气声在桥洞里回响，就好像桥洞里面有一群蜜蜂在轰鸣。王申夫一直在冒冷汗，他觉得很对不起郝书记，他努力着，可无济于事。他痛苦地哭出声来。郝书记停止了自己的努力，她抱着他，抚摸着他的头。他们就这样赤身裸体地相拥着躺在桥洞里。

桥洞之外的现实世界远离了他们。

<h1 style="text-align:center">九</h1>

每天快要到吃饭的时候，母亲就溜出船去找吃的。她经常被人打。有一回她的眼眶被人打得肿了起来；有一回她的嘴角被打出了血；还有一回她的手差点被扭断了。朝卉感到害怕。每回母亲出去时，朝卉便会涌出一种心惊肉跳的感觉。看到母亲被打成这个样子，朝卉就想哭。母亲却一点也不悲伤，只要有东西带回来，母亲就会高兴得像一个小孩。母亲爬上船，从怀里掏出一只包子或一个鸡腿时，骄傲得像

一个英雄。

朝卉觉得这样下去似乎有点不对头。朝卉担心这样下去母亲会被打死的。也许她得回家一趟，同父亲说一说这个事。虽说她愿意和母亲在一起，可这样下去不是个办法。也许母亲还是关起来比较好。朝卉对着周围白茫茫的江水发呆。

母亲又到岸上去找吃的了。朝卉坐在船上，太阳照得水面金光闪闪，朝卉的眼睛被刺痛了。朝卉很想上岸去。她想不好是不是应该这样做，上岸会有什么后果。如果母亲回来后见不到她，母亲一定会急疯的。朝卉也很惦记父亲，她不知家里怎样了。她一直在犹豫。母亲去岸上已有好一会儿了，如果朝卉不马上逃跑的话，她可能就要回来了。朝卉的心里很矛盾。

后来朝卉还是下决心跑掉。朝卉感到和母亲待在船上也许是件荒唐的事。朝卉跳下船，爬到岸上。岸上有一个巨大的桥墩。从这里到马路还有很长的路。朝卉站在桥墩下往桥上望。像往常一样，桥上没有一个人。桥对面，离桥还有几里路的地方，有一个集市，母亲也许就在那里搞食物。就在这个时候，朝卉听到了脚步声。朝卉迅速地躲了起来。朝卉看到母亲回来了。母亲好像预感到了什么，迅速向那破船奔去。没一会儿母亲又着急地跑了出来。母亲在喊哥哥的名字。朝卉躲在桥墩边一动也不敢动。母亲因为着急，头发都竖了起来，看上去像是身子着了火。朝卉觉得母亲这会儿热气腾腾的。朝卉搞不清自己是不是应该从躲藏的地方出来。母亲这么着急令朝卉难受。

朝卉还是被母亲捉住了。

她把朝卉抓住后就哭了起来。她的眼泪一下子把脸掩盖了。她一定非常伤心。她把朝卉抓上船。她哭着摇动船。一会儿船就来到江心。她放下锚，把船固定住。她还在哭。朝卉想，她一定很伤心。朝卉不想她如此伤心。

现在船被摇到了江心。朝卉完全被困在了江心，她不会游泳，就是想逃也根本逃脱不了。朝卉想，母亲真的很聪明，她甚至怀疑母亲脑子是否真的坏了。母亲搞食物时脑子也很清楚。现在母亲上岸时不会再把船摇到岸边，她是涉水到岸上的。母亲回船时，下身总是湿的。朝卉想，既然母亲这样需要她，她就不再跑了。

就这样吧，朝卉想。

十

妻子和女儿好像真的在这个世界消失了。造船厂派出的干部职工所带回来的消息杂乱无章，基本上都是一些似是而非、道听途说的信息。比如有人说，最近码头附近的集市上，出现了一个幽灵，是个会偷东西的幽灵，包子店的包子，农民的猪食，经常不翼而飞。带来消息的人说到这儿，脸上露出不可思议的表情。他说，那个幽灵出现时，脚离地，像一只风筝。比如船厂有一个驾驶员，在开车时，突然眼前出现一片绿色，是瓜地。驾驶员很奇怪，他一直在这条马路上开车，从没见过路边有瓜地，他从车上跳下来，想偷几个地瓜解馋。这时他看见一个长得像朝卉的小姑娘，捧着地瓜给他吃，小姑娘的身后还站着一个神秘微笑着的女人。当驾驶员原路返回时，他再也没有见到那片瓜地，瓜地好像顷刻间消失了。这些信息听起来像天方夜谭，有点迷信色彩了。又比如有人打听到，在江下流的码头上，有两个人躲在一只大轮船的底层，这只巨轮在昨天傍晚离开码头去了香港。

派出所那边没有消息。听说"红卫兵"已接管了派出所。派出所的人这几天都在向"红卫兵"交代自己的问题。

王申夫这几天陷入了深深的不安之中。这段日子他几乎没有睡觉，都在疯狂地找寻妻子和女儿。他爬上过全市最高的自来水塔，他的妻子没有能力爬得上去，但对一个疯女人来说干出什么样的事都是有可能的；他还去了那个尼姑庵（因为曾吊死过五个尼姑而成为人去楼空、阴气逼人的危楼）；他去过墓地查看过那些还未封口的墓穴。他去过所有他能想到的可能躲藏的地方。他甚至想钻到下水道里面去看一看。他去得最多的还是那座废桥，几乎是凭本能驱使，他朝那里走去，他感到妻子和女儿最有可能在那附近。令他失望的是那地方没发现妻女的蛛丝马迹。也许妻子和女儿已不在人世了，也许她们像儿子朝阳一样已葬身于江底。他不敢潜入江底去探个究竟。他无法面对。他回避着这个念头。

在找不到女儿的焦灼与不安中，现在又加入了另一种烦恼，他都不知道怎么去处理这种烦恼。他曾经遭遇过这种烦恼，他再次碰到时，他依旧感到不知所措。他可没有想过会再次发生这样的事情。像上次一样，他一回到现实中，就感到一点都不真实。可那天，他来了两回。他这么做时，心情无比复杂，他甚至看到妻子和女儿都盯着他看。就在那强烈的快感降临的时候，他感到妻子和女儿的身影放射出刺眼的金光。她们就在洞口。他提着裤子冲出去，可什么也没见到。郝书记对他的举动感到吃惊。"你干什么？"王申夫像一个丧失了意志的白痴一样，呆呆地看着郝书记。

他开始时很失败。怎么会这样呢？他感到非常沮丧，就好像郝书记交给他一桩革命任务，他却没有完成。可他确实非常努力呀。远方传来广播声，广播里正在播放一首颂歌《唱支山歌给党听》，才旦卓玛演唱的歌曲，歌声高亢，他喜欢这首歌，她这么一唱，他能看到一座座雪山来到他眼前。这首歌把王申夫带到童年。王申夫今年三十五岁，四九年以前他干过各种各样的活儿，在浴室里替人修过脚擦过背，替人送过信，有一次还被日本人强迫着在大冬天下河给日本人抓过鱼。他的好日子是新中国成立以后才到来的。新中国成立后他进了造船厂，他一声不吭，只知道干活儿。组织让他读了书，让他入了党，还让他当了劳模。他从小没见过母亲，他不知道母亲去了哪里，他的父亲好赌好酒，只要有钱就去喝酒，后来在一次酒醉后被火车撞死了。母亲也许已经死了。也许母亲是因为父亲好喝好赌，逃离了家庭。谁知道呢。王申夫的心头一热，眼泪哗哗地流了下来。他在黑暗中抱住了郝书记，感到自己越变越小，直钻入郝书记的身体里，或就要在郝书记的怀抱里融化。

当他失败的时候，他感到对不起郝书记。当他最终成功的时候，他还是感到对不起郝书记。他不应该占郝书记的便宜。他觉得自己简直像一个流氓，他这么做简直等于是在红旗上留下了自己的污点，有愧于他的劳模之名。多年来，他一直要求自己不做错事，可他却还是做了错事，而且犯错的对象是尊敬的郝书记。这么多年来，他勤勤恳恳地工作，他一直都以为自己配得上一个劳模的称号，但现在看来他是一个隐藏得很深的流氓，是一个本质极坏的浑蛋。

带着这种悔恨的情绪，王申夫在这个城市的各个角落奔走，渴望奇迹发生。他这几天都不敢进工厂了，躲避着郝书记。同上回不一样，上回郝书记醉了，她什么都不记得了，这回她可是清醒着的啊。他不知她见到他会是什么态度。

但他是个劳模，不去工厂也是不行的。劳模就应该待在工厂里。况且不去工厂他就得不到同事们带来的消息。他真希望自己消失啊，像妻子和女儿一样，在这个世界消失，在熟悉的人群中消失。

傍晚他回到单位，碰到了郝书记。他硬着头皮走了过去。他感到他的脖子都烧得发红。郝书记见了他，没什么特别的表情，依旧是他熟悉的样子。他猜不透郝书记心里在想什么。她的城府是多么深啊。郝书记问："有眉目吗？"他摇摇头。郝书记说："厂里的人也没有消息。走吧，我陪你再去找找。"

<h1 style="text-align:center">十一</h1>

朝卉已有十多天没说过一句话了。桥下非常安静，她躺在船上，听到江水不断冲击船身的哐当哐当声。有时候桥里面会发出奇怪的声音，就好像桥突然变成有生命的动物，会呼哧呼哧地喘粗气。

母亲去岸上找东西吃了，朝卉又听到了这种声音。她在桥下面喊了几声，她的声音一下子被风吹得无影无踪。小燕子一直在桥梁卜叽叽叫着。小燕子不会说话，它们只是叽叽地叫。也许说话是多余的，像小燕子一样不说话也过得很好。如果高兴了（比如她从外面搞来好吃的东西），只要啊啊尖叫几声就可以了。如果害怕了，也只要啊啊尖叫几声就可以了。要表达意思只需要这几个音节。现在朝卉的脑子里出现的常常不是话，而是声音，像小燕子叫那样的声音。朝卉越来越懒得动脑了。她的脑子已被母亲搞糊涂了。她除了像小鸟那样叫几声，已懒得想事。母亲回来的时候，朝卉学着鸟儿叫几声。可是朝卉心里还是感到恐惧。她已经在这个地方待了十多天了，船在江的中央，她根本到不了岸上。她不知道父亲这会儿在干什么，也许父亲认为她已经死了。

有一天太阳很好，母亲也很高兴，母亲待在船里唱一首古怪的歌曲。朝卉不知道她是从哪里学的这首歌，她没听到过。母亲摇动这条破船，破船慢慢向岸边靠近。朝卉不知道她想干什么，后来才明白她要带自己去街头。朝卉很高兴，她终于可以上岸了。朝卉甚至幻想着在街头碰到父亲。朝卉跟着她钻出破船。

朝卉和母亲很快来到一个集市。有很多天朝卉没见到人群了，一下子见到这么多人，她都有点不可思议，就好像这些人是突然从地底下钻出来的。她觉得这些人似乎同她没有关系，觉得这些人就像电影幕布上的人，一点都不真实。有一些人聚集在一起，他们的手臂上戴着红袖套，他们正在批斗一个人。被斗的那个人戴着高帽子，帽子上写着"反动特务王国政"，字上面还打着一个血红的叉叉。母亲突然放开了朝卉的手，像一缕光一样奔向那间国营包子店。包子店冒着白色的气体，母亲消失在白色蒸汽中。

朝卉站在街头，发现附近的电线杆上贴着爸爸寻找她们的启事。朝卉这才确信爸爸正在寻找她。她想，爸爸一定急坏了。朝卉看着寻人启事发了一阵子呆。在远处母亲正在包子摊边移动，她的意图完全显露在脸上。母亲的手伸向了放在蒸笼上的白色包子。朝卉的心提了起来，朝卉怕她被他们抓住，然后被暴打一顿。那边一片混乱，有人开始骂骂咧咧。"他娘的，这几天老是有人偷我的包子，原来是疯婆子。

他娘的，我终于抓住她了。"那个抓住母亲的人很胖，他拖着母亲向批斗会的方向走。

朝卉张开嘴巴想喊出来，可她发不了声。她的脑子里没有思维。那边闹哄哄的，他们让母亲跪着，母亲在挣扎。他们一次一次把母亲按在台上。朝卉站在那里不知该怎么办。她不知道自己是不是该到那里去帮帮母亲。她一直看着电线杆发呆。这样下去不是事儿，也许她应该跑掉，把一切都告诉父亲，父亲就会来救母的。这个想法一下子钻到她的心里，很强烈。但朝卉不知道她现在在什么地方，她的家在哪个方向。

朝卉看到一个男人向这边走来。她拦住了他，打算问问那个男人，她的家在哪里。男人在朝卉面前停下来，朝卉发现自己已说不出一句话。朝卉原本打算把家里的地址告诉他的，她却怎么也开不了口。那些话就在嘴边，但她一句话也说不出来。朝卉这才意识到原来话是要每天说的，长时间不说的话，就会把说话这件事忘记。

朝卉对那个男人咿呀咿呀叫了一通，还用手指了指电线杆上的寻人启事。那个男人一脸茫然。他低头问：

"你不会说话吗？你是一个哑巴？"

朝卉使劲摇头。她用手夸张地比画着，希望他把她带到父亲那里。父亲在造船厂，是这个城里最大的工厂。那个男人的脸越来越茫然了。朝卉很着急，那些话就在她嘴边，但她说不出来。她哇的一声哭了。

"你怎么哭了？你想我做什么？"他是个温和的男人，他蹲下身来问。

慢慢地，那些话来到朝卉的舌头边，朝卉刚要开口，母亲跑到朝卉身边。朝卉不知道她有没有搞到包子，她的脸看上去十分慌张。她狠狠地推了那个男人一把，然后拉着朝卉跑了。朝卉不时回头，那个男人正看着电线杆上的寻人启事。

十二

"你是多么结实呀。"

在黑暗中，郝书记抚摸着他的手臂。他的手臂正弯曲着，手臂上的肌肉鼓鼓地突出来。郝书记几次试图把这肌肉群抓住，但她的手太小，抓不过来。

王申夫感到郝书记身上有一种危险的气息，她是多么疯狂，她是疯了吗？她一次一次约他，只要碰在一起，他们就会朝这座废弃的桥走来，钻进桥洞，然后昏天黑地。他不知道她为什么会变得这样，那个威严的郝书记不见了，郝书记变成了一个不知餍足的女人。他虽然木讷，但他感到她身体里面有焦虑，有一种类似自毁的欲望。他觉得他们的行为是在自毁。

王申夫感到不安。每次他们从桥洞里出来，他就告诫自己，不能再继续这事了，但他还是一次一次地重蹈覆辙。对

王申夫来说，这是一种道德煎熬。作为一个劳模，他不但应
该在工作上是模范，在别的任何地方也应该是模范。他的
人生可以有苦难，但不容有污点。可是他自己都不知道为什
么，总是抵挡不住诱惑，他和郝书记一碰面，总是情不自禁
地来到这里，好像这个地方有一条无形的绳索系着他们。他
因此很看不起自己，并且厌恶自己。他做那事越快乐，这种
厌恶就越强烈。快感过去后厌恶便迅速占领他的身心。他竟
然这样，在妻子和女儿失踪的时候，沉溺于这事。他试图为
自己找借口，试图原谅自己。都十多天了，妻子和女儿都没
有消息，也许她们已不在人世，找与不找都是一个样的。这
些天来他是多么疲劳啊，他都没合过眼。只有在这个桥洞
里，在兴奋过后，他才会极度疲劳地睡过去。这是他唯一的
休息。即便如此，他也不会多睡，他总是从噩梦中惊醒。醒
来后，他便会延续那种厌恶。他也开始厌烦起郝书记来。他
同样不能想象像郝书记这样身份的人会一次一次向他袒露胸
怀，像一个荡妇。

郝书记依旧兴致勃勃地研究着他的肌肉。他侧过身，背
对着她，嘟囔道：

"这是劳动人民的肌肉，是活儿干出来的。"

"你怎么啦？"郝书记感到他情绪不对头。

不知哪来的劲，他一下子摆脱了郝书记，站起来开始穿
衣服。他几乎吓着自己了，这是他第一次在郝书记前面发那
么大脾气。

郝书记看着王申夫气鼓鼓的样子，脸上露出不悦。她的目光中有一缕在工厂里常见的威严和锐利之光。王申夫的心里咯噔了一下，刚才涌出的厌烦一下子泄掉了，代之而来的是不安。这是多年来养成的特殊感觉，郝书记既让他感到温暖，同时也让他感到惧怕。王申夫脸瞬间变得木讷。他得摆正自己的位置，他是郝书记一手培养起来的，他刚才的不耐烦是忘恩负义。

"你看不起我是不是？你觉得我贱是不是？"

郝书记的表情有点不对头，眼中既有凌厉之气又似乎藏着很深的恐惧。她哭了。她说：

"是的，我自己都看不起自己……"

由于哭泣，她的话含混不清。

"……我可能要完了，我已预感到我没好果子吃了……"

这段日子郝书记一直在说这种莫名其妙的话，他搞不懂。郝书记不像他认识的那个郝书记了。

他没回应郝书记的话。他说："已经十多天了，可她们连影子也没有。也许她们已不在人世了。我都不敢想。"

他在郝书记的身边坐了下来。郝书记也已穿好了衣服。郝书记这会儿脸已从刚才的威严转变为温和。她拍了拍王申夫的背，说：

"我不怪你。你的命也不好，你是个苦命人。"

郝书记的声音中带着一丝叹息。这叹息激发了王申夫流泪的欲望。近来王申夫感到有一种悲伤而绝望的气氛一直缭绕在这个黑暗的桥洞里，就好像他们已没有了明天一样。王申夫感到这几天泪水一直在身体里蛰伏着，让他堵得慌。王申夫的眼泪是一点点流出来的，最初很不畅通，一会儿后就流淌得欢畅了。眼泪出来后身体就马上放松了，那一瞬间有着无比巨大的快感。总是这样，他一流泪就觉得无助，需要依靠。他数不清这天早晨和郝书记是第几回拥在一起了。他感到自己的身体非常可耻。只要身体一放松，肌肤就涌出一种类似饥饿的感觉，想要寻求另一具身体的温暖，好像肌肤也像胃一样有不知餍足的特性。后来他实在太疲倦了，他沉沉地进入了梦乡。这一次他连梦的影子也没有。

　　一觉醒来，已是午后。郝书记依旧睡着。睡着的郝书记看上去比平时苍老，脸却并不放松，有点警觉，好像在提防着随时到来的不测。王申夫感到肚子饿了。他看了看手表，已过了午饭时间。这一觉睡得很踏实，他有一种"新生"感，他的脑子因此变得非常清醒，好像"现实"重新回到他身边。这种现实感让他确信妻子和女儿已不在人世了。他用不着再找寻了。过去的生活像一阵风一样刮走了，只留下他一个人。他的眼前出现一个孤独的形象，一个苦命的形象。他认命了。生活将在这一天重新开始，他该干什么还得干什么。这十多天来的奔走，在感觉里变得很不真实，好像这些日子因为这一觉都留在了过去。他轻轻地来到桥洞外。洞外阳光灿烂，周围没有一个人影，他还发现桥洞下有一条船，这条船已破败不堪。

　　王申夫打算去附近找一点吃的。他已接受了现实，这令他有解脱之感。他向西走。在城市的西侧，有一个集市，那里有一家国营包子店。他打算把自己的肚子填饱。这些日子以来他一直没有饥饿的感觉。现在他终于饥饿了。在店里吃饭的时候他的心中又涌出了负罪感和厌烦感。他想清楚了，他之所以和郝书记这样，是因为他在逃避，是因为他不敢正视落在他身上的打击，所以才会迷恋这事。他得和郝书记好好谈一次，他们不能再这样了，否则天理难容，对不起组织的培养。王申夫想，生活还将继续，他不能再犯错误。

　　他吃完饭，准备付钱，发现自己没有带钱。他摸遍了所有的口袋，身上竟无分文。他急得面红耳赤，木讷地来到柜台前，对一位中年女服务员说了情况。中年女服务员一脸横肉，脸上露出看透一切的讥讽。她进入里屋。一会儿一个胖男人出来了。

　　"就是你？"胖男人说。

　　"是的。我还以为带着皮夹子的。"

　　"你自己说，怎么办？"

　　"我是造船厂的，我回头再来付，可不可以？"

　　"我怎么相信你？有工作证吗？"

　　"我什么都没带。"

　　胖男人脸上露出怀疑的表情，好像他正面对一个骗子。

　　王申夫想了想，从手腕上取下一块梅花牌手表，说：

　　"要不我先把手表押在这里，我回头拿钱来换？"

那男胖子接过表，脸色缓和了一点。他解释道：

"操，最近不知怎么了，不是碰到小偷，就是碰到骗子。这几天老是碰到一个疯婆子偷包子吃，怎么打她都不行，照偷。"

"你说什么？"王申夫听了胖子的话，心突然狂跳起来。

"什么？我刚才说了什么？"

"你说有一个疯婆子偷你的包子？"

"是呀。"

"她长什么样儿？"

"什么样儿？疯婆子长相都一样，我也讲不清楚。"

那胖子还是描述了一番。王申夫确信妻子和女儿还活着。他认定那个偷包子的人一定是妻子。他也没和那胖子告别，迅速向桥洞奔去。这时他对郝书记的怨恨早已烟消云散。他要把这个好消息告诉郝书记。

十三

她在偷东西的时候又一次被人打了。这回伤得比上回厉害，她的腿好像被打折了。她是爬着进来的，她的腿拖在甲板上，就好像她的身后拖着一根木头。她的脸上还有一点血瘀。朝卉想她一定是好不容易才爬上船的。

母亲坐在船舱口的光芒中，她的轮廓发亮，在那里喘粗气。一会儿她开始哇啦哇啦说话，那只是一些音节，啊啊哦哦的，朝卉听不懂。她这样说话的时候，朝卉心痛，朝卉情不自禁地哭了起来。母亲见朝卉哭停住了叫嚷，坐在那里发呆。她突然想起了什么，从怀里拿出两只包子，递给朝卉。那包子上面留有血迹。母亲摸摸朝卉的肚子，咿呀咿呀地叫个不停。朝卉的肚子早已饿了。朝卉拿起那带有血迹的包子，一边哭一边啃。母亲好像已经忘记了挨打的痛，看着朝卉笑。她总是这样，情绪变化无常，哭和笑可以瞬间完成。朝卉吃完面包，感到有点困，沉沉地睡去了。

朝卉醒来的时候，发现自己躺在母亲的怀里。母亲还在睡梦中。她睡着时的脸和平时是多么不同，苍白、安详、无助，仿佛突然变成了一个婴儿。朝卉忍不住伸手摸了一下她的脸，她的脸抖动了一下，眉头也皱了起来。她眉头皱起来后和醒着没有两样了。朝卉不再去摸她的脸，她坐在一边发呆。那桥梁缝隙里的五只小鸟正叽叽喳喳地叫着。现在朝卉已认得出小鸟们的父母了，只是朝卉不知道哪只是它们的母亲，哪只是它们的父亲。那两只鸟衔着食物飞回来后，这窝小鸟便欢叫起来。小鸟们没等它们的父亲或母亲停下来，早把嘴巴张到极限，胡乱啄。

船停在江的中央。岸边没有人走动。很远的地方有一些人在走来走去。那些人很小，就像鸟那样小。朝卉又想起了父亲。她想，母亲的腿都打断了，这样不是办法。朝卉很奇怪，母亲的腿断了，但她不觉得疼。她睡得多沉啊。朝卉觉得待在船上是不对的，她必须想办法离开。

"我得离开这个地方。现在她的腿都断了，我应该把这事告诉爸爸，否则她会死的。"朝卉想。

周围都是水。朝卉不会游泳。朝卉想跑。朝卉想如果她能在水面上行走就好了。她幻想水面突然结冰，但这是不可能的，因为现在是夏天。后来朝卉想，也许水面真的像岸上的路，她走在水面上不会沉下去呢？这样一想，她想试一试。

朝卉从船上跳下去，但水面确实不是岸上的路，水面承受不了她的重量，她一下子钻入水底。朝卉不会游泳，她被呛着了，喝了很多江水。朝卉挣扎着钻出水面，然后双手敲击着水面。朝卉想喊，但她怎么也喊不出来。她想这下子真的要死了，回不了家了，再也见不到父亲了。她感到很累。她放弃了挣扎。她在往下沉。她感到泪水从她的眼眶里流出来，她的脸颊因此暖洋洋的。

当朝卉正在往下沉的时候，一双手抓住了她。然后她又浮出了水面，被拖进了船舱。母亲的目光看起来无比狠毒，朝卉从来没见过她这样的目光。母亲狠狠打了朝卉两个耳光。朝卉开始大口大口吐刚才灌下去的水。母亲见朝卉吐，又抱住了她。母亲的怀抱非常暖和。

没等朝卉恢复过来，母亲在船上找了一根绳子，把朝卉的手和脚都绑了起来。朝卉想她这样做是怕自己再次逃走。现在朝卉是再也逃不了啦。

十四

王申夫刚有妻女线索，想去那个集市守株待兔，却被造船厂保卫科的人抓了起来，关进用来关押"现行反革命"的那间黑屋子。他不知道他们为何抓他，他一直在问那个推着他进屋的人，究竟怎么回事。那人说，上头的命令，他也不知道。黑屋子的门轰然关闭，里面漆黑一片，只有屋角有一缕光漏进来，像刺刀一样插在地面上。不过这段日子以来他对黑暗已经很适应了。

王申夫在等待领导的到来。他的心很虚，他想到自己被抓可能同这些日子以来他和郝书记之间的荒唐事有关。他似乎有点明白郝书记讲的那些莫名其妙的话了。不过他在心里本能地否定，那个地方不会有人去的，没人会发现他们的勾当。另一件令他焦虑的事是，他刚刚有了点妻子和女儿的线索，却被关到了这里。他希望组织正在查找妻子和女儿。

他不知在黑屋子里关了多久。其间有人送进来三顿便饭。他的肚子一直没有饥饿感，因此不能用三顿饭来衡量时间。王申夫很清楚，过去保卫科的同志一天只给"反革命分子"送一顿饭。他的手表已不在他的身上，抵押在了胖子那里。他完全失去了时间观念。

黑屋子的大灯突然打开了，那强烈的光线刺激得王申夫睁不开双眼，只觉得眼前的黑暗更加强烈了。一会儿他的眼里才出现白得令人心慌的光线，然后他才看清楚周围的一切。两个人已站在自己的面前。不，是坐着。他俩坐在一桌子前，那样子像是要审问他。他们居高临下地看着他。他认识他们，他们是部队的转业干部，分配到造船厂还不到一年时间。他们经常在厂里走来走去，目光警觉。有人说，他们在部队里是侦察兵。

"想好了吗？"其中一个说。

"我犯了错误了吗？"王申夫小心地问。

"你想要我们告诉你？你难道不清楚吗？我们的政策是：坦白从宽，抗拒从严。"

这话王申夫听了颇觉刺耳。王申夫就不吭声了。一会儿，王申夫说：

"我要见领导，我要同领导谈谈。"

"你想见郝冬秀吧？"那人脸没有表情。王申夫判断不出他这是讥讽还是在陈述一个事实。

"谁都可以。"王申夫有点气馁，感到自己的底气明显不足。

"看来你是不想说了。"那人的脸上这才露出不以为然的讥笑，他向同伴使了个眼色，说，"他不想自愿说，那只好强迫了。"

另一个人说："好。"

灯又熄灭了。王申夫一下子慌了，他喊道："你们想干什么，想干什么！"正说着，他的嘴被一块布塞住了。那塞着他嘴巴的布散发出呛人的柴油味，王申夫感到恶心，胃中不多的东西都涌了上来，堵塞在咽喉处。这让他感到更加恶心。他的头被一只麻袋蒙住。麻袋在氨水里浸泡过，刺激性气味让他眼泪奔涌，鼻涕横流。他差不多要晕过去了。他们还没结束，他们把他的手反铐着，用绳子系住他的手腕。一会儿他的手被拉到了半空。王申夫知道他们接下来要做什么。一次王申夫听同车间的工友说，这两个侦察兵参加过抗美援朝，在战场上他们抓到敌人，会把敌人的头蒙住，再吊起来，让敌人像飞机那样在空中飞来飞去。他现在明白工友没说谎，他们确实是这么干过的。王申夫没想到他会亲自证实工友的这个说法。两个侦察兵把王申夫当成战场上的俘虏，他们在用力推动王申夫，王申夫便在空中荡来荡去。王申夫没想到组织会这样对待他，他想，他完了，失去了组织，他什么也不是。由于内心的绝望，也由于氨水的刺激，王申夫晕了过去。

当他醒来的时候，他已从高空放了下来，正躺在一张床上。造船厂"革委会"副主任坐在他的床前。副主任一脸温和，神情关切。王申夫不知道自己该怎么反应，他还不清楚自己目前的处境。

"他们不懂事，这样对待你，我狠狠地批评了他们一顿。"副主任高声地说，"我告诉他们，申夫又不是敌人，要区分敌我矛盾和人民内部矛盾嘛。申夫同志有错误，也还是人民内部矛盾嘛，申夫同志是一个劳模，是造船厂的一笔财富，对待申夫同志应该以教育为主嘛。"说到这儿，副主任低下头轻轻对王申夫说："组织上依然相信你，也会保护你，只要你把事情说清楚就可以了。"

自从被关到黑屋子里以来，王申夫还是第一次听到这么鼓舞人心的话，心里涌出甜蜜的情感。组织还要他，没有抛弃他，对他来说这太重要了，组织就是他的生命啊。不过他还是感到委屈，组织是多么不可捉摸啊，它神秘，幽深，高高在上又无处不在，而他太笨了，琢磨不透它。他只会干活儿。他失声痛哭起来。他一边哭一边想，是组织把他从一个不懂事的穷小子变成了一个受人尊敬的劳模，无论如何组织的胸怀是宽广而温暖的。他哭泣得更厉害了。哭泣有无比的快感，哭泣让他感到自己的身体变得干净清洁。他要报答组织，交代问题。

"是她勾引我……"

说完这句话，王申夫的脸上布满了悔恨，好像他说出了一个悲剧，几乎泣不成声。副主任安慰他：

"慢慢说，申夫同志。"

王申夫内心对郝冬秀的怨恨这时爆发了。是的，他从来没想过做这种事，都是她的缘故。他想起自己受的苦，想起这些荒唐事，他对她就有了仇恨。

"她还把我绑起来，手和脚都绑起来，她把我的衣服和裤子都剥去……"

副主任的眼睛在闪光。王申夫知道他的述说令副主任兴奋。他继续说：

"她一次又一次要，没完没了，我都被她折腾得累坏了……"

十五

　　朝卉想，船在江心，她的手和脚又被绑着，她再也跑不了啦。母亲不再离开她半步，即使朝卉被捆着，母亲还是警惕地看着朝卉，她没再睡觉。不过也说不定，也许在朝卉睡着的时候，她会闭上眼睡一会儿。朝卉猜不出这究竟是什么原因，是因为母亲的腿被打折了不能再上岸了，还是对捆着朝卉的那根绳子不放心。从岸上找来的东西很快就吃完了，她们能吃的除了这四周无穷无尽的水就没有别的了。

　　有一天朝卉醒来，听到肚子咕噜噜地叫。她习惯性找母亲，看到母亲拿着一根棍子在捅桥梁上的鸟窝。朝卉不知她哪里来的棍子，也许是从船上拆下来的。她握棍子的手有点颤抖。不过她一直是这样的，莫名其妙地会全身颤抖。要捅下那只鸟窝不是件容易的事，她做得很耐心。朝卉从没见她如此耐心做一件事。过了会儿那只鸟窝真的掉下来了。鸟窝掉在船甲板上面后就碎了，五只毛茸茸的小燕子在碎裂的窝里叽叽地挣扎。她迅速地抓住了那些小燕子，动作敏捷，虽然双手有点颤抖，但很有力量。她抓着小燕子，高兴得手舞足蹈，对着朝卉尖叫起来。朝卉脸上没有表情，她不知道母亲想干什么。朝卉已饿得动不了了。

　　母亲开始拔小燕子的毛。毛并不好拔，由于太过用力，她把小燕子的皮都剥了下来。她索性撕开了小燕子的肚子，用水洗了一洗，吃了一口。她高兴地把那东西放到朝卉的嘴上。朝卉很饿，试着尝了一口，太腥了。朝卉咬牙吃掉一只小燕子，吃完后因恶心吐了起来，吐出不多。那两只大燕子回来了，见燕子窝被端，它们像电影里的轰炸机一样在头顶飞来飞去，很着急的样子。一会儿它们在头顶叽叽喳喳起来，好像讨债鬼一般。

整整一天那两只大燕子都在头上叽叽喳喳地叫，它们叫得朝卉心头发酸，她很想大哭一场，然而她发现根本哭不出来。小燕子的味道还在嘴里，她又感到恶心，她吐出的东西只是一点点，那小燕子的肉大部分还留在肚子里。朝卉又想吐，但她什么也呕不出来。

桥下面零星有几只船经过。傍晚的时候有一只船停在桥的另一侧。那船里有一台收音机，收音机正在播报毛主席的最新指示。朝卉的眼睛有点花了，她看不清那船上的人是什么样儿。朝卉想，这是饥饿的缘故。朝卉已有好多天没看到人了。她弄不清自己在船上已待了多少天，她的脑子越来越糊涂了。天黑了，但那两只燕子还在不停地叫着。朝卉感到很害怕。朝卉真的很怕。

十六

郝冬秀开始挂着破鞋在大街上游行，她的后面跟满了革命群众，街区的男女老少都出来了，大家对这种事很感兴趣，脸上有一种心照不宣的满足表情。孩子们更是活跃，鬈毛、郭昕把口号喊得满山响。"打倒反革命破鞋。"他们跟着革命群众一起喊。

他们把王申夫放了出来。王申夫不敢看游行的场面。有时候他远远看见游行的队伍，有一种触目惊心的感觉。郝书记，不，郝冬秀，这会儿已被折磨得不成样子，头发被剪，脸上涂满了滑稽的油彩。郝冬秀被揭露出很多问题，不光是"破鞋"的问题，她还是个深藏不露的国民党特务。"革委会"的人说，郝冬秀是个狠毒的女人，在解放军进城那天怕暴露自己的问题把丈夫杀死了。王申夫不相信这事，她不可能干这种事。王申夫心很痛，憋得慌，怀有深深的内疚感。毫无疑问她的下场同他的交代有关。想起他向副主任交代的那些事，他厌恶自己。他交代的内容很夸张，事实其实并不是那么回事，只是他意识到他们愿意听，他才这么说。他的交代根本就是投他们所好。一天，他和她在厂区骤然相见，目光对在一起，他全身颤抖起来。他想起黑暗中她柔软的身体，他承认他一直是喜欢她身体的，有时候还十分迷恋，这才是他一次一次乐此不疲和她共赴桥洞的原因。

厂里"大字报"多了起来，他害怕他们会写上他的名字，或暗示他的错误。他迅速浏览了一遍，没有他的名字和对他的影射。他松了口气。

是的，组织向他做出保证，会保护他的，但他心里没有一点底。当然担心并没有用，目前最重要的是找到妻子和女儿。他向那个集市奔去。

王申夫来到那家国营包子店。已过了早晨卖包子的黄金时间，店里只有稀稀拉拉几个人。他进去时那个胖男子脸上露出惊讶的表情，说：

"你怎么才来？我还以为你是个骗子。"

王申夫没吭声，他没心思和胖子胡说八道，他在门口坐了下来，然后不经意地问道：

"那个偷包子的女人最近有没有来过？"

胖男人听了，骂道："他娘的，真是奇怪，这几天，那疯婆子竟不来了。"胖男人看了王申夫一眼，说："也许她死了，饿死了，谁知道呢？"

"你他娘不要乱说，她有多少天没来了？"

"三四天了吧，没注意，也许一个星期了。"

王申夫一动不动坐在包子店前。那条江就在远处，江水白茫茫的，令他心头发紧。他不敢向那江边走去，就好像他害怕那江里存在一个他不能正视的真相。

王申夫想起向胖子要手表，问："我的手表呢？"

那男胖子讪讪一笑，说："我以为你不会来了呢，以为那手表是假货呢。"

王申夫说："我付你包子钱，你把手表还给我。"

那胖子面露难色，说："我当那表是假的，我掷掉了。"

王申夫根本不相信，他说："你好好想想吧，我可是一个'造反派'，你得把表还我，这几天我都会在这儿。"

那胖子连连点头，说："是，是。"

十七

朝卉已有四天没吃任何东西了，她感到自己要饿死了。母亲一定也快要饿死了。母亲的脸色已经发黑。朝卉听到船舱外的水声在轻轻荡漾，她幻想有一条鱼突然跳进船舱。如果真有鱼跳进来，她一定不会再怕腥了，她会生吃了它。

母亲的衣服破了，她的奶子在破衣服里荡来荡去。母亲越来越瘦了，她原本白而丰满的奶子已变得像那只砸碎了的鸟窝一样干瘪。她好像知道朝卉正看着她的奶子，向朝卉招招手，想让朝卉吃她的奶。朝卉还以为她真有奶，就含住了她的奶头。朝卉实在太饿了，她现在能吃任何可以填饱肚子的东西。朝卉吸吮了半天，一点东西都没有吸出来。味道还是有的，一种咸咸的味道。朝卉的口是苦的，这种咸咸的味道对朝卉来说也是不错的。朝卉就这样有气无力地吸吮着，像一个婴儿一样。这样吸着让朝卉感到好受了一点，好像真有奶水落入肚中。这让朝卉感到安宁。朝卉感到睡意慢慢降临。这时朝卉听到她啊地叫了一声，朝卉感到一股热热的东西流进了嘴里。朝卉不小心就咽了下去。一股刺鼻的腥味直蹿脑门。她迅速吐出乳头，见到血从乳头流了出来，她的嘴上也沾染了血水。一股恶心的感觉从腹部涌上来，朝卉忍不住吐了起来。朝卉呕出来的都是一些黏黏的血水，是那种口水和血的混合物，那些东西从朝卉的口里掉下来，拖得很长很长，在风中飘来飘去。母亲看来已经没有力气了，她躺在那里惊恐地看着朝卉。她在摇头，她的意思是叫朝卉不要吐掉。朝卉呕吐得没一丝力气，躺在杂草上面气喘吁吁。朝卉看到自己的嘴角上挂着红色的口水，她的手被捆绑着，只得转动头部，用肩膀去擦。她看到母亲的奶头还在淌血。

一会儿，母亲见朝卉恢复过来了，又爬到朝卉的身边，要把乳头送到朝卉的嘴里。朝卉不想再吃她的奶了，不再张开嘴巴。母亲愤怒了，她又咿咿呀呀地叫起来，用手捧住乳房往朝卉口中塞，非要朝卉含住它。她的乳头在朝卉的脸上滑来滑去。朝卉一直紧闭着嘴。母亲有点气急败坏，叫声越来越响。朝卉突然感到无比愤怒，她张开嘴，对着母亲的乳头狠狠地咬了一口。母亲好像被烫着了一样，哇哇大叫着在地上打起滚来。朝卉见她痛成这样子，大哭起来。

这样闹了一会儿，两个人都没了力气，昏了过去。朝卉在昏过去以前，看见母亲的脸白得像一张纸。朝卉想大概母亲的身体里没有了血液。母亲的眼睛已闭上了，脸上挂着奇怪的笑容。朝卉不知道她在想什么，她这会儿看起来很安详。朝卉一直睁着眼睛，她害怕一闭上眼睛就再也醒不过来。朝卉没支撑多久，她的眼帘好像有千斤重量压着，令她无力抵抗，最终合上了双眼。朝卉想，她要死了。她看到天上投来强烈的光芒，一些花朵和鸟儿在天边飞来飞去。她的身体变得很轻，像一张纸那样在地上荡来荡去。有一会儿朝卉想起了父亲，奇怪的是她怎么也想不起他的形象，他的样子还没在脑子里形成就云一样消散了。那些花朵和光芒还在。后来她就什么也不知道了。她失去了知觉。

十八

鬈毛和郭昕很久没去过那座废弃的桥了。自从朝阳出事以来，小伙伴们很少到这儿来玩了，他们对这个地方有点惧怕。虽然心里面惧怕，不过表面上他们要装得满不在乎。特别是鬈毛，老是说自己胆子大，嘲笑郭昕不敢去那桥洞看看。郭昕因鬈毛的激将法，就跟着鬈毛来了。

他们钻进桥洞。桥洞里有一股浑浊而暧昧的气息，似乎还有食物腐烂的臭气，他们怀疑有人来过这里。一会儿他们在里面找到几块破布，破布同样臭气熏天。他们马上想到了失踪的朝卉和她的母亲。

"她们可能在这里待过。"鬈毛说。

"可能。"

鬈毛趴在桥板上，往缝隙里看。那一缕刀刃一样的光线切割在他的眼睛处。他看到桥下有一条破船在晃来晃去，再仔细一看，看到船里有人。他看到船舱之外伸着一条腿。

鬈毛把郭昕叫过来，让他瞧。郭昕也看到了这条腿。

"那是朝阳妈妈的腿。那个疯女人的腿。"

鬈毛和郭昕迅速从桥洞里钻出来，来到桥墩下的岸边。

那条船在江的中央。他俩打算游泳过去。想起朝阳是在这附近淹死的，他们都有点胆怯，但他俩谁也不肯把这胆怯暴露出来。正是夏天，他俩剥去了身上的衣服，跳入江中。

王申夫是听了鬓毛和郭昕的述说才赶到这里来的。鬓毛和郭昕脸色发白，他们对王申夫说：

"她们，你女儿和你老婆，在一条破船上，她们可能已经死了。"

王申夫没脱衣服就跳进了江水中，爬到船上。他抱住了女儿，女儿的身体还是热的。他摸了摸妻子的身体，也是热的。他想，她们还活着。他一下子瘫坐在船上，看着昏迷中的女儿和妻子失声痛哭。他有一种做梦的感觉，这些天来，他经常待在这破船上面的桥洞里，却没有发现她们。他和她们离得是如此之近。这一切就像命运同他开的一个残酷的玩笑。

王申夫的脸上露出奇怪的笑容。孩子们见到这阴森森的笑容，都感到恐怖，汗毛都竖起来了。

十九

不知过了多久，朝卉醒了过来，发现自己已不在船上了，而躺在医院的一张床上。她并没有哭叫，神情木然地看着周围的人。父亲坐在她的身边，他一下子变老了，头发凌乱，原本黑色的头发变成了灰色，脸上有一种不安和恐慌。

几个穿白大褂的医生站在父亲后面，他们见朝卉醒来，就过来问候。朝卉想回答他们，她张了张嘴，却说不出一个字。她想她已不会说话了。他们在说着什么，她一句也听不懂。他们的脸上挂着疑惑和关切。朝卉没有思维。后来她的脑子里跳出一个词，这个词是"妈妈"。朝卉就叫了出来。听到朝卉开口，父亲高兴坏了，医生们的脸上也露出笑容。朝卉继续叫："妈妈，妈妈。妈妈，妈妈。"朝卉叫得单调，枯燥，缺乏情感。

朝卉这样叨念的时候，父亲激动不已，双眼噙满泪水。父亲在安慰她，朝卉没听懂父亲讲的大多数话，后来有一句话钻进了朝卉的耳朵，她听懂了。父亲带着哭腔，说：

"……孩子放心吧，你妈妈已被关起来啦……"

朝卉哇的一声，痛哭起来。

2002 年 5 月 20 日

致　谢

本书辑录的小说涉及我写作中一个重要的主题，探究英雄主义以及革命思潮下个人的处境，其中的一些小说，如《战俘》《菊花之刀》直接书写了战争；有些故事，如《欢乐颂》《回故乡之路》则发生在战后，不过都和战争有千丝万缕的联系。这一主题也是我的主要长篇小说《爱人同志》《风和日丽》所着意书写的，因此这些小说对我来说有重要意义。

本书中的两部中篇同林建法先生相关。一部是《战俘》，刊发于 2004 年《当代作家评论》第五期（发表时的题目是《中篇 1 或短篇 2》）。一部小说刊发在评论杂志确实有些奇怪，不过也体现了林建法先生的风格，他从来不按套路出牌。此作后来获得当年中国小说学会中篇小说排行榜冠军。另一部是《亲骨肉》，收录于《布老虎中篇小说》。林老师精力充沛，他业余为其约稿。说起来，我的长篇小说《风和日丽》的发表也同建法老师有关系。我写完初稿后，他想看看。他看后表示喜欢，把初稿直接给了《收获》杂志，后来修改后的《风和日丽》刊发在 2009 年《收获》第四期、第五期上。林建法老师主持的《当代作家评论》关注文学现场，深度参与到当代作家经典化过程中，很多作家都受惠于他无私的帮助——只要他喜欢上一位作家，他会约请最好的批评家阐释其作品。像林建法老师这样的出版家在当代文坛还有很多，他们怀着赤子之心，甘于做幕后推手。程永新先生称文学编辑是作家的"提衣人"，我把永新先生的说法看作是谦逊之辞，某种意义上，好的编辑一定是参与并推动一个时代文学进程的。

《欢乐颂》发表在 2004 年《莽原》第一期。当年李洱在《莽原》做编辑，不过他好像大多数时间住在北京，向我约稿的是当时的主编李静宜。这个故事得自我某次广西之行中获得的灵感。

《回故乡之路》这个题目来自一部越南电影《回故乡之路》。事实上小说里写到了这部电影。我童年时期能看到的外国电影不多，翻来覆去就是那几部，都来自对我国友好的社会主义国家。我记得当时民间流行一则顺口溜："朝鲜电影哭哭笑笑，越南电影飞机大炮，阿尔巴尼亚电影莫名其妙，罗马尼亚电影搂搂抱抱。"《回故乡之路》表面关涉英雄主义，实际上是一篇关于人的尊严的小说。这部作品刊发于2000 年《人民文学》第十二期。此书另一篇小说《父亲的愿望》发表于 2007 年《人民文学》第一期上，小说的灵感来自我听闻的一则真实故事。

　　《菊花之刀》的故事发生在抗日战争时期，发表于 2004 年《钟山》第四期。这个故事的核心场景得自诗人沈泽宜先生的见闻。《重案调查》则表发于 1999 年《上海文学》第五期，小说里的人物受到现实原型（一位常年看守灯塔的人）的启发。不过两篇小说完全是虚构的，小说和生活永远是两回事。

　　在此我要特别感谢发表这些作品的杂志编辑。谢谢你们的纯良与宽厚，容纳了这些带着所谓"尖锐"风格的故事。

　　最后感谢曾对这些作品进行过评论和阐释的批评家。感谢浙江文艺出版社 KEY-可以文化出版本书。

2023 年 2 月 26 日

一本书打开一个世界

欢迎订购、合作

订购电话：0571-85153371

服务热线：0571-85152727

KEY- 可以文化　　浙江文艺出版社　　京东自营店

关注 KEY- 可以文化、浙江文艺出版社公众号，
及浙江文艺出版社京东自营店，随时获取最新图书资讯，
享受最优购书福利以及意想不到的作家惊喜